El Amor de
Nathaly

Teresa Alfaro

Reservados todos los derechos. No se permite la reproducción total o parcial de esta obra, ni su incorporación a un sistema informático, ni su transmisión en cualquier forma o por cualquier medio (electrónico, mecánico, fotocopia, grabación u otros) sin autorización previa y por escrito de los titulares del copyright. La infracción de dichos derechos puede constituir un delito contra la propiedad intelectual.

El contenido de esta obra es responsabilidad del autor y no refleja necesariamente las opiniones de la casa editora.

Publicado por Ibukku
www.ibukku.com
Diseño y maquetación: Índigo Estudio Gráfico
Fotografía de portada: Alexander Krivitskiy - Unsplash
Copyright © 2019 Teresa Alfaro
Hecho el depósito de ley.
Depósito legal: LF25219988003594
ISBN Paperback:
ISBN eBook:

ÍNDICE

Capítulo I
El Amor de Nathaly   7

Capítulo II
El Viaje   19

Capítulo III
Como un Relámpago   37

Capítulo IV
Un Triste Retorno   49

Capítulo V
Una Nueva Vida   99

Capítulo VI
David y Tamara   137

Capítulo VII
La Desaparición   179

Capítulo VIII
El Reencuentro   193

Capítulo IX
Oriana   211

Capítulo X
El Desfile   241

Esta novela es una obra de ficción, los nombres, personajes e incidentes que retrata, son producto de la imaginación.

Cualquier parecido con personas, lugares o situaciones reales, son mera coincidencia.

Capítulo I
El Amor de Nathaly

Era una calurosa tarde de verano en el mes de agosto, pero muy especial para Nathaly, porque sus tíos habían ido a veranear a "Torremolinos". Ella estaba muy contenta porque sólo así podría pasar más tiempo con su gran amor: Roberto, y quedarse con él sin el temor de ser reprendida.

Muy pronto, él se iría a cumplir con el servicio militar, específicamente en la marina, porque él así lo había elegido y ahí estaría por tres años. Ella se encontraba sentada en el descanso de la escalera, dando la espalda a la entrada y, sumida en medio de sus pensamientos, cuando de pronto la abrazaron por detrás.

—Hola mi amor, ¿en quién piensas? ¿Será en que en mí?

Era su Roberto y ella le contestó con tristeza en su voz:

—¿Tú qué crees? Pienso si me olvidarás desde tan lejos... el Cádiz, los puertos... los viajes —dijo sin sobresaltarse.

—Te diré Nathaly..., la medida del amor, es amar sin medida y así..., así te amo yo —le dijo Roberto mirándola amorosamente.

Ella lo quería tanto, más que a su propia vida, era tan enorme su amor que no podría negarle nada y allí, en ese mismo momento, se besaron larga y apasionadamente.

Nathaly conoció a Roberto cuando ella tenía dieciséis años, era una muchacha bonita y delgada, con unos grandes y bellos ojos, cabello liso de color castaño profundo, con labios sensuales, pequeños y muy rojos. Ella, con su juventud a flor de piel, acusaba un sincero cariño para todas las personas que conocía y todo esto lo mostraba con alegría y bondad.

Así, de este modo, pasaron el verano felices, juntos paseaban y compartían todo con alegría, pero siempre ocultando su amor, porque la familia de Nathaly no estaba de acuerdo con esa relación.

Roberto era un buen muchacho y muy trabajador, bien parecido y un poco tímido y callado. Su fuerte cuerpo de atleta provocaba a todas las muchachas para querer salir con él, ante lo cual, Nathaly sufría, y mucho, al ver a su amado con alguna de ellas. Sin embargo, ella tenía la promesa de Roberto de que ella era la única en su corazón y esto le daba confianza.

Llegó el invierno y con él, la partida de su amado Roberto. Despedida muy triste, bajaron a la estación del ferrocarril en silencio y tomados de las manos muy apretadas, mirándose a los ojos, yendo muy lentamente y así, procurar alargar el último momento juntos y que la distancia al punto de partida fuera y se viera más distante… aunque penoso.

Un amigo de Roberto, Pablo, ya se encontraba esperándole en la entrada del vagón del tren cuando ellos llegaron. Se saludaron y Roberto le presentó a Nathaly.

—Mira, ella es mi novia —le dijo—, tú ya la conoces por fotos.

—Claro, hablas tanto de ella —contestó el amigo al momento de dirigirse y extender su mano hacia Nathaly.

—Mucho gusto, ¿cómo estás Nathaly? —le dijo con amabilidad —¿triste por nuestra partida?

Ella lo saludó y sólo le mostro su dulce y triste mirada. El frío era intenso, era una tarde gris y comenzaba a llover, al llegar el momento de la partida, se abrazaron muy fuerte,

—Márchate ya, las despedidas no me gustan, te escribiré —logró balbucear Nathaly.

Se besaron apasionadamente y ella salió apresuradamente y sin volver la mirada atrás, tropezando con la gente, con su paraguas en la mano y sus ojos negros llenos de lágrimas contenidas y una que se confundía con las gotas de lluvia que caían en su tersa cara. Ambos tenían en su mente que pasaría mucho tiempo para volver a verse... y así fue.

Pasaron meses y Roberto escribía cuando llegaba a puerto. En el buque escuela o donde se encontrara, trabajaba muy duro, según narraba en sus cartas. Alguna postal, algunas fotos con uniforme de marinero, era lo que recibía Nathaly, pero a ella, eso la llenaba de enorme alegría.

Uno de esos días. Nathaly recibió una gran sorpresa, su amor, como ella lo llamaba, llegaría a las cinco de esa misma tarde a buscarla, pues tenía unos días de permiso y esto la puso inmensamente feliz.

—Tía, tía, hoy llega Roberto —exclamaba risueña—, estoy tan, pero tan contenta, mire —decía mostrando la carta.

—Ya lo veo en tus ojos —contestó su tía—, les prepararé una rica y sabrosa merienda para que disfruten en el Parque del Oeste los dos —le comentó alegremente.

Y así fue, llegó Roberto, Nathaly estaba preciosa y así se lo hizo saber Roberto; enseguida, con su cesta de merienda que preparó la tía Mary, se marcharon. Pasearon juntos por el parque, el cual les pareció más bello que nunca con sus amplias y bellas avenidas, sus altos y robustos árboles y flores multicolores, y así, muy juntos, siempre tomados de las manos, merendaron bajo la sombra de un viejo roble y después fueron al cine, tal y como las parejas enamoradas acostumbran, ya que el cine es y será el mejor sitio para amarse.

La tarde pasó rápidamente y llegó la hora de despedirse, pero fue un día muy feliz y glorioso para los dos.

—Adiós amor, te quiero —dijo Nathaly—, te amo y no poco, sino mucho, mucho.

Roberto la besó una vez más y se fue.

La alegría de ese día duró poco, su "amor" no escribió en mucho tiempo, esas cartas nunca llegaban. Se enteró, por medio del hermano de Roberto, Andrés, que aquél había desertado y que estaba en Caracas, Venezuela, según el hermano dijo.

—Nathaly, tengo que contarte —relataba Andrés, quien esa tarde había ido hasta su casa para contarle expresamente—, mi hermano no puede regresar —le dijo mientras ella escuchaba expectativa.

Andrés, respirando profundamente y bajando un poco la voz, terminó por dar la noticia, la cual también le afectaba mucho:

—Tuve noticias de él y me pide que te lo comunique, Roberto se fue de ese barco y no quiere que esto lo sepa nadie.

Después de una nueva pausa, mientras Nathaly mostraba palidez y sin comprender, Andrés prosiguió:

—Para él es muy peligroso, al menos por un buen tiempo.

Comprensivo, acercándose fraternalmente a ella, prosiguió:

—Tú sabes que yo te quiero bien y estaré siempre a tu lado para contarte todo lo que pase y para ayudarte.

Andrés era el menor hermano, ambos se querían mucho y Roberto fue siempre como un padre para él. Se criaron juntos y siempre fueron muy unidos, desde niños.

Andrés era bien parecido y muy bromista, siempre conservando el buen humor. Ambos trabajaron en la misma posada "El Comedero", del que los propietarios eran los tíos de Nathaly. Fue ahí donde se conocieron y ella siempre lo recordaba.

Pasaron los meses y Nathaly se había inscrito en la Academia de Corte y Costura de Madrid, para tomar el curso. Esto le gustaba mucho y también alejaba un poco su preocupación por su amor. Todas las mañanas tomaba el tranvía para ir a su academia, donde la profesora le daba cuatro horas diarias de clase. Ahí aprendió pronto y mucho, hasta que se graduó. Fue su tía Mary quien le pagó todo el curso. Nathaly la quería mucho, era su confidente, aunque ella no estaba muy de acuerdo con la relación que tenía su sobrina con Roberto.

Una tarde, tía Mary le preguntó si le había escrito Roberto, la respuesta fue que no y que la tenía preocupada eso. Sentándose en un sillón contiguo al de su tía y mirando hacia el horizonte, le dijo con voz nostálgica lo que Andrés le había contado.

—Supe que se fue a México —le dijo—, quería quedarse ahí por algún tiempo, figúrese tía que, para seguir su idea de ser torero, pero como no obtuvo la ayuda que necesitaba y esperaba, está realmente decepcionado.

—Pues qué lástima, era su ilusión —respondió la tía.

Dejó el mantel que estaba cociendo, se incorporó y dijo con cariños a su sobrina:

—Pienso que fue lo mejor para ti.

Después de una pausa le sugirió: ¿quieres ir a pasearte unos días fuera de Madrid con nosotros?, y al regresar celebraremos el cumpleaños de Ana.

Nathaly asintió.

Ana era su prima, tres años más joven que ella se querían mucho y eran como hermanas. Tenían años viviendo juntas, después de la muerte de la madre de Nathaly. Se contaban sus cosas y solían pasear por La Gran Vía los domingos. Otras veces iba al cine con otra amiga que se llamaba Iliana y así se divertían y compartían su tiempo.

Pasaron más de dos años y Roberto lejos, él escribía muy poco, pero un día, en una de sus cartas le comunicó:

—Nathaly, quiero que unas tu vida a otro hombre y no conmigo, que he tenido tan mala suerte.

Nathaly sintió morirse, Roberto estaba mal, pero no era claro en sus cartas.

En efecto, Roberto vivía en Caracas, en una pensión de españoles llamada Pensión Ayacucho, estaba solo y sin familia, no había encontrado trabajo en mucho tiempo y, además, tenía el problema de su deserción. Entonces, por medio de unos amigos de viaje, había conocido al matrimonio dueños de la pensión en donde estaba viviendo y quienes, sin pensarlo mucho, lo emplearon. Eran personas amables y tenían una hija, Elisa. La señora, de nombre Lola y su esposo Pedro.

Roberto trabajaba duro y ellos le daban un cuarto y comida sin pagar, el matrimonio estaba asentado en Caracas desde tiempo atrás y tenían buenas amistades, fue así como por medio de la señora, un abogado le arregló toda su documentación legal y ella misma se encargó de todos los gastos del proceso. Roberto hacía y debía hacer todo lo que la señora Lola quisiera, estaba en sus manos, pues era una persona un poco extraña, maternal y amable, pero a la vez, dura y dominante. No faltó quien, en la pensión, dijera que ella se había enamorado de Roberto, a lo que ella respondía: "Sólo es como un hijo para mí".

Roberto estaba muy agradecido, realmente dependía de su ayuda, así que para él, el haber conocido a esa familia, en la situación en que estaba, fue lo mejor. Para Elisa era como su hermano y se querían como tales.

Uno de esos días, la señora Lola le dijo a Roberto:

—Tenemos pensado hacer un viaje a España, probablemente para el próximo mes, es para ver a mi hermana.

Roberto se alegró muchísimo y exclamó:

—Qué bueno, así podrán conocer y visitar a mi familia.

Y así fue, pronto llegó el día, doña Lola y Elisa se embarcaron para España llevando un montón de regalos para todos. Don Pedro no podía ir con ellas por causa de la pensión.

Para esa fecha, Andrés ya estaba en el servicio militar en Zaragoza y Roberto le escribió avisándole, así que pidió unos días de permiso en la base y, gracias a ello, fue como pudo conocerlas.

Por la dirección y recomendaciones que Roberto les había dado llegaron con bien hasta su casa, situada en un pequeño pueblo llamado El Olivar. La madre de Roberto era una dama muy dulce y buena con todas las personas; bien parecida, de unos sesenta años, pero la vida le fue difícil. Con muchos esfuerzos y trabajos crio a sus cuatro hijos. Además de Andrés y Roberto, estaban Alejandra y Lucía, la menor. La dulce dama las recibió con alegría al saber que vendrían con noticias de su querido hijo Roberto.

Luego de pasar unos días en El Olivar, la señora Lola y Elisa fueron también unos días a Madrid. Pasaron por la posada y reconocieron a Nathaly cuando ella salía a la calle, como todos los días, a comprar pan. La reconocieron por una fotografía que Roberto les había dado, pero por obscuras razones, no intentaron conocerla y se fueron sin decir nada. De modo que Nathaly ni se enteró que ellas habían estado allí y que la estuvieron observando. Pero días más tarde, al saberlo, Andrés se lo contó a Nathaly, ya ellas se encontraban en Barcelona y, ante todo esto, Nathaly le contestó con indignación y nostalgia:

—Le diré Andrés, el no querer saludarme y conocernos fue feo, de mala educación y pura maldad... además de muy extraño.

—Ellas son así de raras —contestó Andrés, quien continuó con tono fraterno—. No te preocupes Nathaly, sabes que siempre contarás conmigo y estaré a tu lado.

Después de una pausa continuó.

—¿Sabes?, me gusta mucho Elisa, ella es tan distinta a su madre —dijo pensativo y bajando un poco el tono de voz.

—¿Sí? —Preguntó ella arqueando una ceja—, por lo que sé ella la domina —advirtió Nathaly.

—Creo que le voy a escribir… sí, esperaré a que llegue a Caracas —dijo Andrés como siguiendo el hilo de sus pensamientos y sin escuchar el aviso de Nathaly.

Ella, con voz nostálgica le dijo:

—Me hubiera gustado haberlas conocido y así, me contaran cosas de Roberto, pero me parece y no sé por qué ellas no me quieren, ¿por qué será?, —dijo como presintiendo algo y bajando su mirada.

Andrés, una vez más, queriendo consolarla le dijo:

—No te preocupes Nathaly, algún día las volveremos a ver y sabremos qué pasa. Esa señora, te repito, es algo rara.

Pasaron algunas semanas y Andrés cumplió su palabra, comenzó a escribirle a Elisa y ésta, a su vez, comenzó a enamorarse de él y cada vez más, porque escribía cosas más y más bonitas en cada una de sus cartas. Para Andrés era como un pasatiempo, pero luego llegó a quererla, no con amor apasionado, pero sí con cariño sincero.

Elisa era una muchacha preparada, estudió secretariado y en la casa hacía de todo, parecía la muchacha de servicio de la madre. Don Pedro, su padre, la quería mucho. No era bonita, aunque sí era alta, de cabello corto, rasgos comunes, muy sencilla, de mirada suave y algo anticuada en su forma de vestir, pero buena y dulce. No parecía hija de esa señora, como decían algunos, pero sí la dominaba. A la señora. Lola le parecían muy bien esos amores para su hija, pues Andrés era romántico, trabajador, buen partido y ella estaba decidida a casarlos… pero el destino tiene sus sorpresas para todos.

Una tarde, Nathaly recibió carta de Roberto donde le decía: "Nathaly prepárate para mediados de año para venir aquí cuando Andrés termine su servicio militar, pero debes engordar un poco, si no, no te he dicho nada del medio año y olvídalo".

Nathaly casi no podía creer lo que leía después de tanto tiempo, ¡qué desilusión!, y cuando pensaba que las cosas habían mejorado para su amor. Tenía ganas de gritar, reír, llorar, todo al mismo tiempo. Así la encontró su prima Ana, sentada en la cama, con los ojos muy abiertos, con la carta en sus manos e intrigada le preguntó:

—¿Nathaly? ¿Nathaly? ¿Qué te pasa? ¿Cuál es tu secreto? Estás como en la nubes.

—¡Um, Ana!, estoy tan feliz que creo que es un sueño y que no quiero despertar, por favor pellízcame —exclamó levantándose de un salto, con la mirada alegre, perdida y la carta arrugada entre sus manos—. Dice Roberto que pronto nos casaremos —continuó contándole la buena nueva a Ana, muy ilusionada— y que el viaje allá será en barco y será con Andrés después de que termine su servicio militar, que le falta poco, ¿no es maravilloso? —Acotó casi sin respirar.

—¡Claro, claro que es maravilloso Nathaly! Te brillan tanto los ojos y tú, te repito, estás en las nubes y no puedo menos que creerte —contestó Ana con la misma emoción que su prima.

Nathaly se sentó frente a su prima y tomándole de las manos, compartía con ella los planes para su futuro inmediato.

—En estos meses hay mucho que hacer —le decía—, coser, terminar tantas cosas para la boda, el ajuar, la ropa que usaré, que debe ser muy linda, el papeleo… ¿qué más? —dijo arqueando su ceja.

—No sé Nathaly, son tantas cosas, pero no te preocupes, yo te ayudaré en lo más que pueda, cuenta conmigo.

Desde ese día pusieron manos a la obra, compraron muchas cosas. El traje de novia se lo haría su profesora de costura y sería el más bello que ella jamás hubiera visto; era de raso blanco y si tía le regaló la tela. Ana la ayudó mucho en todo.

Así llegó abril, el mes pautado para su boda, la cual sería "por poder". Su hermano Antonio sería el novio y sus tíos los padrinos. Nathaly recibió muchos regalos de sus amigos, de familiares y de sus hermanos.

Ese día, como todas las novias, estaba linda, radiante, pero faltaba su amor en persona y tenía esa nostalgia de desear su presencia, su mirada. Las bodas "por poder" son distintas, pero al fin lograba su sueño.

Esa tarde se llevó a cabo el acto, serio, rápido y sencillo y se tomaron muchas fotos. Ana permaneció siempre pendiente de todo, quería que ese día Nathaly fuera feliz y que no se preocupara por nada.

La fiesta se celebró en un pequeño hotel, todo fue muy animado, sencillo, pero muy alegre y bonito. La comida, abundante y sabrosa. Andrés lucía muy elegante y guapo, estrenando un traje gris, animado con todo y, como siempre, bromeando. En la fiesta no faltó la música y todos bailaron.

Un amigo de Roberto, que eran casi como hermanos, le preguntó a Nathaly con un poco de timidez:

—¿Quisieras bailar conmigo el primer baile, Nathaly?

—Claro que sí —dijo levantándose alegremente.

El segundo lo bailó con Andrés, quien le dijo:

—Nathaly, cuñada, estás tan linda... ¡Cómo me gustaría que Roberto te viera ahora, así de bonita! Le mandaremos fotos.

Nathaly sólo cerró los ojos y asintió con la cabeza. Sin dejar de bailar, Andrés agregó:

—Partirán el pastel, se ve muy bueno, ¿tú crees que alcance para todos?, quisiera un buen trozo para llevárselo a mi mamá. Pobre, como se quedó en casa, en cama, con su pie tan enfermo y sin poder caminar.

Ella, comprensiva, pensativa y sin dejar de bailar, sólo le dijo:

—Claro Andrés, ella se lo merece.

Hubo una corta y bromeando traviesamente, agregó:

—Pero no te lo vayas a comer tú, ya te conozco.

Andrés rio con ganas.

Capítulo II
El Viaje

Dos meses pasaron, a Nathaly le parecieron larguísimos para que llegara su viaje en barco, reunirse con su amor y para encontrase con su nuevo destino. El esperado mes de junio llegó y ellos recibieron los papeles necesarios y los pasajes.

Andrés terminó el servicio militar, "la mili", como todos le decían. Antonio, el hermano mayor de Nathaly, los acompañó en todo momento con los papeles en el consulado.

Tenían que embarcarse en Barcelona, la Sra. Lola tenía a su hermana casada viviendo en esa ciudad, así que ellos se quedarían allí hasta que zarpara el barco. La familia de la Sra. Lola los estaría esperando, el tío Jacobo decidió ir con ellos y acompañarlos hasta Barcelona, le gustaba viajar y lo hacía a menudo, así que no lo dudó.

El día de partir llegó y la despedida en la estación fue triste, todos fueron, su tía Ana, sus hermanos. En esos años, la década de los cincuenta, constituía un verdadero drama viajar a América.

La mañana era calurosa, el sol muy brillante y el aire seco. Había mucha actividad, muchos viajeros iban de un lado a otro y caminaban presurosos con sus equipajes; los trenes, con sus fuertes silbatos anunciaban su partida y despidiendo a los que se quedaban. Así fue como Nathaly dejó a su familia.

Después de muchas horas de viaje y ya cansados, llegaron a Barcelona con la caída del sol. Los estaban esperando, como lo habían acordado, pero como nadie se conocía, habían quedado en reconocerse por un pañuelo rojo en el cuello que usarían el sobrino de la Sra. Lola y el tío Jacobo. A ella le parecía tan gracioso que Andrés y Nathaly no dejaban de reír, además porque el pañuelo era de ella.

El sobrino, quien se llamaba Juanito, los reconoció y los saludó amistosamente, todos intercambiaron presentaciones y luego, al terminar, comentaron los tres al unísono: "Barcelona es muy bonito". Todos rieron y fueron al auto.

Además de Juanito, iban sus padres, todos conversaban animadamente mientras les mostraban la ciudad. Pasearon un poco y luego los llevaron a un bonito hotel cerca de su casa.

—Paseamos por La Rambla, qué hermoso sitio —comentó Nathaly—, tiene tantas flores, quioscos, pintores, es un sitio precioso, no sé qué decir... hay tanta gente.

—Es cierto, todo es muy bello —respondió Andrés de manera alegre.

—Mañana iremos al parque de Montjuic, tienen que verlo —comentó Juanito—, es maravilloso, se divisa toda la ciudad desde allí, pero ustedes deben estar cansados por el viaje.

Estacionó el auto, ya estando frente al hotel.

—Es verdad, tiene razón Juanito, el viaje es agotador —dijo el tío y, sonriendo a Nathaly, agregó con emoción—, a mí me gustó tanto la Catedral de la Sagrada Familia.

Al momento de bajarse del auto se despidieron agradecidos diciendo que se verían al día siguiente.

Ya instalados en sus habitaciones y antes de quedarse dormidos, los tres siguieron contentando sobre su viaje.

—Qué lástima que tengamos tan poco tiempo tío, sólo cinco días para ver y conocer tantas cosas bellas, ¿no le parece?

—Sí Nathaly, así es, algún día regresaremos. Pero nos quedan los recuerdos y las fotos de estos amigos que se han portado tan bien con nosotros.

—Sí Nathaly, tienes razón, todo es muy bello aquí, pero yo me iré a la cama, ya estoy muy cansado —dijo Andrés bostezando.

Llegó el día de embarcarse, fueron al muelle con el tío, quien fue a despedirlos. Subieron a bordo del enorme barco; la brisa marina despeinaba su cabello y Nathaly veía a lo lejos, nostálgica, a su querido tío Jacobo batiendo aún su pañuelo rojo gritando su adiós, mientras el barco, lentamente, comenzaba su viaje.

Nathaly no tenía idea de cómo sería esa aventura, en dieciséis días en barco podría ocurrir cualquier cosa... así pensaba. Había mucha gente, muchachas jóvenes que tenían a sus esposos en Caracas también y que se olvidaban del respeto que les debían teniendo aventuras con otros. Algunas otras eran todo lo contrario, sólo los adoraban.

En el viaje hubo mucha tempestad, el barco se movía demasiado causando estragos en los viajeros. Uno de esos tempestuosos días se mareó tanto, que Andrés se angustió mucho e iba a llamar al doctor del barco, pero por un gesto negativo de ella, él desistió y luego exclamó azorado:

—¿Cómo te sientes? ¿Estás mejor? ¿Qué tienes?

—Estoy mejor —dijo Nathaly pálida, con voz débil, pero decidida—. Vamos a cubierta, ahí estaré mejor y no se siente tanto el vaivén de este cascarón, sé que ahí la brisa me hará bien —agregó mientras se incorporaba con la ayuda de Andrés.

Andrés, más aliviado de la angustia, la ayudó mientras decía: "Vaya, qué susto me diste Nathaly".

Caminaron despacio hacia la cubierta, Nathaly respiró muy profundo y, por suerte para ella, la tempestad amainó una hora más tarde volviendo toda la calma al mar.

Unos días después dieron una fiesta en el barco y hubo comida muy sabrosa, todos los pasajeros estaban muy alegres y se divertían mucho comiendo, bailando, bebiendo, jugando o contando chistes.

En el barco había una chica muy linda, era de las Islas Canarias, su hermano estaba en Caracas, según ella decía, y la estaba esperando. Ella y Andrés simpatizaron desde el primer momento y pasaron casi todo el viaje juntos hablando y bromeando, se gustaban, pero sólo serían amigos de viaje.

Por fin, una calurosa tarde llegaron al puerto de La Guaira, lucía imponente para ellos. Fueron los últimos en bajar del barco debido al papeleo de Andrés y con su equipaje en mano, tardaron en salir. Nathaly estaba a la expectativa, entre emocionada y nerviosa, pero deseando mucho ver a Roberto, a su esposo.

Esperándoles, estaban la Sra. Lola, su esposo don Pedro, Elisa y su amado Roberto. Él se adelantó al verlos y los abrazó a ambos al mismo tiempo, los estrechó muy fuerte y les dijo:

—Por fin, por fin llegaron, cuánto tiempo esperando, me parecía interminable.

Los siguió estrechando y besando a Nathaly, se hicieron las presentaciones y saludaron a Elisa y a sus padres. Luego caminaron rápidamente al carro, Roberto y Nathaly muy agarrados de las manos, los cuatro subieron al asiento trasero del auto, todos muy juntos pero tan felices.

Todos querían preguntar mil cosas, pero quedaron en silencio, sus miradas decían más que las mismas palabras. La Sra. Lola casi no habló, Nathaly lo notó pero no dijo nada. Roberto no dejaba de mirar a Nathaly, su esposa, ya que además, estaba muy guapa.

Después de un rato, Roberto rompió el silencio preguntando sobre su madre, a quien tanto quería y, con voz velada por la nostalgia de saberla tan lejos, sin mucha esperanza de volver a verla, dijo:

—Andrés, ¿cómo está mi madre?

—Está bien, un poco triste por nuestra partida —señaló—, te manda muchos abrazos, besos, bendiciones y que nunca dejes de escribirle, aunque sea unas líneas —agregó con su mejor sonrisa.

Los túneles de la Guaira estaban muy iluminados y les parecieron larguísimos, como que nunca terminarían, al salir de ellos ya se divisaba Caracas. Nathaly veía la carretera, toda la vegetación muy verde y le gustaba, también le gustó mucho cuando entraron a la ciudad, con sus casas de techos rojos, pocos edificios, sus avenidas y, comparada con Madrid, poca gente, era otra cosa.

Caracas era un hermoso valle, toda la ciudad rodeada de montañas y aunque aún era temprano, ya había caído la noche. Los "ranchos", como les llaman a unas paupérrimas casas de gente con pocos recursos económicos que viven en los cerros, a Nathaly le parecían como un gran pesebre con muchas luces, aunque de día se veían otra cosa, más real y triste, como pudo observarlo después.

Cuando llegaron a la entrada de un pequeño edificio, que era donde vivían, en Catia, una urbanización para gente de clase media y la avenida Sucre les pasaba por todo el frente, la Sra. Lola se dirigió a Roberto, ella casi no se dirigía a Nathaly.

—Bien, ustedes se quedan aquí para que puedan conocer el apartamento, más tarde pasan por la casa.

En la Caracas de los años cincuenta hacía mucho frío y al bajarse del carro se despidieron. Nathaly se arrebujó en su abrigo de lana, Roberto la tomó del brazo, subieron las escaleras y rápidamente llegaron hasta el segundo piso.

Al llegar a la puerta, Roberto buscó las llaves, Nathaly estaba muy emocionada, al abrirla la tomó por el talle y allí, en la entrada, se abrazaron y se besaron apasionadamente. En ese beso estaban contenidas tantas emociones, tantas cosas, deseos reprimidos con tanto tiempo lejos, que no se habían fijado que la puerta aún estaba abierta.

—Nathaly —dijo al fin Roberto—, quiero enseñarte el apartamento, pero primero vamos a brindar por nosotros, por nuestra felicidad, mi amor —dijo adelantándose hasta la sala.

Tenía dos copas preparadas en una pequeña mesa en el centro de la sala, con una botella de champagne u otro licor especial, eso a ella no le importaba, estaba allí, feliz e ilusionada con Roberto, en su noche de bodas. Cruzaron sus copas y brindaron. Aun no podía creerlo, era un sueño maravilloso para Nathaly del que no quería despertar. Y así, feliz, preguntó a Roberto con voz bajita:

—Dime Roberto, ¿estoy dormida o despierta?

Abrió sus grandes ojos morrón, que los tenía cerrados y continuó diciendo:

—Casi no puedo creer lo que estoy viviendo, que esté yo aquí, a tu lado. Te quiero tanto mi amor, que hasta tengo miedo de tanta felicidad —dijo suspirando.

—Nada de sombras entre nosotros —le dijo Roberto acercándosele, tomando de nuevo su mano y besándola tiernamente varias veces—, nuestro cariño es más fuerte que todo y sí, estás despierta, le dijo agarrándole la punta de su nariz.

Nathaly rio tiernamente y Roberto prosiguió.

—Bueno, vamos a ver nuestra habitación y todo lo demás, a ver si te gusta cómo lo arregló Elisa ¿eh? Mira, la puerta estaba aún abierta.

Roberto la cerró, ambos rieron a carcajadas y tomados de la mano, él la guio por el apartamento.

Era una habitación amplia, con mucha claridad, toda pintada de blanco. De un lado, un gran ventanal por donde podía verse el cielo caraqueño, lleno de estrellas esa bella noche de junio. Las cortinas eran de un suave color celeste, la cama grande y con un pequeño copete de madera, sencillo; el cubrecama, con muchas flores, era hermoso; también había dos mesitas de noche a cada lado, de color marrón y blanco, un pequeño closet y dos butacas, las cuales hacían juego con los cubrecamas y las cortinas.

El comedor, pequeño (especial para recién casados), era estilo colonial, mesa ovalada, sus sillas y una pequeña vitrina haciendo el juego. En la cocina, toda blanca también y un poco pequeña, se encontraban la nevera, la estufa de gas y su fregadero; una mesita sencilla con utensilios de cocina básicos y una ventana que le daba claridad, con vista a la avenida, con una cortina también muy bonita.

A Nathaly le gustó mucho y pensaba que, para empezar su vida de casada, estaba bien y que ella le daría el toque personal después.

—Mira Nathaly —dijo Roberto interrumpiéndole sus pensamientos dirigiéndola y señalando el baño—, es lo que menos me gusta, el baño es tan chico que parece de juguete ¿verdad?, pero será por poco tiempo, porque quiero, y espero que tú también, compremos un apartamento más grande y cerca de mi trabajo, en el centro.

Parecía un niño grande.

—¡Claro mi amor, cuándo y como tú quieras! Aunque todo está muy sencillo y bonito para empezar nuestra vida de casados, está bien, luego nos cambiamos —dijo sonriente.

—Tienes razón —contestó Roberto al tiempo que miraba su reloj—. Bien, debemos irnos rápido Nathaly, ya nos estarán esperando para cenar y creo que nos hicieron algo especial allá en la casa.

No se dijo más, Nathaly arregló un poco su cabello mirándose en un lindo espejo que Roberto había puesto en la sala y ambos salieron agarrados de la mano, sonriendo y mirándose a los ojos, tal como dos recién casados; desde lejos podía notarse la felicidad que sentían. Fueron caminando, pues la casa quedaba a pocas calles de allí.

Era una quinta pequeña, de rejas azules, el patio engramado con muchas plantas de adorno con varios colores y una vereda central.

Roberto, al llegar, abrió la puerta y dijo con voz fuerte: "¡Ya llegamos familia!".

El salón de entrada era amplio, con muebles de cuero de vaca, pasaron al comedor, también amplio pero un poco obscuro y la mesa grande, la cual ya estaba servida. Un poco más adelante, el televisor prendido, con sillas de igual estilo de la entrada.

Al verlos Elisa, quien salía de la cocina, les saludó cariñosamente con un beso para ambos.

—Ven Nathaly, quiero enseñarte mi cuarto, el de mis padres y la casa. Los cuartos son pequeños —le decía mientras caminaban por un ancho pasillo, con aplicaciones, adornos y algunos cuadros, el cual conducía hacia las habitaciones—. Mira, dijo abriendo la puerta.

Nathaly, silenciosa, los admiraba, eran chicos, pero acogedores. Roberto se había quedado en el comedor para saludar a don Pedro.

—Tenemos un patio grande en la parte de atrás, ahí está el dormitorio donde Roberto dormía y dos más que ahora están vacíos —continuaba Elisa animadamente mientras seguían por el pasillo.

—¿Sí?, ¿el dormitorio de Roberto está afuera?

—Sí y además, tenemos dos perros lobos. Como sabrás, a él le gustan mucho los animales, además nos cuidan la casa y dan compañía, pero no te les acerques ahora porque son muy bravos y todavía no te conocen —acotó Elisa.

Regresaron al comedor, allí las esperaban ya. Andrés no la había visto al entrar, la saludó con un besito en la mejilla. Don Pedro y la Sra. Lola colocaban una bandeja de frutas en ese momento.

La cena estuvo exquisita, hubo carne, ensalada, aguacates, que ellos no conocían pero que les gustaron, también frutas, mangos, que tampoco conocían, cambur y fresas; de postre, una torta hecha por Elisa.

Para Nathaly y Andrés todo era desconocido y estaban nerviosos, pero poco a poco se animaron charlando sobre España y el viaje, contando las anécdotas que pasaron. Al final de la cena, Andrés cantó, para sorpresa de Nathaly y Roberto, unas canciones que se había aprendido en el barco. Tenía una bonita voz, fuerte y varonil, tipo tenor, y lo hacía muy bien. A todos les gustó y aplaudieron alegremente al finalizar Andrés con sus canciones.

Después de un rato se despidieron de todos, Andrés se quedaría a dormir ahí. Ya muy entrada la noche, los dos regresaron al apartamento felices, satisfechos y muy callados. Caminaron despacio por la avenida pues, en ese tiempo, no había peligro alguno en las calles.

Ya en casa, en la habitación, Nathaly sacó y guardó cuidadosamente toda su ropa, se puso un camisón azul cielo que ella misma había hecho... precioso. Estaba linda, radiante y a Roberto le gustó mucho.

Roberto sólo se había puesto el pantalón y, acostados, después de arreglar juntos la cama, la besó, la abrazó fuerte y tiernamente, preguntándose tantas cosas sobre su familia, su madre, los amigos y conocidos que había dejado en Madrid y que él extrañaba mucho.

Hablaron tanto y tanto, que pasaron las horas rapidísimo y se pasó la noche sin que hicieran el amor, hasta que, ya en la madrugada, se amaron tierna y apasionadamente a la vez. Fueron momentos de verdadera felicidad. Ella totalmente feliz, que se dejó llevar... en su primera vez.

Ya en la mañana, Nathaly despertó y se pellizcaba para saber si era o no un sueño lo que estaba viviendo. Se levantó sin hacer ruido y preparó el desayuno para ambos: jugo de naranja, café con leche, tostadas y un sándwich de jamón para Roberto, que fue lo que encontró en la nevera. Colocó todo en una bandeja y con cuidado. Ya en el cuarto, la colocó sobre una de las mesitas a su lado y con un tierno beso despertó a Roberto.

—Mi amor, aquí está el desayuno; despierta dormilón —dijo suavemente mientras le daba otro beso y le acercaba la bandeja—, vamos, son casi las diez.

Roberto se incorporó despacio, aún con sueño y asombrado preguntó:

—¿Tú preparaste todo esto?, eres maravillosa, ni te sentí. Te amo y amo esos ojos lindos y toda tú, mi amor —dijo mientras la abrazaba y ella reía.

—Y yo te amo más, decía Nathaly besándolo.

Ambos comieron en la cama y, mientras lo hacían, se miraban, reían y bromeaban. Luego Roberto le dijo:

—Después de desayuno nos vamos a casa de la Sra. Lola y te quedarás con ellos, pues tengo que ir con Andrés al centro a saludar a unos amigos y para que lo conozcan.

—Está bien mi amor, me agrada Elisa —dijo Nathaly.

Así lo hicieron, terminaron el desayuno, se vistieron y Nathaly arregló la cama, la cocina y salieron caminando como siempre, agarrados de la mano.

Ya estaban esperándolos al llegar ellos, se saludaron todos y Nathaly, muy sincera, le dijo a Elisa:

—Elisa, quiero darte las gracias por lo bonito que arreglaste todo el apartamento, me gustó mucho y deseo darte mi ayuda en todo lo que pueda cuando tú tengas el tuyo, que será pronto, cuando te cases con Andrés, ¿verdad?

—¡Oh! Nathaly, no fue nada, todo fue hecho con cariño, dijo Elisa algo apenada.

Todos se sentaron y Elisa preguntó a Nathaly en forma ocurrente:

—Nathaly, ¿te gustaría que mañana domingo, fuésemos los cuatro a conocer Caracas? Tiene sitios tan bonitos.

—¡Claro que sí! Yo feliz, iré donde vosotros digáis.

A Roberto y Andrés también les gustó la idea y después de despedirse salieron, dejando a Elisa y Nathaly sentadas en el patio charlando animadamente. Roberto tenía un pequeño comercio de ropa con un socio portugués y en esos días estaba de vacaciones por la llegada de ellos. Precisamente pasarían por allí, porque Roberto lo llamó para avisarle que irían y que le presentaría a su hermano.

Llegó el domingo, el día estaba precioso, fresco, Nathaly se arregló muy bonita. Fueron a la casa, Andrés y Elisa ya estaban listos; tomaron un autobús que los condujo por la avenida Sucre, hasta El Silencio, allí bajaron y caminaron por sus calles. Admiraban vidrieras, pasearon por el parque Los Caobos y la Plaza Venezuela, que les gustó mucho; era grande y tenía una fuente central, inmensa y muy iluminada, que de noche se veía muy hermosa.

Las tiendas ya estaban cerrando, pues era mediodía y abrirían hasta el día siguiente, entonces, para descansar, fueron a una fuente de sodas a tomar unas deliciosas merengadas de lechosas y dulces de fresa. Se sentaron en una mesita que tenía una gran sombrilla central y comenzaron a platicar sobre lo que habían visitado.

—Nathaly, ¿qué es lo que más te ha gustado de lo que has visto?

—Me ha gustado todo, las vidrieras, las plazas, en fin. Pero te diré que hay una cosa que me llama la atención y son los anuncios de los comercios; son tantos, tan bajitos en las entradas y todos iluminados. Aunque lo que más me gusta son las casas, con sus techos rojos y sus árboles alrededor.

—¿Y lo que menos te ha gustado? —preguntó Elisa, tomando su merengada de lechosa, sentada al lado de Andrés, quien la tomaba por la cintura y de frente a Nathaly.

—Lo que menos me ha gustado han sido los botiquines, como les dicen aquí, con esa música tan fuerte que ponen y los hombres todos borrachos.

Lo dijo con rechazo, hizo una pausa, tomó un sorbo de su rica y refrescante merengada y continuó:

—Bueno, pero eso existe en todos los países, en España les llaman tabernas, pero con más lujo, ¿no es así mi amor?

—Claro, así es Nathaly —respondió Roberto, quien comía un dulce.

—Cuando nosotros teníamos la pensión Ayacucho —contaba Elisa—, que te platique Roberto cuántas comidas y cervezas sirvió y lo peor era cómo tomaban licor tras licor, ¿verdad?

—¡Uf! —Exclamó Roberto—, de lo único que me acuerdo es que me acostaba tardísimo, tenía que levantarme a las cinco de la mañana y el trabajo era muy duro.

Nathaly rio, sabía lo mucho que le gustaba a Roberto dormir, enseguida ella tomó su mano. Andrés estaba algo callado, Elisa lo notó y le preguntó:

—Andrés, ¿qué te pasa?

Tomó su mano y la apretó amorosa.

—No es nada, fue un momento de nostalgia.

—Nada de tristezas —exclamó Roberto levantándose y mirando su reloj—, ¿pagamos y proseguimos el paseo?, ¿les parece?

—¡Sí!

Lo dijeron todos al mismo tiempo, cosa que les hizo reír mucho. Terminaron sus bebidas y se marcharon.

Casi llegando a la casa, al final de la tarde, Roberto les dijo:

—Mañana iremos a Los Teques, es muy bonito y fresco, y así van conociendo más sitios.

Los Teques, capital del estado Miranda, está anclado entre montañas y la única vía para llegar era la Carretera Panamericana, con curvas peligrosas. Para llegar a Los Teques, uno se tardaba media hora en auto, la carretera la habían terminado hacía poco tiempo. El clima es montañoso, muy frío y con neblina, pero gusta mucho y es un paseo muy agradable y saludable.

La Sra. Lola y su esposo también fueron con ellos al paseo, prepararon la merienda y todos fueron hasta un parque que don Pedro ya conocía. Se tomaron muchas fotografías en la estatua de El Indio, en la plaza y hasta jugaron. El pueblo era pequeño pero pujante. Así, satisfechos y felices, terminó un día en Los Teques.

Recogieron todo y regresaron en el auto, pasaron por San Antonio de los Altos, una pequeña población cerca de Los Teques. Cuando iban por la carretera, Nathaly observaba y pensaba que jamás olvidaría esos días tan lindos que estaba viviendo.

A la mañana siguiente, Roberto le dijo en el desayuno:

—Nathaly, hoy iremos al cine por la tarde, tú y yo solos. Ahora debo hacer una diligencia y vuelvo temprano, espérame ¿sí?

—Claro, qué alegría Roberto.

—Bien, mmm, por el medio día vendré, almorzamos juntos y nos vamos.

Le dio un beso de despedida en la frente y salió silbando. Nathaly se quedó allí, feliz y luego, como despertando, recogió la mesa cantando.

A medio día ya había hecho el almuerzo con unas provisiones que había llevado Roberto, Llegó a la hora pautada y almorzaron animadamente, él aún tenía unos días de vacaciones, pero gustábale tener todo el día; se recostó un rato en el sofá de la sala y Nathaly fue a arreglarse. Se puso su mejor vestido, uno de pequeñas florecitas de organza, se arregló con más esmero que otras veces, poca pintura y su perfume de siempre: Chanel No. 5, su cabello largo, suelto y brillante, que a Roberto le gustaba.

Tomó su cartera y salió del cuarto presentándose ante Roberto, que leía el diario; él la miró, dibujó una gran sonrisa de satisfacción y sólo logró decirle: "Pero qué linda... qué linda estás... mi mujercita".

Nathaly sonrió complacida, Roberto la abrazó y la besó en la boca; después él también se cambió de ropa y salieron tomados de la mano.

La película no fue muy buena, pero eso a ellos no les importó, caminaron mucho después del cine, pasearon por las avenidas más conocidas, como la avenida México, El Rosal, la avenida Urdaneta; cuando llegaron a Miraflores, ya cansados, pero felices y tranquilos, tomaron el autobús de la avenida Sucre, que los llevó muy cerca de la casa y, como siempre, tomados de la mano, llegaron al apartamento.

Esa noche fue muy especial para ellos, tomaron unos refrescos, que a ambos les gustaba mucho, comieron unos *pasapalos* y no cenaron.

Nathaly, ya en la alcoba, se puso una dormilona rosada muy escotada que ella había comprado en Madrid, estaba muy bella y así se lo hizo saber Roberto, que nunca dejaba de decírselo; él ya estaba acostado en la cama y con voz enamorada le dijo:

—Qué bella estás... ven, te estoy esperando... hagamos el amor.

—Esta noche es tuya, es mía, es nuestra —contestó Nathaly acurrucando su cuerpo al de Roberto.

Él la rodeó amorosamente con sus fuertes brazos y la besó plenamente en la boca con pasión. Nathaly se dejó llevar, le gustaba mucho y se abrazó más a él... y se amaron. Roberto era un buen amante y así amanecieron juntos, abrazados, satisfechos.

A la mañana siguiente, a Nathaly le costó un poco levantarse, no por flojera, sino porque la noche había sido tan maravillosa, que no, no quería despertar. Miró a Roberto dormido, lo besó, se levantó y fue al ventanal viendo el paisaje de Caracas, luego salió.

Ya en el desayuno, Roberto le dijo a Nathaly dulcemente:

—Anoche fue maravilloso... Nathaly... mi vida.

—Sí amor, ayer todo fue muy lindo, ojalá siempre sea así.

Después, sirviendo el café, Nathaly se sentó a la mesa y él le dijo:

—Hoy iremos a la casa de unos amigos portugueses, la madre te quiere conocer y también a Andrés, ellos son *chéveres* —dijo mientras comía un pedazo de pan—. Ya te conté de Juan, es mi mejor amigo, tiene una barbería, yo paso mucho tiempo con él hablando y haciendo muchos planes para el futuro.

Continuó comiendo, ella asintió con la cabeza y él agregó:

—Sí, su madre nos regaló la gran vajilla de platos que tenemos de Madeira, Portugal, ¿te acuerdas cuál es?

—Claro que sí, es muy bella Roberto.

Lo dijo muy alegre y terminando su comida, recogió su plato, aunque Roberto no acababa aún, pero ella agregó:

—Si son tus amigos, también serán los míos.

Y así se fueron a buscar a Andrés y a Elisa, que ya estaban preparados para visitar a esa dama. No se encontraban los hijos, pero ella los atendió y fue muy atenta, aunque no sabía hablar muy bien español, fue muy agradable, luego, les ofreció unas cervezas.

La madre de Juan era una mujer ya muy mayor y, como toda portuguesa y madre, les hablaba con mucha confianza, en su medio español y en portugués.

—*Eu no salgo casi de la mía casa porque eu sou uma* mujer muy mayor y enferma —les dijo viéndose las manos y mostrando sus pies— la artritis me tiene *muito mal,* pero al verlos a ustedes, me acuerdo *muito* de mi tierra.

Ya sentada en un enorme sillón que tenía atrás y con la voz velada por la nostalgia, prosiguió:

—Mi tierra, Portugal, Oporto, Lisboa... *Eu com Roberto* hablo *muito* de mis cosas, de mi tierra, sé que él me comprende.

—Claro que la comprendo doña Fátima —respondió Roberto comprensivo— y la quiero como una madre, yo se lo he dicho muchas veces. Al igual que usted, mi madre también sufrió mucho para criarnos.

—Qué bueno Roberto —acotó Andrés—, qué bueno encontrarse con alguien así, porque la nostalgia se aminora un poco, ¿verdad?

—Sí, para ambos, así es —contestó Roberto.

Así pasaron la tarde, conversando, y llegó la hora del almuerzo, fue una comida en medio de un ambiente familiar. Al atardecer, los cuatro regresaron a Catia en el autobús que los dejaba muy cerca de casa. A Nathaly le gustó conocer a esa señora, quien le obsequió una pequeña Virgen de Fátima de porcelana, muy bonita. Al llegar a su casa la puso en su mesita de noche con unas florecillas silvestres que había recogido del jardín de la casa de Elisa, junto a una fotografía de Roberto y un lindo cofrecito de adorno, que él le había regalado alguna vez en Madrid.

La señora Lola y don Pedro eran dueños de un pequeño mercado de abasto, como aquí los llaman, donde vendían de todo: leche, frutas, carnes, enlatados, toda clase de verduras, panes, dulces y actuaba también como quincalla. Tenían de todo para la cocina, además de hilos, agujas para coser y muchas cosas más.

Andrés comenzó a trabajar con ellos ahí y, como era inteligente y muy listo, aprendió rápido. Nathaly lo observaba y notó que no estaba muy feliz, se deba cuenta que estaba más callado y menos bromista que antes… ella lo conocía y lo quería como un hermano, sabía que no era el mismo. Sin embargo, ella callaba, ya que sabía que no le gustaba ese trabajo y que, ése no era el único motivo, había otro.

Pasó todo un mes y, uno de esos días, en el almuerzo, Roberto, sentado a la mesa y con tono apesadumbrado, le dijo a Nathaly:

—Mi amor, se acabaron mis vacaciones, regreso para el trabajo.

—Bueno, así tenía que ser en algún momento, lo importante es que estamos juntos mi amor, aunque me pareció tan rápido.

—Sí, a mí también, pero como dices, estamos juntos y nada ni nadie nos separará.

La estrechó por el talle y Nathaly, quien tenía las manos ocupadas con una jarra de naranja y los vasos, sólo pudo contestarle con un beso.

Todos los días Roberto se iba muy temprano, regresando a la hora de almorzar, siempre corriendo, pues tenía poco tiempo y el sitio de trabajo le quedaba un poco retirado de casa.

Capítulo III
Como un Relámpago

Nathaly siempre tenía todo preparado cuando él llegaba.

Pasadas dos semanas, ella notaba a Roberto algo preocupado, como sabía que él era reservado, preguntó directamente y fue entonces cuando él le contó.

—Bueno, lo que pasa es que mi socio, un portugués, me dice que las cosas no marchan bien en el negocio, yo le digo que no se preocupe, que todo se soluciona; al parecer es por las importaciones.

—Dios quiera y así sea —dijo Nathaly persignándose.

Un día, Nathaly estaba lavando la ropa en la azotea de edificio, estaba distraída y sin darse cuenta de la hora. Cuando llegó Roberto no la encontró, hasta que llegó a la azotea, llamándola a gritos y asustado.

—Nathaly, mi amor, se hace tarde y hoy estoy apuradísimo, ponme comida rápido, a las dos en punto debo estar en la tienda, hoy nos llega una mercancía importantísima.

Bajaron de prisa desde la azotea, ella dijo entre apurada y apenada mientras abría la puerta:

—Roberto, ¿no te olvidas de algo?

—Ay… mmm… no recuerdo, dime tú —dijo quitándose el pantalón—, ¿qué es?, dime por favor.

—Mi beso de todos los días —dijo Nathaly poniendo cara de niña seria y traviesa cruzando los brazos.

Roberto sonrió y le contestó:

—No te pido perdón porque ya lo habíamos dicho: "amor es no tener que pedir perdón", ¿te acuerdas?

Nathaly lo miró traviesa y amorosa y él, acercándosele, le dijo también travieso y amoroso:

—Pero ahora, te daré dos, uno por el olvido y uno más por el perdón, mi mujercita.

La besó tres veces, una en la mano, subió a la mejilla y el último en la boca, Nathaly le correspondió, pero luego se le escapó corriendo a la cocina. Roberto, entre sorprendido y divertido, miró su reloj a la vez que se sentaba en la mesa y decía:

—Mi amor, ¿qué comeremos hoy?, ¿carne con papas y todas esas cosas ricas que sólo tú le sabes poner?, me estoy muriendo de hambre solamente con los aromas —gritó desde el comedor.

—Sí amor, es eso, sé que te gusta mucho, por eso te lo preparé.

Llegó con los platos servidos, los colocó y se sentó también a comer.

—Un domingo o fin de semana, tenemos que invitar a Elisa y sus padres, porque quisiera que hicieras esto mismo, papas con carne, que está muy sabroso —dijo Roberto, quien hablaba sin parar de comer.

Nathaly se echó a reír porque no le parecía hacer una comida así para unos invitados, ella pensaba en algo más delicado y sabroso.

—Bueno, si quieres y te gusta, yo lo hago, aunque podría hacer otra cosa más delicada, pero tú mandas, mi amor.

—Sí por favor, la próxima semana los invitaremos.

—Está bien, además hago el pastel que tanto te gusta, ¿sí?

—Oh, mi amor, manjar de reyes —exclamó Roberto.

Ningunos de los dos podía, en lo más mínimo, imaginar lo que el destino les tenía reservado, sobre todo para Nathaly, quien daba más amor verdadero, quien menos recibía y más lo necesitaba.

Roberto trabajaba mucho y nunca llegó a presentarle a ella a Juan, su socio y amigo, esto le pareció raro, pero no preguntó ni dijo nada, no le gustaba ser fastidiosa al respecto, sólo esperaba conocerlo algún día. Andrés ya lo conocía porque Roberto lo había llevado a la barbería, habían pasado ratos hablando y varias veces pasó por allí antes de llegar o después del trabajo.

Por las tardes, Nathaly estaba cociendo en casa de Elisa, hacían camisitas y también las bordaban de Madeira, Portugal para recién nacidos, muy tiernas y bonitas. Tenían pedidos de algunas tiendas y esto les alegraba mucho, además de que estaban ganando algún dinero.

A veces, después de terminar algún pedido, veían por televisión alguna novela favorita que presentaban y después, al atardecer, Roberto pasaba a recogerla y se iban caminando a su apartamento, como siempre, de manos agarradas.

Un día, a finales de agosto, como era regular, Roberto llegó a recogerla, él había tardado un poco ese día y ya era de noche cuando se despidieron y se fueron caminando muy tranquilos. Cuál no sería su sorpresa, que no traían las llaves de la puerta del edificio ni de la casa, ¡no podían entrar! El portal de entrada lo cerraban a las diez, ellos no lo sabían y las llaves se les habían quedado en casa. Lo único que se les ocurrió fue regresar a casa de Elisa.

Ya sus padres estaban durmiendo, ella aún no. Roberto tocó la puerta tímidamente, Elisa abrió la puerta sorprendida cuando vio que eran ellos. Al entrar, bajando un poco la voz, ellos le contaron lo que había pasado, entonces, los tres pensaron en lo mismo, por lo que Roberto dijo:

—Bien, yo dormiré en el sofá y tú Nathaly, duermes con Elisa en su cama, ¿les parece?

Así lo hicieron, pues esa había sido la idea en común. Esa noche fue de muchas risas, no querían despertar a los padres de Elisa, tampoco a Andrés, que pernoctaba allí, pero cada movimiento o pequeño golpe producía ruido. Después, ellas, llevando las sábanas de un lado a otro y con Roberto haciendo bromas, al fin se acostaron ya tarde noche, pero durmieron poco.

"Menos mal que mañana es sábado", pensaban los tres.

A la mañana siguiente, cuando la Sra. Lola se levantó y se enteró de todo por medio de Roberto, que estaba en el sofá y Elisa y Nathaly estaban por levantarse, ella permitió que se quedaran un rato más en su cama para descansar y les hizo saber que no había problemas al respecto. Don Pedro ya se había levantado.

Roberto, entre apenado y agradecido, fue hasta el cuarto de Elisa y, contando lo que sucedió, cargó a Nathaly en sus brazos, con mucha delicadeza, para llevarla hasta la habitación de la Sra. Lola. Nathaly se sentía feliz, no lo podía creer, lo que no había sucedido en su noche de bodas, él lo estaba haciendo ese día… aunque, la Sra. Lola siempre veía mal a Nathaly.

Al cerrar Roberto la puerta del cuarto con el pie, se miraron y allí se besaron, Nathaly en sus brazos y él con su preciosa carga, la puso suavemente en la cama sin dejar de besarse y ahí mismo, así, se amaron con pasión y ternura a la vez, para luego, muy luego… descansar.

Después de ese episodio pasaron dos meses y, para ellos, las cosas comenzaron a cambiar. Roberto siempre estaba preocupado y triste,

Nathaly lo notaba y lo sentía distante, hosco y así por varios días. Ella, conociendo a Roberto que era muy reservado, sabía que si no le preguntaba e insistía, él no le diría nada, así que no pudo más y preguntó qué era lo que estaba pasando.

—Por favor, no me preguntes, ¡no quiero ni te lo puedo decir!

Fue su respuesta, y de una manera, entre dolida y contenida de ira o de frustración, Nathaly no lo pudo descifrar. Ella sufría, quería ayudarlo y no sabía cómo, pero nunca imaginó lo que iba a suceder.

Esa misma noche Roberto llegó más tarde y con la misma expresión en la cara, como en todos esos pasados días. Ella, angustiada, preguntó de nuevo, obteniendo la misma respuesta, pero pensaba que si no era por su causa ¿qué podría ser? Insistió tanto, que él por fin le contó lo que le pasaba.

—Nathaly, sólo escucha y no me interrumpas, debes... —expresó haciendo pausa, ya que no sabía cómo empezar—, tienes que marcharte de aquí... yo... yo... ¡voy a tener un hijo con otra mujer! —respiró para pausar la lucha de pasiones que tenía metida en su pecho—, y tú bien sabes, por cómo me conoces, que no puedo ni quiero tener hijos con dos mujeres,

Su respiración era entrecortada, se sentó en el sofá, luego se paró nuevamente y llegó hasta el ventanal; hubo un corto y sepulcral silencio. Roberto llegó hasta donde ella estaba sentada, se notaba nervioso y, cara a cara, prosiguió.

—Yo... lo siento tanto, no puedo estar contigo, simplemente no puedo ni debo Nathaly, comprende —dijo casi gritando y cerrando el puño.

De nuevo quedó callado por unos segundos; bajó el tono de su voz, la expresión en su rostro y continuó su relato.

—Te contaré cómo ocurrió todo... ¡todo! —repitió.

A todo esto, Nathaly se hallaba sentada en el sillón al lado del sofá, se quedó sin hablar, como petrificada, no podía creer que fuera verdad lo que escuchaba. En unos minutos su vida y sus ilusiones junto a él, pasaron frente a sus ojos y, **como un relámpago**, se diluyeron en el horizonte. Su amor no podía estarle diciendo esas cosas y no podía pensar que fuese una mala broma o un mal sueño.

—No me mires así por favor, déjame hablar —dijo Roberto, ambos bajaron sus miradas, pero ella esta muda—. El día de nuestra boda yo estaba muy contento, unos amigos y yo fuimos a celebrar con unas chicas y con todo, terminamos haciendo el amor con ellas y… y… bien, esa chica, después de todo este tiempo, es cuando me viene a decir que va a tener un hijo y que es mío.

Nathaly ya no pudo quedarse más tiempo callada y con lágrimas en los ojos, la voz quebrada por el llanto, más los sentimientos de rabia, desilusión y decepción, exclamó cual fiera herida:

—Pero, ¿realmente será tuyo?, ¿cómo lo sabes?, ¿no estará esa mujer mintiendo?, ¿no será una trampa, Roberto?

Lo dijo también esperanzada, pero la respuesta de Roberto fue afirmativa y tajante.

—Claro que es mío, lo sé, pues era la primera vez que ella estaba con un hombre —contestó Roberto, prosiguiendo con voz seria—, tienes que marcharte, al menos por ahora, después, quién sabe lo que pasará. Además, no sólo es lo nuestro lo que me tiene mal ni lo que más me afecta, es también lo de Andrés, él no quiere casarse con Elisa, no la quiere como para celebrar un matrimonio y es ahora cuando se viene a dar cuenta y quiere regresar a España, pero sin decirle nada a la pobre de Elisa.

Él hablaba y hablaba, pero Nathaly estaba como en otro mundo, oyendo, no escuchando.

—Nathaly, todo salió mal, además tengo muchos problemas y eso sin contarte lo del trabajo.

Roberto se levantó, fue hasta la cocina, se sirvió un vaso con agua, de la que bebió sólo unos sorbos. Nathaly, por su parte, se levantó como una autómata del sillón, en silencio.

Roberto siguió con su monólogo, hablaba de ellos, pero no se daba cuenta del sufrimiento de su esposa, que todo su mundo se derrumbó en un sólo momento, su amor verdadero. El amor de su vida le decía que se fuera y lo del hijo, eso no... eso no podía ser.

—Figúrate —seguía Roberto—, cómo se lo voy a decir a Elisa y a sus padres, a quien tanto les debo, a ella, que quiere tanto a Andrés. Aunque sé que se figurarían algo por su comportamiento, pero no es lo mismo que afrontarlo —dijo sin pensar en su propio problema.

En ese momento a Nathaly le pareció demasiado intolerante a su propio dolor. Pasó toda la noche llorando, ahogando su grito de dolor, Roberto pretendía consolarla, pero ni lo hacía ni podía. Él no llegaría a imaginar qué tan profunda era la herida, era esa mujer, era ese hijo lo que los separaba. Ella nunca hubiese pensado en qué trampa la habían metido ni qué mujer sería. Iba a pasar un año para enterarse, pero, en ese momento, tampoco quería entender por qué ella debía irse... ¡por qué!

Sintió que la puerta de la habitación se abría despacio y que él salía en silencio, sin despedirse, ella lo siguió con la mirada, le dijo muy bajito, con dolor y desesperanza, ahogando su voz en la almohada y cerrando los ojos: "Adiós, mi amor".

Luego escuchó que la puerta de la calle se cerraba y se quedó como esperando algo, pasaron unos minutos, se sentó en la cama, se levantó para abrir las cortinas del ventanal, entró una agradable brisa y respiró hondo. Después, lentamente, empezó a cepillar su largo y hermoso cabello. En su mesita tenía su cepillo de cerdas, pensaba que se lo cortaría... no, no controlaba su mente, su corazón estaba roto en mil pedazos, no latía y ella tampoco podía llorar... ya no.

Así pasaron las horas, a veces pensaba que lo que había pasado podría haber sido una pesadilla, un mal sueño, pero no fue así. Sacudía su cabeza tratando de borrar esas palabras, todo era real. También pensaba que estaba sola, que quería estar sola, no salir nunca más, y así, cavilando, la encontró Andrés.

—Ya sé lo que te pasa, Roberto me lo contó —le dijo.

Era ya de madrugada, tenía llave del apartamento, por eso no tocó el timbre. Nathaly no se asustó al verlo y con esa suave voz que él tenía, continuó diciendo:

—No sé cómo ayudarte, lo siento tanto por ti. Yo te quiero y mucho, soñamos tantas cosas los dos y ahora no quisiera que, por no casarme con Elisa, no quieran verte feliz a ti con mi hermano y yo debí…

Nathaly no lo dejó terminar.

—No Andrés, no estuvo bien lo que hiciste, pero en el corazón no se puede mandar y eso no es culpa de nadie, eso no es culpa de nadie, pero lo mío es más doloroso, es peor y tú no puedes pensar que tienes que ver algo en esto. ¡Existe un hijo!, eso no se puede cambiar y ni tú ni yo, ni Roberto, podemos hacer nada.

Lo dijo consciente de sus palabras, calló un momento, las lágrimas acudieron por un segundo a sus tristes ojos, pero no lloró, Andrés bajó la mirada y ella siguió:

—Él mismo me despreció, me dijo que me fuera. Creo que nunca me quiso realmente, pero fíjate que sí lo quiero, que me marcharé para que él sea feliz, aunque no lo entienda ni lo vea justo, pero me iré.

Se acercó de nuevo al ventanal sin decir más.

—Roberto no conoce el amor, el verdadero —afirmó Andrés.

—Amor es renunciar a todo y nunca tener que pedir perdón, así lo decíamos, pero él no lo cumplió, olvidó todo, todas esa palabras, sueños y promesas de amor, fue muy frágil.

Ambos callaron, comenzaba a despuntar el alba, Andrés se levantó, se acercó a su querida cuñada y la besó en la frente con ternura.

—Nathaly, debo irme, luego nos veremos —dijo suavemente.

Ella lo vio irse y ya, de nuevo sola, se recostó un momento cerrando sus ojos. Ya era de día, la mañana estaba muy brillante, pero ella la veía gris; se arregló lo mejor que pudo, se puso sus lentes obscuros para disimular sus ojos enrojecidos y su pena, tomó su cartera y salió a la calle. Caminó por la avenida sin pensar, llegando a casa de la Sra. Lola, tenía que contarle lo sucedido. La saludó, pero Nathaly no sabía cómo empezar, aquella, hipócrita, fingió, pues ya lo sabía.

—¿Qué te pasa Nathaly, estás enferma? —dijo.

—No, no, nada de eso Sra. Lola, es algo mucho peor.

Le indicó con la mano que se sentara en el sofá y así lo hizo. Nathaly, confiada, narró lo sucedido, la Sra. Lola no sabía qué cara poner, pero al terminar su relato, ésta le dijo:

—No, no puede ser que Roberto haya dicho eso, simplemente no puedo creerlo y... ¡un hijo! —Exclamó poniendo su mano en la boca—, eso sí es grave.

Se levantó, sirvió para ambas una taza de té y se sentó de nuevo frente a ella y siguió hablando con tono grave.

—Yo estoy realmente decepcionada de los dos, de Roberto y también de Andrés, él rompió su compromiso con mi Elisa, quien está muy triste, desolada —hizo una pausa para tomar un sorbo de té y continuar—, pienso llevarla unos días para el interior y ahora, lo tuyo.

Nathaly permanecía callada, escuchando, sólo tomaba su té y la Sra. Lola siguió hablando.

—¿Sabes Nathaly?, mi consejo es que te marches con tus tíos para Madrid, ellos te quieren, estarás con tu familia, tus amigos y hasta te será más fácil y menos penoso olvidar, hazme caso, yo te digo esto porque te aprecio.

Precisamente, ése era el consejo que menos quería oír. Se quedó callada, ya que nadie haría nada por ella, eso lo comprendió bien. Todo y todos decían, o deseaban, que se marchara y a Elisa, no la pudo ver.

Regresó a su casa, sentía más soledad que nunca y pensó mucho. Ella no creía en brujerías, amuletos ni nada de esas cosas, mucho menos que otra persona estuviera haciéndole un mal hasta terminar así con su felicidad. Dejó sus cosas en la cama, se sirvió algo de comer, aunque no tenía mucha hambre, estaba agotada, pero pensaba mucho, luego, con voz resuelta se dijo a sí misma:

"Soy una tonta pensando en boberías, nadie me hará ya más daño, ¡no! Yo tengo que luchar", dijo apretando los puños.

En la noche llegó Roberto, ella sirvió la cena en silencio y en silencio comieron. Era época de lluvias y la de ese día era una tormenta muy fuerte, con muchos truenos y relámpagos, a ella las tormentas le causaban mucho miedo y en el trópico aún más. Viendo eso, Nathaly deseaba protección, que él la abrazara, Roberto lo sabía y, en tono protector y conciliador a la vez, le dijo:

—Nathaly, yo estoy aquí contigo, no te asustes.

Retiró su silla y se acercó a ella, tomó su temblorosa mano y la abrazó. Nathaly se dejó, pero no era lo mismo, era un abrazo frio, así lo percibió, pero aun así, se sintió protegida.

Al fin ella le habló y le habló con el corazón.

—Roberto, sé que te perdí y no sé cómo te dejé escapar, ya nada será igual, sé que ni en mil años volverás.

—Por favor Nathaly, no me hagas sentir peor de lo que ya me siento, lo nuestro no puede ser, no fue culpa tuya ni culpa mía, fue el destino que se atravesó y nos separó. Yo sé que tú me amas y yo te quiero, pero tenemos que separarnos.

Hubo silencio, Nathaly pensó: "Sé que tú me amas y yo te quiero", iba a decir algo, pero su propia naturaleza no la dejó. Entonces, mostrando su nobleza y que sí renunciaba a todo, le dijo:

—Bien Roberto, si tengo que marcharme quiero que sea por avión, sinceramente no soportaría otro viaje por barco.

Roberto se sorprendió al oírla hablar así, estando todavía abrazados porque aún llovía a caudales y tronaba muchísimo, entonces le dijo:

—Andrés se marchará por barco, no sé cuándo será, no lo hemos discutido aún y yo no tengo esa plata. Aunque creo que sí podré conseguirla para que puedas irte en avión. Ya le debo mucho dinero a la Sra. Lola, no sé cuándo pueda pagarle, pero hablaré con ella.

No supo Nathaly cuánto tiempo estuvieron allí callados, hasta que pasó la tormenta. Después de esa plática ya no tenían nada más que decirse. Hacía mucho frio y no sólo en el ambiente, en sus almas también; sólo entonces se fueron a la alcoba. Aún se oían caer algunas gotas sobre el tejado de las casas y el susurrar del viento colándose por las rendijas de las ventanas.

Nathaly arregló la cama y se acostaron en silencio.

Capítulo IV
Un Triste Retorno

Pasaron unos quince días después de aquella conversación, Nathaly sentía que algo había cambiado en ella, sentía que todo había cambiado, fue entonces cuando Roberto llegó esa noche un poco más temprano del trabajo y le comunicó que ya tenía su boleto de avión y que lo había conseguido para el día siguiente. Su primera reacción fue de sorpresa, pero enseguida comprendió y se recuperó rápido, nunca supo, ni quería saberlo, cuánto había costado ni cómo o quién lo había pagado. Lo vio y, con tristeza en su voz y su corazón, contestó seria:

—Bien Roberto, déjalo allí, ven a cenar, debo comenzar a empacar.

Andrés, por su parte, no decía nada, él también estaba muy cambiado. Él que siempre fue tan comunicativo y alegre, estaba callado, llegaba siempre a comer y a veces a dormir, pero esa noche no llegó.

Nathaly miraba por el ventanal de su alcoba cuando él llegó esa noche, veía hacia el horizonte las bellas montañas de Caracas que a ella tanto le gustaban, tan verdes, con su clima apacible y frio que no llegó a conocer. La colonia Tovar, que tampoco pudo conocer y que Roberto había prometido llevarla para que disfrutara de esa colonia. Un sitio muy bonito, frio y muchas veces con neblina. Una región perdida de la selva negra alemana, anclada en la región norte del estado Aragua, con sus típicas comidas y sus casas acusando el más puro estilo germano. Sus habitantes, la gran mayoría descendientes de los fundadores inmigrantes de esas lejanas y nórdicas tierras, agricultores en su mayoría, vendiendo frutos de sus tierras: fresas, manzanas, frutas tropicales, hortalizas, etcétera. Otros vendiendo adornos y figuras de cristal, artesanías, trabajos hechos por indios, como flechas, chinchorros, tapices y muchas cosas más.

Esto lo recordaba ella tal y como Roberto se lo narró, pero que nunca la llevó, siempre se disculpaba y le decía que algún día irían para que lo conociera. Todo esto recordaba cuando llegó Roberto y perturbó su paz, sus recuerdos… con lo del boleto.

Él no quiso cenar, se fueron a la habitación para acostarse y lo hicieron como todos esos últimos días, en silencio, tan sólo uno que otro monosílabo. Nathaly no podía conciliar el sueño ni contener más sus lágrimas, ese llanto de profundo dolor y que, a su pesar brotaba, lo quería ahogar, pero no podía. Roberto no dormía tampoco, se molestó, sin motivo, al sentirla así y le dijo:

—Si vas a llorar toda la noche, me lo dices de una vez y ahora mismo me voy a dormir al sofá, allá afuera, dormiré allí porque mañana tengo mucho por hacer.

No esperó ni un segundo, tomó su sábana y salió, Nathaly fue rápido tras él secando sus lágrimas y diciendo:

—Roberto, no te molestaré más, ni lágrimas ni llantos, lo prometo, por favor, ven conmigo a la cama.

Regresó a la cama y, nuevamente, los dos quedaron en silencio, ella tenía dentro de sí un cúmulo de sensaciones que no la dejaban dormir y no fue sino hasta la madrugada que el cansancio la venció y que pudo conciliar un poco el sueño.

Cuando despertó por la mañana, Roberto ya no estaba, miró la hora, iban a dar las nueve de la mañana, se paró, se duchó y mientras lo hacía pensaba con pesar en todo lo que había pasado. "Dios mío, qué distintas son las cosas ahora".

Después desayunó y comenzó a empacar, sacó despacio su ropa: vestidos, ropa íntima y zapatos; buscó su maleta. En otros tiempos estuviera cantando, ahora estaba callada, el peso de esa injusticia y el desamor de Roberto era lo que más la herían, sólo esa idea era la que estaba en su mente.

Rápidamente buscó sus fotos, su álbum y el cofrecito con un collar que Roberto le había regalado en Madrid, que siempre los tenía en su mesita de noche, pues eran sus mayores tesoros y nunca los dejaba; los puso en su bolso de mano. Las otras prendas eran de fantasía, zarcillos y pulseras, que también le gustaban mucho. Ah, también guardó en su bolso sus cartas, que siempre las llevaba con ella, esas nadie se las quitaría. Lo demás, juegos de cama, mantelería y demás regalos, se los mandarían con Andrés más tarde, por barco.

Ya tenía todo recogido, se estaba arreglando, se vistió con un traje de chaqueta a cuadritos rojos y azules, sus zapatos bajos azul obscuro y mientras buscaba su cartera, se abrió la puerta, era Roberto, que regresaba para recogerla y llevarla al aeropuerto.

—Hola Nathaly ¿ya tienes todo preparado?, no te olvides de tu pasaporte y el pasaje, se hace tarde —dijo al entrar viendo su reloj y casi sin mirar a Nathaly—, el avión sale a las cinco y…

No lo dejó terminar y le respondió con acento grave, de disgusto.

—¡No te preocupes tanto!, ya lo sé, no me voy a quedar, sólo me falta peinarme y tomar mi cartera, me haré una cola de caballo para más comodidad en el avión,

Roberto respondió algo perplejo:

—Estás muy linda, así quiero recordarte siempre.

Se sirvió un jugo de naranja y mientras lo tomaba agregó:

—No quiero que llores de nuevo Nathaly.

Ella, aún peinándose no lo dejó terminar y recordando que hacía tan sólo unos días atrás ella estaría complacida por lo que Roberto le acababa de decir, le contestó:

—No, no creo lo que me estás diciendo, si así fuese no me dejarías ir, no me alejarías de tu lado si realmente me amaras.

Roberto reaccionó enseguida tratando de conciliar.

—Mira Nathaly, ya hemos hablado de eso, sabes mis razones, no puedo, no me veas tan malo —le dijo mientras se acercaba hacia ella.

La tomó de la mano, Nathaly se dejó llevar, se sentía tan mal por todo. Caminaron hacia la puerta, las maletas y el bolso esperaban en el suelo, se abrazaron, Nathaly estaba muy herida, aún lo amaba mucho y suavemente le dijo:

—Roberto, ¿dónde están las llaves?

—Encima de la mesa, ya las tengo —le dijo corriendo a la mesa y sonriendo—, sí ya sé, te estás acordando de aquella noche que las olvidamos y dormimos en casa de Elisa, lo leo en tus ojos.

Nathaly lo miró y esbozó una triste sonrisa, pero no dijo nada. Echó una última mirada al apartamento que nunca más vería. Caminó en silencio unas cuadras para llegar al sitio donde Andrés, Elisa y su madre esperaban un taxi, el ambiente era pesado, o más bien, así lo sentía ella.

—Vaya, por fin llegaron —dijo la Sra. Lola toda arreglada, con su sombrero, tacones altos, muy oronda, con su tono autoritario y mirando a todos.

Pero la sorpresa de Nathaly fue cuando Roberto, en el sitio, le dijo un poco cohibido:

—Yo no voy para el aeropuerto Nathaly, yo me despido aquí, es urgente estar ahora en la tienda, me debe estar esperando un señor que quiere comprar bastante mercancía, ojalá que se quede con todo. Buen viaje Nathaly.

Ella no contestó nada, Qué triste y fría fue aquella despedida para ella, tan sólo un beso en la mejilla y *chao*, como dirían en Italia y como si sólo fuera una vecina la que se iba de viaje.

Bajaron a La Guaira, no había tráfico, llegaron los cuatro al aeropuerto de Maiquetía muy rápido, todos en silencio.

"Qué distinto el viaje de llegada y cómo las personas pueden cambiar tanto y en tan poco tiempo", pensaba Nathaly.

Se quedó mirando la autopista con tristeza, pensando también en el triste retorno a su tierra. Observaba a Elisa, quien también mostraba una mirada triste, ella también estaba sufriendo. Después a su madre, toda seria, luego a Andrés, quien, cuando iban llegando al aeropuerto le dijo, como comprendiendo lo que ella sentía:

—Que tengas un feliz viaje Nathaly, pronto nos veremos, no tengas miedo en el avión, ten ánimo y cuídate.

Le dijo esto dándole un beso en la mejilla con un abrazo. Nathaly bajó su equipaje con la ayuda de Andrés.

—Que llegues bien y que tu hermano te esté esperando —dijo fingiendo afecto la Sra. Lola.

Ellas fueron más frías al despedirse, Elisa fue un poco más cariñosa.

—Adiós Nathaly, te extrañaré, pero te irá muy bien.

—Adiós Elisa, ya le conté a mi hermano lo de mi viaje y cuándo llegaré, él me esperará.

Hacía frio y el viento era fuerte, ella tenía una chaqueta que la abrigaba muy bien, luego tomó su bolso y caminó con paso rápido hacia el avión, del que ya habían anunciado el vuelo por los altoparlantes. No quiso mirar hacia atrás, se confundió con los pasajeros. En ese momento recordó cuando Roberto se iba a la milicia en la estación, no tenía miedo al avión porque ni cuenta se daba de lo que hacía ni dónde estaba, sólo quería irse, su vida se quedaba en Caracas con su mente y su corazón.

Encontró rápido su asiento, dos señoras se sentaron a su lado e inmediatamente una de ellas comenzó a platicarle al acomodarse en su asiento.

—Hola, ¿tú para dónde vas?

—¿Yo?, voy a Madrid —respondió Nathaly de inmediato y sonriendo.

—Nosotras vamos a Puerto Rico, es la primera escala de este vuelo en dos horas, tú tardarás mucho más.

—¿Y vas sola? —preguntó la otra mujer, quien parecía más joven.

—Sí, voy sola —contestó Nathaly un poco cohibida.

—Mi hermana le tiene mucho miedo al avión, es que se marea.

Le parecieron muy simpáticas. El vuelo fue apacible, Nathaly leía y conversaba con ambas señoras, el avión hizo escala en Puerto Rico, ambas descendieron.

—Que tengas buen viaje Nathaly, nosotras ya llegamos.

—Adiós Nathaly, tranquila, te deseo la mayor de las suertes, pequeña —dijo la mayor levantándose de su asiento.

El vuelo tenía varias escalas, comieron en tierra, charló con un matrimonio de recién casados, quienes le tocaron en la misma mesa. Nathaly no tuvo ningún mareo, en comparación con aquel viaje en barco, sólo recordaba.

Y así, ya de noche, por fin llegó a Madrid. Bajó del avión, le sellaron el pasaporte y realizó todos los trámites requeridos en un aeropuerto al entrar. Caminó rápido y no tardó en ver a su hermano; en el trayecto le tomaron una foto, que por cierto, quedó muy bien ahí, a ella le gustaban tanto las fotos, eran su mejor recuerdo y alegría. Se abrazaron con nostalgia, ella preguntó por todos y su hermano le respondió sonriendo con cariño:

—Todos están bien, pero ¿cómo estás tú Nathaly?

Ella, después de esa primera alegría, respondió sincera.

—¿Yo? No muy bien, triste, sí… les contaré cuando lleguemos a tu casa. Cómo están Carmen y los niños, ¿bien?

—Sí, esperándote, ellos muy revoltosos, pero son nuestra alegría.

Nathaly, con voz nostálgica acotó:

—Qué bien, estoy en casa —dijo mirando todo a su alrededor.

Madrid, como siempre, tanta alegría, tanta gente, tan bonito todo, mucho ruido y alegría. Todo tan de prisa, un corre y corre, como se diría en Venezuela, porque allá en Caracas la gente anda más despacio, sin prisa, son más calmados, aunque muy alegres, será por el calor del trópico.

Así iba pensando mientras salían del aeropuerto. Se fueron en el carro de su hermano después de subir el equipaje. Cuando llegaron la recibieron efusivamente, Carmen, su cuñada, la abrazó, ella le tenía mucho cariño y era mutuo.

—Nathaly, tú no te preocupes por nada —le dijo—, te quedarás con nosotros, todo lo que quieras, ya tienes tu habitación preparada. Descansa, mañana nos cuentas todo, si lo deseas, debes estar muy cansada ¿verdad?

—Gracias, muchas gracias Carmen, sí me acostaré.

Besó y saludó con mucho cariño a los niños y pronto se fue a descansar.

Al día siguiente, por la mañana, ya más tranquila y descansada, saludó a su hermano, que desayunaba, luego a Carmen, quien venía de la cocina con el desayuno de Nathaly. Se sentaron juntas y, en la mesa, ella narró todo lo sucedido con Roberto, casi lloraba al hacerlo, pero se contuvo, ellos no podían casi ni creer lo que escuchaban.

Luego, ambas hablaron de todo lo que pasó en Caracas, lo bueno y lo malo, su felicidad, su pena, su dolor. Su hermano, terminando de comer, en tono grave dijo:

—La próxima semana iremos a visitar a la hermana de Roberto, ella nos contará algo más de esa señora Lola, ya que ella misma la conoció, porque todo está muy difícil de creer, ¡quién lo diría! —exclamó.

—Y de Roberto —agregó Carmen con tono de seguridad—, él debe haberle escrito algo de todo lo que pasó.

Nathaly, al día siguiente, fue a casa de sus tíos y de su prima Ana para saludarlos a todos, ellos la recibieron muy felices por verla de nuevo. Nathaly le dijo a su tía tímidamente:

—Tía, después de un tiempo vendré aquí a vivir con vosotros.

—Claro hija, cuando quieras, puedes quedarte a vivir aquí, con nosotros. Te veo tan triste mi amor, piensa que todo tiene solución en esta vida, no te preocupes tanto.

La abrazó y Nathaly hizo lo mismo, luego a Ana y a su tío Jacobo. Después fueron todos a comer las ricas cosas que había preparado la tía Mary, junto a Antonio y su familia.

Pasó la semana, Nathaly y Antonio se fueron en tren hasta Toledo, uno de los sitios más bellos y antiguos de España, para hablar con la hermana de Roberto y su esposo. Ellos, al verlos llegar, los reconocieron muy bien y los pasaron a la casa. Una vez sentados, Nathaly les mencionó la razón de su visita, ellos, conmovidos, le preguntaron más y Nathaly le contó una vez más y con detalles todo lo sucedido con ella y Roberto allá en Caracas, mientras ellos escuchaban interesados el relato. El cuñado de Roberto tomó la palabra y fue muy sincero cuando habló.

—¡No, no me sorprende para nada eso que dices de esa señora!, porque la conocimos más cuando ella y su hija se quedaron unos días con nosotros a su regreso del pueblo El Olivar. Se le notaba que era mentirosa y además muy orgullosa, es decir, ¡nunca fue sincera!

Tomó un poco de vino del que había servido para todos y agregó:

—Yo me di cuenta rápidamente de su calaña, me dediqué a vigilarla de sus cosas y Alejandra también y puedo decir, sin temor a equivocarme, que sí, ella estaba enamorada de Roberto ¿verdad Alejandra?

La aludida asintió, Nathaly no dijo nada y él siguió hablando.

—Nosotros, Alejandra y yo, no te contamos nada cuando estuvimos en tu boda Nathaly, porque ni era el momento ni tampoco queríamos darte una preocupación más, pregunta a Alejandra —le sugirió.

Ella contestó con un ademán afirmativo y dijo:

—Sí Nathaly, es verdad —le confirmó dentándose a su lado.

Él prosiguió:

—Yo pensé en ese momento: ¿estaré equivocado o debo callar?, son figuraciones que uno hace, pero el tiempo respondió. Además eso que dices del hijo, sí es muy grave, de eso no sabemos nada y nos sorprende mucho esa conducta suya, él no contó nada y ha escrito muy poco desde que tú te fuiste para allá.

Nathaly no decía nada, su expresión lo decía todo, tampoco su hermano soltaba palabra alguna, sólo escuchaba atentamente. Alejandra intervino con voz entre preocupada y comprensiva relatando:

—Y a mí, mi hermano, cuando escribió, sólo me contó que Andrés regresaría pronto, que no quería quedarse en Caracas. De ti, algo nos contó y te digo Nathaly, me dio muchísima tristeza y me pareció tan sorprendente —le dijo tomando sus manos—, pensé cómo, en menos de cinco años, Roberto había cambiado tanto, al menos en su amor por ti Nathaly. Y con sinceridad, sólo puedo decirte una cosa, si necesitas algo, algún apoyo, lo que sea de nuestra parte, por favor, cuenta con nosotros, te lo digo de corazón —agregó visiblemente afectada y con pena.

Hubo silencio, Alejandra se levantó y fue a la cocina a revisar la comida que había preparado y comenzó a servir la mesa. Todos almorzaron juntos, hablaron de otros temas, pero Nathaly no tenía hambre, no podía ni comer, sentía un nudo en la garganta y en el alma, lo poco que pudo comer fue por no despreciarlo.

Más tarde, al ver la hora, se despidieron de ellos agradeciéndoles por toda la atención brindada, prometiendo escribir para darles noticias y le mandó muchos saludos a su madre.

Llegaron a la estación. Ya acomodados en sus respectivos asientos en el tren, ambos recordaron cómo era Toledo, ya lo habían conocido antes, cuando lo visitaron, hacía ya algún tiempo, con la familia y tenían recuerdos muy gratos y bonitos.

Nathaly se animó recordando aquella visita y, dejando un poco a un lado sus tristezas, comentaba con su hermano.

—El Alcázar de Toledo tiene tanta historia, visitarlo es algo tan sublime. A mí me gustó también tanto la casa del Greco, sus pinturas con sus caras largas, esos colores. Yo no entiendo mucho de pintura ni estilos, pero así lo veo y me gustan mucho. Las iglesias, la catedral, tiene tanto para admirarse, pero eso sí, con suficiente tiempo. ¿Sabes?, a mí siempre me gustaron mucho las cosas de cerámica y toda esa mantelería.

Así hablaba Nathaly mientras el tren andaba, su hermano, atento a lo que ella decía le contestó:

—Tienes mucha razón Nathaly, todo es muy bello, lindas y gratas remembranzas y hay tantas cosas para comprar, regalar, para comprar la casa ¿verdad?

Nathaly afirmó con la cabeza y con la vista perdida en el horizonte, recordando y mirando todo el paisaje.

El tren, rápido llegó a Madrid, ellos, cansados del viaje, por fin llegaban a la casa. Carmen los esperaba con la cena ya preparada.

—¿Cómo les fue en el viaje? ¿Están cansados? Les contaron cómo fueron las cosas o ¿qué piensan ellos?

Preguntaba preocupada y ansiosa mientras los recibía y colocaba sus abrigos en su lugar. Antonio le contestó, a la vez que la besaba cariñoso en la mejilla y sonriendo:

—Ten paciencia mujer, no preguntes tantas cosas al mismo tiempo. Ellos nos atendieron muy bien, ¿verdad Nathaly?

Lo dijo sentándose en el sillón mientras Nathaly hacía lo mismo, callada, asintiendo y él prosiguió.

—Nos contaron todo cuanto ellos sabían y pensaban.

Entre los dos le contaron a Carmen todo cuanto había sucedido y lo amables que fueron, a lo que ella contestó sorprendida.

—La verdad es que yo también estoy confundida y aún me cuesta creer todo eso —dijo cruzando los brazos y con la mano en la cara.

Dirigiéndose a Nathaly, con mucha comprensión, dijo:

—Nathaly, ahora debemos ayudarte y, tanto el tiempo como el destino, dirán qué podremos hacer después, no te preocupes.

Procedieron a servir la mesa, llegaron los niños con su alegría y cenaron todos juntos. Nathaly estaba un poco más tranquila, en un ambiente muy familiar y acogedor, aunque comió poco, quería descansar y pensar un poco a solas con la almohada, como se dice por ahí.

Así, rápidamente para Nathaly, pasó un mes más con su hermano. Decidió irse a vivir de nuevo con sus tíos y con su prima Ana. Su tía Mary era su confidente y amiga.

Al día siguiente de su llegada, después que Nathaly arreglara sus cosas en su antiguo cuarto, que por cierto, habían repintado con un lindo color rosa y cambiaron las cortinas.

Tía Mary dijo seria y pensativa:

—Nathaly, le voy a escribir una carta a Roberto, él tiene que escuchar... digo, atenderme, él entenderá y contestará, ya lo verás.

Esa noche la escribió y la enviaron al día siguiente. Era una carta de ruego más que de reproche, donde le pedía que se llevara a Nathaly con él, que ella era su legítima esposa y que aún lo amaba y mucho. Que Nathaly no merecía eso, que ella, tía Mary, siempre creyó que él era un buen muchacho y que por esa razón estuvo de parte de ambos, a pesar de sus primeras reacciones al saber que ellos se amaban.

Era una época de clima cálido, finalizaba el verano y los árboles tenían en sus hojas los tristes colores de esa estación. Nathaly esperaba esa carta sin esperanzas, porque sabía, o sospechaba, que sería muy difícil que él cambiara con un sólo intento o carta esa situación que él mismo había creado y que le habría arrastrado a ella.

Para su sorpresa, Roberto contestó la carta en quince días, con pocas y muy claras palabras, tal y como era su forma de ser. Al recibirla, ellas leyeron la carta juntas, Ana también se encontraba. Parte de esa carta decía así:

"… la felicidad de su sobrina sería todo lo contrario, para mí lo que deseen y si algún día puedo ir para allá y se dignaran a escucharme, les contaré por qué me casé con ella, para luego dejarla ir".

Terminó la carta con un frio saludo. Cuando finalizaron su lectura quedaron aún más tristes que antes, se miraron y abrazaron. Nathaly esa noche no podía dormir, lloraba sola, no sólo porque su temor no fue infundado, sino porque no entendía ese desamor por parte de él, por esa injusticia cometida hacia ella cuando cría en un futuro junto a él. Tantas cosas y pensando, pensando, al fin se quedó dormida.

Días después, Andrés regresó de España, él había llegado en barco y trajo sus cosas, como habían quedado. Nathaly se alegró mucho al verlo, había sido un buen amigo, como un hermano en aquel lugar.

—Hola ¿cómo estás Nathaly? —Preguntó Andrés—, te recordé mucho en este viaje de regreso.

Se abrazaron y Nathaly le respondió:

—Yo bien, en lo que cabe, pero ¿cómo estás tú?, ¿cómo te encuentras?, ¿y Roberto? —preguntó emocionada con el encuentro.

—Primero te diré que te traje tus cosas, segundo, yo estoy muy bien, gracias a Dios. Por último, está bien, pero no me dio ningún mensaje para ti, está muy confundido, su socio se fue con gran parte del negocio, lo dejó con deudas y se lo cerraron.

Ella se preocupó mucho, pero no podía hacer nada por él, Andrés continuó con las noticias.

—En cuanto a Elisa, ella y su madre se fueron al interior del país y ni se despidieron, así que no pude despedirme de ella y me hubiese gustado hacerlo y explicarles —dijo alzando los hombros.

Dio una mirada a su alrededor, Nathaly le indicó amablemente que se sentara en el sofá, mientras tanto, la tía Mary traía café recién hecho. Él, agradeciendo el gesto, bebió algo y continuó hablando.

—Nathaly, fue bueno regresar, mañana me voy a mi casa a ver a mi madre, estaré un tiempo por allá, pero te prometo que volveré un día de estos para charlar contigo con más calma —dijo dibujando una gran sonrisa.

Terminó su café y se levantó para irse, Nathaly también se levantó diciendo:

—Claro Andrés, ven cuando quieras y cuídate mucho.

Se abrazaron y, después de agradecer y despedirse de todos, partió.

Ella, con nostalgia, lo vio irse, estaba más delgado, pero tenía una expresión distinta en su rostro, más animado y alegre que como cuando ella se fue de Caracas.

Roberto mandaba algo de dinero los primeros meses, no era mucho, pero ella lo guardaba, luego fue distanciado los envíos, hasta que no mandó más.

Así llegó el otoño y con él las fiestas de su pueblo. Ana la invitó a irse unos días con ella para que se divirtiera un poco, pero Nathaly no tenía ánimos, no quiso ir y se excusó.

—Ana, no te molestes conmigo por favor, es que no estoy de humor y sería mala compañía, la idea es que tú vayas y te diviertas, yo no disfrutaría.

Se quedó mirando a Ana, ella, comprensiva, asintió. Nathaly dibujó otra expresión en su cara y agregó:

—Cuando regreses me cuentas cómo te fue y cómo está mi hermana, quisiera hablar con ella, la extraño, pero como ya viene la Navidad y todos vienen a pasar las fiestas aquí, entonces podré verla —decía esto con la vista perdida en el pasado.

Para ella todo seguía igual, solamente que trabajaba por las tardes con una modista cerca de la casa, eso la distraía un poco, pero su estado de ánimo siempre era nostálgico. El dinero que ganaba, que no era mucho, lo guardaba para su futuro, porque en casa del tío Jacobo no le faltaba nada.

Así pasaron los días, Nathaly se ocupaba en su costura, pero también tenía una buena amiga, Iliana, quien tenía un novio estudiando en Valladolid, así que no estaba sola. Ellas paseaban por Madrid charlando sus cosas, ilusiones, su vida tan complicada.

Iliana era una buena chica, buena amiga y muy divertida.

—Hoy nos vamos a divertir, tienes que cambiar ese ánimo Nathaly —le dijo Iliana—, los museos ya los conocemos y son para los turistas. Primero iremos al Parque de Retiro, pero como ya está haciendo frio no podremos montar las barcas. La Rosaleda es preciosa, pero le conocemos hasta la última florecilla. Queda El Ponterre, con sus paseos bonitos, tan romántico, tan bien cuidado todo —exclamaba entusiasmada, contagiando con su alegría a Nathaly, con sus ojos soñadores—, aunque no quiero cansarte mucho porque estaríamos horas enumerando ¿verdad? El Retiro, tan lindo y acogedor, hermoso, grande, tantos paseos, tanta gente, niños y parejas de enamorados, así que, en la mañana El Retiro y, ¿luego a dónde Nathaly?

Se le iluminaron los ojos y las dos, al unísono, como dos colegialas, exclamaron riendo juntas:

—¡A La Gran Vía!

Y lo hicieron, recorrieron con alegría las verdes veredas de El Retiro, luego tomaron camino a La Gran Vía, Nathaly, contagiada de esa alegría de Iliana, dijo poniendo su mano en la barbilla:

—Tomaremos una cerveza con el aperitivo, pero como estamos sin plata, como dicen en Venezuela, pedimos solamente unas papas fritas, a no ser que algún chico guapo se nos acerque y luego le toque pagar a él… ¡Claro! ¿No crees Iliana? —dijo pícaramente.

—¿Que si lo creo? ¡Claro que lo creo! Mira, tú no eres fea y yo no soy ningún coco, así que a la conquista de La Gran Vía, ¡vamos ya!, y seguimos soñando, también al cine —decía con aires de conquistadora.

Se levantó y agarró los abrigos. Se sentaron en una mesa recién desocupada, pidieron las cervezas y papas fritas, esperaron un rato y siguieron con su plática. Nathaly, un poco seria, le preguntó:

—Iliana, ¿y a ti no te da miedo o celos que Ramiro, tu novio, se entere de algún modo?

—¿Ramiro? —exclamó Iliana abriendo los ojos y riendo—, no, nada de eso, ¿qué piensas que él esté haciendo allá, solo en Valladolid, tan apuesto que es y con tantas chicas guapas? ¿Qué crees?

Nathaly sonrió, es que ella era distinta, luego, Iliana, con tono más serio y pensativo prosiguió.

—Lo que sí pienso es en ti y en Roberto y te digo que me da mucha rabia, él no te merece, no y tú todavía suspiras por él.

Hizo una pausa, comió algunas papas, volvió a su ánimo normal, notó el silencio de Nathaly y viendo esa nostalgia reflejada en sus grandes ojos y con alegría contagiosa le dijo:

—Pero no vamos a referirnos a cosas tristes hoy, perdona amiga, digamos adiós, chao tristeza... mmm... y hablemos sólo de nuestro paseo, ah, y de la ropa tan bonita que tienen en El Corte Inglés, esa tienda sí que me gusta.

Nathaly sonrió, bebió de su cerveza y con un ademán mostró a Iliana, disimuladamente, a un grupo de muchachos que las observaba y hablaban entre ellos. Los ojos de Nathaly brillaron y tratando de seguir con la plática dijo:

—No te preocupes por mí Iliana, lo dijiste porque eres sincera y buena amiga, pero hagamos algo para que se acerquen ¿te parece?

—Dijo sonriendo— Ah, y ¿solamente es ropa lo que venden en El Corte Inglés? —dijo disimulando.

Iliana, entre sorprendida y divertida con Nathaly, respondió:

—No, tienen cosas preciosas para la casa, accesorios, de todo, es muy bonita y fina, luego iremos.

Iliana miró de reojo al grupo y dijo bajando la voz y la mirada.

—Pues Nathaly, vienen hacia acá y mirando insistentemente.

Ambas tomaron sus cervezas y pidieron la cuenta. Cuando ellos iban pasando, con algarabía les dijeron unos bellos piropos, ellas no hicieron caso y esperaron que siguieran su camino.

Nathaly e Iliana salieron agarradas y riendo.

—Ah, qué paseo tan divertido Iliana, gracias —dijo Nathaly.

Rápidamente pasó el otoño dando paso al frio invierno. A Nathaly le gustaba ver desde la ventana de su cuarto, en el piso alto de la casa, cómo la gente iba abrigada hasta arriba por el frio que ya hacía. Caminando o en auto, hacía sus trabajos y ocupaciones y se quedaba absorta observando ese movimiento de vida.

Estaba alegre y a la vez nostálgica por la cercanía de la Navidad. Disfrutaba ver todo, las casas, tiendas y avenidas adornadas con motivos navideños y también porque vendría a casa su hermana, a quien extrañaba mucho. Además quería plantearle algo muy serio que estaba planificando. Y claro, toda la familia, quienes todos, cada año, venían a celebrar juntos las fiestas. También los amigos, entre ellos Iliana, que pasaría por allí con su novio.

Así llegó la Navidad y con ella la familia. Todos cenando alrededor de una mesa llena de deliciosos platillos hechos por la tía Mary, ayudada por Ana y por la misma Nathaly.

Había coliflores en salsa, pavo con su salsa, cochino y una enorme ensalada rusa. Y los dulces, los riquísimos turrones, figuras de mazapán, una verdadera delicia, tortas, sin olvidar el vino seco y dulce que lo servía el tío. Todos brindaban con sidra, había mucha alegría y no podía faltar la música con villancicos navideños, el Belén y los regalos.

Al tío Jacobo le gustaba mucho que la familia estuviera siempre unida y más reunida en Navidad. Como estaban en el bar, tenían de todo.

Pero tío Jacobo se preocupaba muchísimo por Nathaly, quería saber cómo estaba su ánimo y su dolor, pero no quería perturbarla y menos en esos momentos. Ella guardaba su dolor, no decía nada ni quería preocuparlos más.

Esa Navidad fue una de las más tristes para ella, recordaba y añoraba tanto a Roberto, como dos gotas de llanto, que amándose, mueren en la obscuridad. Recordaba todo, lo bueno y lo malo.

Pasadas las fiestas, Nathaly habló con su hermana Isabel antes de marcharse. Un día, por la mañana, ella la llamó aparte y le plantó decidida y sin titubeos su idea.

—Isabel, quiero preguntarte si tú me comprarías esas tierras que tengo en el pueblo. Yo necesito ese dinero y te diré para qué, quiero irme a Caracas, tengo algo guardado de lo que él me manda, más lo que he reunido, pero no me alcanza para el pasaje en barco y con lo que tú me des por ellas lo completaré, podré irme y me quedaría algo.

Isabel la escuchó atentamente y sin pensarlo mucho, la apoyó.

—Sí Nathaly, me quedaré con ellas hermana, te daré ese dinero. Deseo, sinceramente, que seas feliz porque lo mereces. Pero Nathaly, ¿te irás sola?, ¿no te da miedo?, ¿y si no encuentras a Roberto? Rezaré mucho por ti para que todo salga bien y encuentres tu felicidad y sin no es con él, Dios lo dirá —le dijo algo preocupada.

La abrazó con cariño, Nathaly correspondió con lágrimas de alegría pero decidida a luchar.

—Gracias Isabel, yo sabía que podía contar contigo. Debo marcharme, no puedo seguir así, debo arreglar mi vida.

Días después se realizó la venta y la decisión de Nathaly de regresar a Caracas fue conocida y comprendida por todos.

Ella, sin esperar mucho, fue al consulado para arreglar su pasaporte, pedir entrada a Venezuela y su sorpresa fue enorme al ver que no tenía visa de regreso en el pasaporte, que tenía escrito: "Llega a España a reunirse con su esposo".

Qué maldad y qué mentira, sólo para que no pudiera regresar a Venezuela junto a Roberto. Su primer pensamiento fue hacia esa señora que hizo y deshizo tanto en su vida para infringirle tanto daño sin que ella le hubiera hecho nada, al contrario, Nathaly siempre fue sincera, amable y servicial con ella, pero no se dejaría vencer, lucharía y con dinero se soluciona todo.

—Mira Nathaly —le dijo su hermano—, yo voy a dialogar con las autoridades del consulado y les explicaré tu caso, no todas las personas son malas como las que te tocó conocer allá y no será necesario un dinero extra, así que ya lo verás.

Y tuvo razón, fue para allá y planteó el caso, Nathaly no tendría problema alguno para regresar y residir en Caracas. Le concedieron visa de residente, después de seguir con el curso normal de tramitación.

Con todos esos trámites de papeleo completos, llegó el mes de junio para efectuar su salida. Debía ir hasta el puerto de Cádiz para embarcarse allí, estaba preocupada porque iría sola y no conocía a nadie allá, por lo que su hermano avisó que la acompañaría.

—Nathaly, yo iré contigo hasta Cádiz, te acompañaré hasta que zarpe el barco, no te preocupes.

—Qué alegría Antonio, ya me siento mejor, más tranquila, ¿cómo haré para pagártelo?

Antonio, como el hermano mayor que era, la miró comprensivo y le dijo:

—¿Cómo?, siendo feliz —dijo tomándola del brazo—, ya tienes la dirección del sacerdote de San Antonio de los Santos, ya lo conoces ¿verdad?

Nathaly contestó afirmativamente con la cabeza y él siguió hablando.

—Bien, él nos aseguró que te ayudaría en lo que estuviera en sus manos y que puedes visitarlo cuando llegues allá.

—Está bien —dijo agradecida—, tengo que despedirme de Andrés, él se portó muy bien conmigo, lo llamaré a su trabajo.

Antonio afirmó positivamente, ambos entraron a la casa hablando del viaje, él se despidió para ir a su casa para arreglar sus cosas y avisar a su esposa, estaba preocupado pero feliz, porque Nathaly tenía un ánimo diferente y así lo mostraba realmente.

Nathaly llamó a Andrés y quedó de ir para allá al día siguiente. Cuando llegó al día siguiente, se saludaron como siempre, con un fraternal abrazo y luego Nathaly le contó:

—Andrés, quiero decirte que me marcho a Caracas en barco, sola. Tú sabes muy bien cómo quiero a tu hermano y voy a luchar por él, no sé lo que me pasará o qué encontraré, pero aquí y así, ¡yo no me quedo! —dijo con dureza y esperanza a la vez.

Andrés, algo sorprendido, en forma grata, la escuchó en silencio y sin querer interrumpirla. Ella prosiguió:

—Lo que quiero pedirte es que no le escribas diciéndole las intenciones, ya que esa carta, de alguna forma llegaría a manos de la Sra. Lola y lo que no te he contado, luego lo haré, pero sé que así me harías daño, ¿confío en ti?

Andrés respondió rápidamente afirmándole su fraterna amistad.

—Claro Nathaly, ya tienes mi palabra, no te preocupes, pero dime ¿qué te pasó? —preguntó entre curioso y preocupado.

Nathaly procedió a contarle lo de la visa y lo que hizo Antonio. Andrés quedó atónito, no podía creerlo. Luego ella dijo:

—Andrés, te llamé para poder despedirme de ti, para que después no pienses que soy ingrata y que me voy sin despedirme —dijo traviesa y jugando.

Andrés sonrió, luego, entre agradecido y triste a la vez, le respondió:

—Nathaly, has sido una buena amiga y hermana, estoy ansioso de que todo te salga bien y que encuentres algún día la felicidad que tanto mereces. Sabes bien que te lo digo de corazón, eres muy valiente. Sería una pena que no nos veamos más.

—Andrés, te aseguro que algún día nos encontraremos, aunque sea con plancha y bastón —le dijo con alegría, esperanza y tomando la posición de un anciano con bastón.

Andrés rio animado y respondió:

—Ja, ja, ja, Nathaly, tú has cambiado, te veo distinta, más decidida y alegre, no sé, pero cuídate mucho, ¡hasta siempre!

Así se despidieron, con una sonrisa en sus rostros, un apretón de manos y un beso en la mejilla.

Al día siguiente, el día de su partida, tenía ya todo su equipaje preparado, sólo faltaba despedirse de la familia, Este viaje, en todos los sentidos, era muy distinto al anterior, nadie iría a la estación del tren. Nathaly estaba llena de sentimientos intensos y contradictorios dentro de sí misma, pero la mantenía una sola idea y aun así se iba.

Se despidió de su tía Mary y de Ana, en sus ojos color marrón profundos se asomaban, sin su permiso, las lágrimas.

—Tía, un abrazo muy fuerte y tú, Ana, también.

Se fundieron en un sólo abrazo. Nathaly dijo tratando de no llorar:

—Yo, yo les escribiré, no se preocupen. Ya me despedí de Carmen, de los niños, de todos y para usted, tío Jacobo, beso en su mejilla con el recuerdo de Barcelona, que fue tan bonito, gracias por todo.

Antonio había llegado temprano con su familia, ellos esperarían allí hasta su regreso. Nathaly tomó sus cosas, peinó su cabello con una cola de caballo, como otrora la hiciera, se colocó sus lentes y, hacia el mediodía, los dos partieron.

Repitieron en su memoria las mismas escenas del viaje anterior y así, ya montados en el tren, colocaron las maletas en silencio y sentados esperaron la partida del tren. El baúl de Nathaly lo habían mandado con anterioridad para el barco, ellos confirmarían lo del papeleo al llegar a Cádiz.

El viaje le pareció más rápido que antes, el tren viajaba de prisa y Nathaly pensaba mientras se acomodaba en el asiento: "No sé cómo voy a hacer en la Guaira con el equipaje, Dios quiera que encuentre una buena persona que me ayude".

Cuando llegaron a Cádiz se alojaron en el hotel donde pasaron dos días con Andrés y su tío en el viaje anterior. Cádiz, con su bella gente, amable y muy divertida, es una ciudad muy bonita, parece una tacita de plata, con sus casas blancas, algo pequeña, se puede pasear por el muelle, tomar el sol en sus bellas playas y luego ir a comer mariscos.

Pero nada era lo mismo, Nathaly, aunque le gustaba mucho esa ciudad, nada la confortaba y más bien, aquel precioso y acogedor hotelito, le trajo mucha nostalgia.

Llegó el día de embarcarse y su hermano Antonio la acompañó hasta el último momento. Ella lo abrazó y le dijo con la voz quebrada:

—Adiós hermano, márchate pronto por favor y deséame suerte.

—La tendrás Nathaly, buen viaje. Adiós, escribe pronto.

Nathaly subió rápidamente al barco y éste comenzó a navegar, pero por un rato se quedó allí, cerca de la baranda, viendo tristemente cómo se alejaba del puerto.

Al llegar a cubierta le indicaron cuál era su camarote, que no tardó en conseguir, y le tocó la litera de arriba.

Colocó despacio sus cosas, al terminar se sentó, suspiró y se recostó mientras cavilaba; unos momentos después llegaron dos pasajeras jóvenes, muy bien arregladas, algo ruidosas, quienes al entrar, saludaron amistosamente a Nathaly.

—Hola, somos tus compañeras de viaje —dijo una de ellas,

—Y tú, y tú ¿también vas a Venezuela? —dijo la otra.

—Sí —respondió levantándose—, yo voy a Caracas, me llamo Nathaly.

—Hola, soy Sara. El viaje en barco es muy bonito ¿verdad? —dijo ella mientras colocaba su maleta y la otra hizo lo mismo diciendo:

—Sí, cuando hace buen tiempo es mejor y uno no se marea, las personas charlan, cuentan sus vidas, se divierten y son como una gran familia, hay muchos niños, personas mayores, se come bien, se descansa mucho...

—...y el mar es precioso —le interrumpió la otra.

—Es verdad —pudo decir Nathaly.

Pasaron cuatro días y, paseando por la cubierta, ella conoció a dos muchachas que hacían lo mismo, ellas eran de Ávila y simpatizaron mucho al momento de verse, ellas mismas se presentaron.

—Yo soy Elena y ella Luisa, somos primas.

—Hola, mi nombre es Nathaly y me da mucho gusto conoceros —respondió alegremente extendiendo su mano.

Ellas también y de ese modo se hicieron buenas amigas a partir de ese día. La charla continuó.

—Yo tengo un cuñado en Caracas, dijo Elena, y también conocemos a una señora paisana nuestra, nuestra hermana está viviendo con ella como una hija, pues es su madrina.

—Ella tiene un pequeño hotel —acotó Luisa—, nosotras nos alojaremos allí, por lo menos hasta encontrar trabajo.

Nathaly sonrió, las escuchaba atentamente, el sol brillaba, el viento se enredaba travieso en su sedoso cabello y ella les contó:

—Yo tengo a mi esposo en Caracas, pero tenemos problemas, hace un año que no nos vemos —les dijo tristemente.

Ambas muchachas se sorprendieron al oírla, llegaron a la cantina de cubierta, se sentaron un rato e invitaron a Nathaly un refresco.

Elena le preguntó qué había pasado y Nathaly le respondió:

—Yo me casé por poder y mi viaje anterior, por barco, fue muy distinto a éste, fue con mucha alegría.

Tomó de su refresco y continuó.

—Quiero contaros cómo fue mi vida en esos meses, porque os considero mis amigas y también, si nos es mucho mi atrevimiento, pedirles vuestra ayuda.

Ambas estuvieron de acuerdo.

Nathaly comenzó a relatarles todo, habló, habló y al final se sintió un poco más tranquila. Luisa, que era una persona muy suave, seria y a la vez comprensiva, aunque Elena también, tomó sus manos, mirando a su hermana y muy comprensiva dijo:

—No te preocupes Nathaly, puedes, con toda confianza, contar con nosotras y puedes llegar a nuestro hotel sin miedo, es un sitio muy decente y grande.

—Gracias, gracias Luisa y Elena —dijo emocionada,

Siguieron hablando y entre la charla, Luisa acotó que estaban solas en el camarote, a lo que Nathaly rápidamente respondió:

—¿Saben?, como ustedes tienen una cama libre en su camarote, voy a pedir que me cambien, porque en el que estoy no me gusta, ellas, no sé, tienen demasiada libertad y tienen otra clase de educación, no me gustan —dijo poniendo una cara de rechazo,

Así fue, no tuvo problemas al cambiarse, ese mismo día le dieron la otra cama y ella, muy contenta, se mudó con sus nuevas amigas.

Todos los días comían juntas, se sentaban en cubierta y tomando el sol hacían planes para su futuro, como lo hacen la mayoría de los emigrantes, y hablaban de las cosas que les gustaban en Caracas.

La fiesta de barco, la alegría de los niños, todo eso ella ya lo conocía y sonreía, aunque a veces con cierta melancolía.

Ya faltaban pocos días para llegar a puerto y ese día el barco comenzó a moverse muchísimo y el vaivén, como otrora sucediera, era continuo, llovía intensamente, era una tormenta que llegaba.

Las tres se quedaron en el camarote, Elena y Luisa estaban asustadísimas y Nathaly, tratando de tranquilizarlas un poco, les dijo:

—Yo ya no le tengo tanto miedo a las tormentas porque ya pasé por esto una vez y sé que pronto pasará, no teman chicas.

Así fue, dos horas después cesaron las lluvias, el viento, la tormenta.

La travesía llegó a su fin justo a los dieciséis días fijados, estaban en puerto ya. Todas se arreglaron muy bien, con sus mejores vestidos, quien podía pagar una peluquería para peinarse lo hacía y no sólo para eso, sino para maquillarse, pintarse o si no, entre ellas, como así lo hicieron y al fin salieron.

Elena, la más alta de las tres, se empinó un poco entre la multitud y divisó a alguien, informándoles de inmediato:

—Sí muchachas, creo que aquél es mi cuñado, ¡qué alegría!

Bajaron despacio y sin dejar de mirar todo se despidieron de los compañeros de viaje. Llegaron y se saludaron todos.

—Hola —dijo Luisa—, ella es Nathaly, amiga, compañera de viaje y viene con nosotras para el hotel.

—Encantada, mucho gusto —dijo Nathaly extendiendo la mano.

—Lo mismo digo —respondió el cuñado sonriendo, sin dejar de mirarla y extendiendo también su mano.

Luego de las presentaciones de rigor caminaron todos hacia el auto, no dejaban de hablar y preguntar por todo. Tomaron vía autopista y casi sin darse cuenta, llegaron a Caracas.

El Hotel Francia a Nathaly le pareció, más que un hotel, una pensión grande, con cuartos divididos por paredes de cartón-piedra. En ella vivían emigrantes de varios países, españoles, portugueses, italianos, dominicanos, portorriqueños, franceses, etcétera.

La dueña de la pensión era una señora española, ya mayor, con varios años en el país, su nombre era Marta y era una persona buena, pero algo codiciosa, le gustaba mucho la plata, o sea, el dinero.

Doña Marta tenía a su ahijada, Luz Marina era su nombre y viviendo con ella. Estuvieron unos años en Brasil, luego en Francia. Cuando aún tenía a su esposo llegaron a Caracas, ellos compraron la casa y la adaptaron para hotel.

No hubo objeción alguna para aceptar un huésped más. Les dieron una habitación más grande, con tres camas para ellas, con un closet y un espejo grande. El techo alto y toda la habitación pintada de blanco, tenía dos ventanas rústicas, antiguas, como la decoración del hotel.

Nathaly, luego de arreglar sus cosas junto con sus amigas e inspeccionar un poco cómo era todo, se sentó a descansar en la cama de Elena. Después de un pequeño rato de silencio y pensando, les dijo:

—Hoy iré para El Silencio, a una zapatería donde los dueños conocen a Roberto, ellos podrán decirme algo de él, seguramente.

—¿Sí? —dijo Elena—, pero Nathaly, será después de que descanses y comas algo, además, si quieres vamos juntas.

—Está bien Elena y sí, vamos las dos.

Las tres descansaron, tomaron una ducha y comieron en la habitación, luego, Elena y Nathaly, después de arreglarse, salieron.

Como tenían tiempo sin ver a Caracas, encontraron cosas nuevas que les agradaron mucho, bajaron del autobús, ya era tarde, casi la hora de cerrar, cuando llegaron a la zapatería. Allí encontraron a dos señores que amablemente les informaron al preguntar si sabían algo.

—Hace pocos días estuvo por aquí, si quiere puedo darle su mensaje cuando vuelva nuevamente —dijo uno de ellos.

Ella respondió de inmediato, algo nerviosa y agradecida.

—Sí, por favor, dígale que Nathaly estuvo aquí, que es urgente se comunique conmigo. Este es mi número de teléfono, yo soy su esposa y gracias por todo.

Nathaly se despidió saliendo casi inmediatamente.

—No es molestia señorita —alcanzó a decirle el hombre.

Después de salir de allí, algo sofocada pero aliviada por encontrar un primer contacto, se dedicaron a caminar un poco viendo vidrieras. Luego, en el autobús de regreso, Nathaly le comentó a Elena:

—Yo creo, Elena, que mañana llegaré hasta San Antonio de los Altos para ver al párroco de ahí, pues él se ofreció para ayudarme en lo que pudiera. Sé que me podrá prestar algún dinero para pagar a la señora Marta y luego, para poder ir a buscar trabajo de costura o algo por el estilo.

Iban llegando al hotel cuando Elena, que escuchaba atenta, le dijo:

—Me parece muy bien Nathaly, pero antes tendrías que ir a Catia, a casa de la tal Sra. Lola y sorprenderla.

Lo dijo al ir bajando del autobús. Nathaly la siguió y, ya en la calle, Elena prosiguió:

—¿No te parece?, lo que pasa es que mañana no podré ir contigo porque tengo que ir a esa fábrica que te comenté antes,

—Sí, lo recuerdo y comprendo.

—Voy a pedir ese trabajo que el portorriqueño me recomendó y me dijo que hablaría con el dueño, quien es dominicano y amigo de él —dijo Elena mientras cruzaban el patio del hotel.

Ya era de noche y se encontraban en la entrada cuando salía la Sra. Marta.

—No te preocupes Elena, de todas maneras, gracias... yo tomaré...

—Buenas noches Sra. Marta —interrumpió Elena sonriente al toparse con ella y Nathaly hizo lo mismo. Ella les contestó con su típico acento gallego:

—Buenas noches señoritas, ¿les fue bien?

—Sí, muy bien, gracias ¿y Luisa está arriba? —preguntó Elena.

—Acabo de verla subir, allí debe estar.

—Gracias, entonces hasta mañana.

Al decir esto ambas corrieron hasta arriba, encontraron a Luisa y reiniciaron animadas su charla.

—Y ¿cómo les fue, muchachas? —dijo Luisa interesada.

—Muy bien —dijo Nathaly entre animada y preocupada,

—Sí, y veníamos hablando cuando encontramos a la señora Marta e interrumpimos nuestra conversación —agregó Elena,

—Sí, y lo que estaba diciendo a Elena era que como no me puede acompañar mañana, iré a San Antonio sola, tomaré un autobús o "carrito por puesto", como se dice aquí. Otro día voy contigo a Catia. ¿Saben?, ellas tienen unas cosas mías y mi máquina de coser también.

Nathaly lo decía mientras se cambiaba para luego cenar. Luisa oía atenta sentada en su cama, Elena también se cambió poniéndose un vestido más cómodo y agregó:

—Ah, encontramos la zapatería y dijeron que hablarían con Roberto cuando lo vieran ¿verdad Nathaly?

—¡Es verdad! —contestó sentándose en una silla cerca de la ventana, pensativa—, estoy pensando en otros planes, primero iré a la barbería de Juan, el amigo portugués de Roberto, él sí que lo encuentra porque conoce toda su vida y sabrá dónde está viviendo ahora, si es que no está con Elisa y sus papás.

Al día siguiente Nathaly se fue hasta la avenida Sucre, como había dicho a sus amigas, específicamente a la barbería Storil. Se arregló muy bonita, se puso su mejor vestido, su pelo negro suelto, lindo y brillante. Tomó su bolso con sus únicos veinte bolívares para el pasaje.

Ella no conocía personalmente a Juan, pero sí lo recordaba por fotos. Cuando llegó, muy decidida entró y preguntó por él.

—Buenos días, quisiera hablar con Juan, por favor.

—Buenos días, soy yo, ¿con quién tengo el gusto de hablar?

Preguntó Juan educada y cortésmente, saliendo al paso y dejando a un lado lo que hacía. Ella, algo nerviosa, se presentó y extendiendo su mano exclamó tratando de sonreír:

—Hola, me llamo Nathaly y soy la esposa de Roberto, tu amigo. Creo que recordarás algo acerca de mí, por medio de él.

Sorprendido, Juan correspondió el saludo y respondió sonriente:

—Sí, claro, ¿cómo no voy a recordarte? Mucho gusto.

Le decía moviendo su mano repetida y vigorosamente, luego la soltó.

Nathaly, entre sofocada, sonriente y rescatando su mano, le respondió:

—Lo mismo digo.

—¿Cómo estás y cómo te ha ido? Ven, pasa y siéntate aquí, por favor. Dime, ¿en qué te puedo ayudar?

—Estoy bien, gracias. Yo sé que no nos conocemos, sino por lo que Roberto nos ha contado a cada uno de nosotros. Espero no parecer atrevida, yo llegué hace unos días de Madrid y necesito ver a Roberto, hablar con él y no tengo su dirección actual o dónde poder encontrarlo. Sólo tengo la dirección de la Sra. Lola y no quisiera que ella supiera todavía que estoy aquí, porque sé muy bien que me lo negaría diciendo que está en el interior, cualquier otro lado o algo así. Yo sabría que ella estaría mintiendo, tú debes saber y conocer cómo es ella.

Hizo una pausa, Juan escuchaba atento, sentado a su lado y luego prosiguió.

—El favor que te pediría es que hablaras con Roberto, que me busque y se comunique conmigo en esta dirección o me llame a este teléfono —dijo un poco nerviosa aún mientras le entregaba un papel que había escrito y guardaba en su bolso.

Juan tomó el papel comprendiendo la situación y muy serio le dijo:

—No te preocupes, seguramente que mañana viene por aquí, yo le hablaré, le daré tu mensaje y te repito, no te preocupes, él te llamará y hablará contigo, te lo aseguro.

—Gracias Juan, yo te lo agradeceré mucho, como tú eres uno de sus mejores amigos, pienso que debes saber algo de lo que pasó entre nosotros, seguramente te lo habrá contado —dijo con dolor, pero algo aliviada.

—Sí, me contó algo y yo lo aconsejé mucho, pero...

Respondió haciendo una pausa en la que hubo un silencio de confianza. Sonrieron ambos, luego se levantaron, ella, tomando su bolso y con cariño, rememorando lo pasado, cambiando de tema agregó:

—¿Cómo está tu madre?, a ella sí la visitamos una vez junto con Andrés y fue muy atenta y agradable con nosotros. Por favor, mándale muchos saludos de mi parte.

Lo comentó Nathaly mientras caminaba hacia la puerta, Juan iba detrás, ella volteó despidiéndose, extendiendo su mano franca.

—Bien, me debo marchar, encantada de conocerte Juan, eres muy amable, gracias por todo.

—Hasta luego Nathaly, para mí también fue un placer conocerte. Roberto siempre me hablaba de ti y, no te preocupes, yo le daré tu mensaje y tus saludos a mi madre. Cuídate —respondió él con acento portugués, pero no tan acusado como otros.

Nathaly salió más tranquila y regresó al hotel, sólo le quedaba esperar. En el viaje de regreso, ya en el autobús, pensaba lo agradable y simpático que era Juan. Un chico de buena familia, pobre, pero muy educados.

Contó lo sucedido a las muchachas, ellas estaban pendientes de los pormenores con ella y estarían también esperando esa llamada. Mientras tanto, Nathaly seguiría con sus planes.

Al día siguiente, Nathaly se enrumbó sola a San Antonio en *carrito por puesto*, pero como ya no tenía más pasajeros que llevar, el viejo chofer se dirigió a Nathaly.

—Señorita, yo la llevo a San Antonio si usted quiere, pero por la carretera vieja, es más rápido para mí y le cobro menos.

Ella, sin pensarlo mucho porque quería llegar pronto, le dijo:

—Está bien, me iré con usted, ¿cuánto me costará?

—No se preocupe, es poco —dijo el señor.

Ya en la carretera, Nathaly observaba, estaba muy asustada, el camino que el chofer había elegido era malo, el carro saltaba a cada momento, los huecos eran muchos, así como las curvas. Ambos permanecían callados, concentrados en el camino, pero el chofer, al verla asustada, sonriendo y con ese tono que tienen los llaneros, le dijo:

—No se asuste *mija,* esta carretera es así, lo que pasa es *que'l* carro lo resiente ¿ve?, pero vamos bien.

Hubo una pausa, esquivó un bache más, él iba a mucha velocidad y le preguntó:

—¿*Usté va pa'* San Antonio o va más *lejo?*

—Yo voy a casa del párroco que tiene muchos años allí, dijo que me estaría esperando, creo que vive en la parte de arriba, él es un viejo amigo de la familia —dijo Nathaly aún nerviosa.

—Ah sí, es muy conocido por aquí, él hace mucho por los pobres, San Antonio tiene una iglesia grande y el curita la tiene bien cuidada, como tacita de plata.

—Sí, eso me han dicho —contestó.

—¿Sabe *usté,* que nuestra patrona es la virgencita de Coromoto, señorita? Aquí en Venezuela le tenemos mucha fe.

—Sí, cómo no voy a saberlo, yo tengo una estampita que me regalaron.

Tenía miedo, terror, por su mente pasaron miles de cosas y todas funestas. ¿Cómo se le ocurría a ella irse sola con ese hombre y sin conocerlo? Se regañaba ella misma y lo único que hacía era orar, rezar sin parar.

"Dios mío, Dios santo, Virgen de Coromoto, ayúdenme a llegar sana y salva y que sea pronto, por favor", rezaba en sus pensamientos.

De pronto, al dar una curva, el viejo chofer le indicó maniobrando despacio:

—¿Ve?, ya estamos llegando, éste es el pueblo y yo voy hasta esa plazoleta a recoger pasajeros.

Paró el auto en la plaza, Nathaly se sintió aliviada y le dijo:

—Está bien, ¿cuánto le debo, buen hombre?

—Es poco señorita, sólo diez bolívares.

Él estiró la mano, ella le pagó y se bajó rápido del carro diciéndole:

—Tome, y muchas gracias por el viaje.

—No hay por qué y perdone *usté*.

Rápidamente se alejó caminando, estaba un poco asustada porque eso era lo último que tenía como capital, en eso pensaba cuando se cruzó con un muchachito al que le preguntó dónde quedaba la iglesia.

—Yo ahora voy con el padre señorita, si quiere ir conmigo. Todos los días voy a llevarle pan.

Dijo muy amablemente el niño mostrándole la bolsa que tenía.

—Sí muchacho, voy contigo, gracias —le dijo ella agradecida.

—El cura vive en la casa parroquial, ésa. —Dijo el muchacho señalando—, tiene un gran patio en donde uno puede jugar y un jardín con muchas matas,

Todo dicho por el niño amistosamente, siguiendo la charla y era cierto, la casa era muy bonita. Detrás de la iglesia tenía un hermoso y florido jardín. El niño tocó la puerta con el picaporte y apenas se abrió, cual flecha entró corriendo y casi atropella a una señora algo mayor y muy amable, quien abriendo la puerta preguntó riendo:

—Ah muchacho... Buenas, ¿quién busca al padre?

—Yo señora, por favor, dígale que Nathaly, la muchacha de Madrid, está aquí, yo soy amiga de su familia, él me conoce.

Lo dijo contestando un poco apenada y con cierta timidez. La señora, dirigiéndose adentro, le indicó con la mano que se sentara y le dijo:

—Sí, ya se lo digo, pero por favor, siéntese que él ya viene.

El muchacho ya le había avisado, así que el padre Felipe no tardó, cruzándose con la señora en el pasillo, ella le dio el mensaje y él, al ver a Nathaly, se alegró mucho y la abrazó,

—Hola Nathaly, qué gusto verte, pero ¿cómo estás y cómo te fue en tu viaje?, ¿y tu familia? —preguntaba impaciente.

—Hola padre, fue, bueno, hace tres días que llegué a Caracas, yo estoy aquí por lo que usted le dijo a mi hermano, ¿recuerda?, para pedir su ayuda y su consejo. Mi familia está muy bien, gracias.

Todo se lo dijo entre alegre y apenada pero muy esperanzada.

El padre Felipe era una persona realmente noble y buena y le dijo:

—Bueno, bueno, vamos a platicar un poco de todo, Nathaly. Ven, hablemos en mi oficina y dime, ¿ya encontraste a tu esposo? —preguntó entrando al recinto y arrimó un sillón a Nathaly cerrando la puerta.

Era una oficina modesta, pero bien arreglada, con una ventana grande, con una cortina pesada, muchas plantas y en que por ella se veía el jardín y la hermosa iglesia.

Nathaly se sentó y respondió a lo que él le había preguntado.

—No, pero le dejé unos mensajes en casa de dos conocidos y sé que pronto me buscará.

—Siendo así, tienes que esperar a hablar con él y pedirle que vuestro matrimonio se salve y recapacitar —dijo comprensivo.

—Sí padre, desde el primer momento de mi triste retorno a España, ésa fue mi única idea y por eso regresé.

El padre Felipe se levantó, sirvió dos tazas de café con leche bien caliente, de una jarra estilo árabe, la cual siempre le traía la señora y unas galletas. Sin preguntar, se las dio con una gran sonrisa.

—Toma Nathaly, sé que te gustará.

—Gracias, me caerá bien, hace algo de frio aquí.

Mientras tomaban el café hablaron un poco de todo, sobre España, Roberto, sus cosas y él la aconsejó en sus dudas.

Después de esto, el padre se sentó, abrió una gaveta de su escritorio de roble y sacó de ella dinero.

—Yo te voy a prestar una plata que te hará falta para que puedas pagar tu hospedaje y te sirva mientras encuentras algún trabajo como costurera, si mal no recuerdo, eres muy buena en ello, y ya después, cuando puedas, sin haber apuro alguno, me lo devuelves.

Se lo entregó y escribió en un papel una dirección diciendo:

—Mira Nathaly, te estoy dando la dirección de mi hermana, que vive en Caracas, en El Rosal, así que si tú quieres verme, no tendrías que venir hasta aquí desde tan lejos, le dices quién eres, ella me llama por teléfono y le diré que te reciba, es muy buena persona.

Nathaly tenía otra expresión en su rostro, estaba más tranquila y agradecida por toda su amabilidad, así se lo hizo saber.

—Padre Felipe, es usted muy amable, gracias por el dinero, por sus consejos y hasta por el café con galletitas.

Ella lo dijo levantándose del sillón, guardando el dinero y la dirección en su bolso. El padre también se paró, se adelantó para abrir la puerta y le dijo en tono amable y comprensivo:

—No fue nada Nathaly, yo iré contigo hasta la plaza para que algún conocido te dé una colita hasta Los Teques, ya ahí tomarás un autobús o carrito, es más fácil.

Caminaron hacia la placita, el padre enseguida vio a dos señoras que conocía, tenían una camioneta estacionada allí mismo y les pidió:

—Como sé que ustedes van a Los Teques, por favor, ¿me le dan una colita a la joven?, la necesita.

—Está bien padrecito, pero primero tenemos que pasar por la granja y por la cochinera para recoger y dejar unos encargos.

—No importa, con tal que me la lleven, ella puede ir ¿verdad Nathaly?

Ella asintió con la cabeza y el padre aconsejó:

—Sólo pórtense bien, manejen con cuidado y no corran. Ella podría ir a Caracas directo, pero en autobús, es más difícil de abordar aquí, llegan muy llenos y son más lentos, pero... muchas gracias —les dijo sonriendo.

Nathaly se despidió del padre y las señoras dijeron que podía sentarse de una vez porque partirían.

Lo hizo y desde adentro dijo:

—Gracias de nuevo por todo padre, ya nos veremos en Caracas.

Los hombres se subieron, Nathaly se acomodó y se fueron. En el camino decidieron llevarla a ella primero y luego hacer sus encargos. La dejaron en la terminal de autobús de Los Teques, se subió a uno que ya salía y que la dejó en la plaza La Concordia, muy cerca del hotel.

Ya era el mediodía cuando llegó y en la habitación la esperaban Luisa y Elena, quienes, al verla entrar, ambas, al mismo tiempo, le preguntaron muy emocionadas.

—¿Cómo te fue Nathaly, llegaste bien?

—¡Uf!, exclamó tirándose en la cama. Sí, me fue bien chicas, se los contaré desde el principio, primero con un grato susto —decía sentándose y dejando el bolso sobre la cama—, yo era la única pasajera en el carrito, se me ocurre aceptar que él me llevara y se fue por la carretera vieja, estaba aterrada, yo sólo rezaba, pero gracias a Dios, no me pasó nada. Luego llegamos, busqué al padre Felipe, hablé con él, fue muy bueno y me prestó una plata, doscientos bolívares, aquí están —dijo sacándolos de la cartera.

Las muchachas, a su alrededor, la escuchaban atentas, con los ojos muy abiertos. Ella los guardó de nuevo y siguió contándoles todo.

—Me servirán para pagar el hospedaje a la Sra. Marta, para los pasajes, para buscar trabajo y pronto —hizo una pausa para continuar—, luego, el padre me consiguió una colita hasta Los Teques y llegué en el autobús. ¿No me llamó Roberto? —preguntó enseguida.

—No Nathaly, también le pregunté a Luz Marina y me dijo que no.

—Ah, compraré el periódico para mirar los anuncios de costura, yo sé que debe alguno para mí. Algo tengo que encontrar.

—Claro que los hay, no te preocupes —dijo Elena.

Nathaly, dirigiéndose a ella, le preguntó con sincero interés:

—¿Y cómo te fue a ti Elena?, cuenta.

—Me dieron el trabajo de bordadora a máquina, de ropa para niños y lo mejor es que comienzo el lunes y me pagarán muy bien, estoy feliz por todas, cuéntale Luisa.

—Sí, yo ya tengo trabajo también —contó Luisa—, es en una casa de familia, son muy buenas personas y ricas. Mi primo trabajó con ellos y me recomendó, será para servicio de adentro, así que pronto me marcharé, pero saldré los domingos y me darán vacaciones. —dijo entre alegre y triste.

—Qué bien —exclamó Nathaly—, me alegro por ambas, por ti Luisa, que tengas suerte, que ojalá pronto puedas traer a tu novio ¡y vendrás a visitarnos pronto los domingos!, es muy bueno. Elena, me alegro porque también tú conseguiste también, nos haremos compañía y sé que lo harás muy bien allá.

Luego de charlar un poco más y cambiarse, se fueron a almorzar.

A la mañana siguiente, Nathaly estaba escribiendo una carta a su tía y a sus hermanos cuando sonó el teléfono, Luz Marina atendió y corriendo la llamó gritando.

—Nathaly, Nathaly, te llaman, contesta rápido ¿dónde estás?

—Sí, voy enseguida; aquí estoy —dijo en el sitio y atendió.

—¿Aló, diga? Sí, soy Nathaly, ¿eres tú Roberto? ¿Cómo estás?

Era Roberto, quien al fin la llamaba y quien fríamente preguntaba por ella. Nathaly respondía entre alegre y nerviosa lo que él le preguntaba al otro lado de la línea.

—¿Yo? Bien, esperándote, esperando tu llamada. Sí, yo te esperaré... sí... a las siete, ¿tienes mi dirección? Bueno, adiós.

Colgó el teléfono y quedó pensativa, pero estaba contenta, agradeció a Luz Marina y fue corriendo a decírselo a sus amigas.

—Chicas, hablé con Roberto, esta tarde nos veremos, esperará aquí abajo en la puerta —quedó inmóvil, como comprendiendo—, hay Dios mío, haz que todo salga bien, que me quiera, que me comprenda.

Lo dijo con los ojos cerrados y las manos entrecruzadas en señal de oración, entretanto, las muchachas corrieron a su encuentro en la puerta del cuarto, rodeando a Nathaly e interesadas en lo que contaba. Elena, quien era la más alegre y optimista, al oírla así, tomándola del brazo la llevó hasta la cama diciendo en tono comprensivo y conciliador:

—Nathaly, no te preocupes, todo se arreglará, todo lo que tienes que hacer es arreglarte lo más bonita que puedas, elegante. Tú eres muy bella, te pintas y te dejas tu lindo pelo suelto y te pondrás... déjame ver en el clóset... este conjunto de dos piezas, ¡lindo! Te queda muy bonito, ah, pero no se te olvide el perfume, Roberto quedará mudo de la impresión. Dime, ¿qué te parece?

Lo dijo pícaramente, aún con el traje en la mano. Nathaly había cambiado su expresión y se animó con lo que Elena le dijo.

—Muy bien, te haré caso Elena, tienes razón —dijo con alegría—, pero ahora vamos a comer porque si no, la señora Marta se molesta, después anda diciendo que cada uno llega a la hora que quiere.

—Bien, no hablemos más porque me muero de hambre, vamos a comer, vean la hora.

Las tres llegaron en tropel a la mesa, otros iban llegando con ellas.

—¿Qué comeremos hoy? —preguntó Nathaly,

Las señora le puso el plato en el momento y ella abrió los ojos agregando:

—¡Guao, pabellón con baranda, qué rico! Caraotas negras, arroz blanco, carne mechada refrita, plátano frito. Me gustan mucho los plátanos fritos... mmm... está riquísimo ¿verdad?

Mientras exclamaba esto Nathaly, la señora Marta la miraba satisfecha, Elena y Luisa reían y asentían con la cabeza, pues tenían la boca llena.

—A ti Luisa, ¿qué es lo que más te gusta de la comida venezolana?

—De lo poco que he degustado, además del pabellón, me gusta la arepa con bastante queso blanco, pero la arepera me gustan más y otras de pollo que las preparan riquísimas.

—Tienes razón, la arepa en Venezuela es famosa y a mí la de pollo en pedacitos me gusta mucho también —dijo Nathaly.

—Claro, es uno de sus platos nacionales —interrumpió Elena.

—Sí, tienes razón, ya tenga pollo, queso, carne o lo que sea, me gustan mucho —decía Nathaly sin dejar de comer.

—Lo que no me gusta es esa avena con leche que preparan en el desayuno tan aguada —dijo Luisa con cara de desagrado.

—Es verdad, yo prefiero mi café con leche —respondió Nathaly después de terminar su plato.

Eran las siete de la noche y Nathaly ya estaba arreglada esperando en la puerta del hotel cuando vio a Roberto, quien cruzaba la calle. Lentamente fue caminando hasta encontrarse fuera del hotel, se vieron, Nathaly lo abrazó, Roberto hizo lo mismo, pero en una forma fría, como si se tratase de un desconocido y no de ella, en cambio ella ansiaba verlo.

—Hola Roberto, ¿cómo estás? —dijo con su dulce voz.

—Yo muy bien ¿y tú? —respondió mirando muy fijamente a Nathaly.

—Bien, esperándote —dijo mirándolo a los ojos—, mmm, ya noté que no te causa sorpresa ni alegría el verme —agregó inquisidora— y hasta diría indiferencia. No sé, hasta tu saludo, tu abrazo, los sentí muy fríos.

Lo dijo con voz triste y bajando la mirada.

—Nathaly... —balbuceó Roberto.

Ella lo interrumpió como si no lo hubiese escuchado, sus ojos se volvieron tristes y siguió diciendo:

—Mi llegada fue para ti una sorpresa ¿verdad?, un dolor de cabeza y hasta me parece mentira que estemos hablando así, aquí en la calle, como si fuéramos dos extraños.

Roberto, sorprendido, sólo balbuceaba su nombre, ella no lo oía, sólo hablaba, lo necesitaba. Él estaba más delgado y se veía más cansado.

—Juan me dio el mensaje, que tú habías llegado y fuiste a verlo.

Nathaly logró decir:

—No es como tú dices, no me veas tan mal, como ves, estoy aquí para hablar.

La reacción de Roberto fue con voz de disgusto y luego de un breve respiro, bajó su estado de ánimo. Nathaly no dijo nada, sólo lo veía con sus grandes ojos; él cambió el tono de su voz para preguntarle más suavemente:

—Nathaly, ¿el viaje fue bueno? —Hizo una pausa sin dejar de observarla—, estás muy linda, elegante, más mujer y como más decidida.

Ella expresó enseguida lo que tanto tiempo tuvo guardado:

—No Roberto, no es así, es que tú no conoces el verdadero amor y ese amor fue el que me dio fuerzas para luchar, para realizar este viaje sola —decía Nathaly con voz decidida y triste.

—Ahora no tengo tiempo —dijo Roberto con voz grave, viendo su reloj y como si no la hubiera escuchado—, mañana, a las nueve de la mañana sí puedo venir con más calma y los dos, en algún lugar más sereno, podremos hablar más detenidamente.

Luego buscó la cartera en su pantalón y, nervioso, sacó un billete de veinte bolívares y se lo entregó.

—Mira Nathaly, ahora no tengo más, te lo doy por si lo necesitas.

—No te preocupes, no me hace falta.

—Sí, tómalo, lo puedes necesitar —insistió.

Ella lo tomó y lo guardó en su cartera. Roberto se despidió rápida y fríamente diciendo:

—Bueno, chao, mañana vengo.

Nathaly cruzó la calle de prisa, atravesó el patio del hotel sin ver hacia atrás. Entró en la habitación, se sentó en la cama y suspiró profundo por unos segundos, quedó en silencio y luego se dijo:

"No, no voy a llorar porque ya lloré durante un año y no, ya no tengo más lágrimas", aunque una se asomaba en sus bellos ojos.

Elena y Luisa, asomadas, preguntaron:

—¿Pero qué pasó? ¿Te trató mal? —preguntaban ambas.

—Y ¿por qué tan rápido? —cuestionó Elena frunciendo el ceño.

—No me trató mal ni bien, sino indiferente. Me dijo que no tenía tiempo y que mañana a las nueve viene a buscarme, pero fue tan frio; sinceramente esperaba algo más de él.

—Es guapo, fuerte y tiene buen cuerpo, yo lo vi desde aquí, desde la ventana, pero todo lo que te ha hecho y lo de hoy... Nathaly, ese hombre no te merece.

Así le hablaba Elena, que era tan sincera y lo decía con voz enérgica.

Luisa, más conciliadora, dijo situándose en el frente y procurando transmitir ánimos:

—Esperemos a mañana, no tienes que pensar lo peor Nathaly.

Esa noche no podía dormir, estaba intranquila, triste. Abrió la ventana y las cortinas, la brisa le hizo bien. Después de un rato bebió un vaso con leche tibia, se acostó y se quedó dormida rápido.

Al día siguiente era sábado, se levantó muy temprano sin hacer ruido. Se duchó, se lavó el cabello, observó a sus amigas que dormían plácidamente y fue directo a la cocina a desayunar.

—Buenos días señora Marta —dijo asomándose a la puerta.

—Buenos días Nathaly, ¿deseas algo? —dijo sorprendida la señora.

—Señora Marta, hoy quisiera sólo una taza de café con leche, si no le es molestia, hoy saldré con Roberto, vendrá a buscarme, después le cuento.

—No es molestia, querida.

Se lo dijo con tono maternal, trayéndole el café.

—Toma linda. Suerte Nathaly, Dios quiera que todo sea para tu bien —dijo sonriente, sentándose al lado de Nathaly y observándola tomarse el café.

—Gracias señora Marta, es muy amable.

Al terminar de beber su humeante taza de café con leche que le había llevado, se despidió y vio la hora en el viejo reloj de pared de la cocina.

Ya arriba, se arregló con esmero. Se puso su vestido estampado de organdí, sandalias blancas, poca pintura, un poco en las mejillas y sus breves labios en rojo. Nathaly tenía unos grandes ojos, lindos y muy brillantes, todo el mundo tenía algo por decir de sus ojazos negros. Luego tomó su cartera, recordó el perfume, se tocó con él y salió.

Cuando bajaba las escaleras miró su reloj pulsera, eran cinco para las nueve y salió del hotel. Roberto ya estaba allí esperando, se encontraron y después de un saludo rápido, él dijo:

—Hola, ¿cómo estás?

—Yo bien, ¿a dónde vamos?

—Tomaremos un taxi, es más rápido y cómodo para ir al parque de Los Caobos, el sitio es muy tranquilo.

Roberto miraba a su alrededor para captar si venía algún taxi.

Cuando bajaron del taxi, que los dejó en la entrada principal del parque, caminaron en silencio. El día se presentaba agradablemente cálido, el sol brillaba, algunos niños ya jugaban y con sus padres. Se sentaron en un pequeño banco de madera de caoba que había allí.

Roberto comenzó:

—Dime Nathaly, ¿por qué llegaste?, ¿por qué regresaste? Ahora explícame, ¿qué vamos a hacer?

Lo dijo en tono inquisidor, sin rastro de sentimientos. Ella esperaba algo más cálido de su parte, él era aún su esposo, respondió triste pero fuerte y decidida a la vez.

—Regresé porque tú eres mi esposo, mi todo y te amo. Te sigo amando y quiero seguir contigo lo que me reste de vida —respiró hondo, cerró los ojos y continuó tomándolo del brazo—. Uh amor, dame una oportunidad, ya que sin ti no puedo volar más.

Roberto no respondió nada, no podía, o no quería. Hubo una pausa y, al ver que él no contestaba a los que había dicho, Nathaly le preguntó:

—Me figuro que ya habrá nacido tu hijo, ya serás papá.

Al fin Roberto rompió el silencio y soltó su amarga verdad:

—Nathaly, te diré, no hay ni hubo tal hijo, no he tenido ninguno, yo tenía que decirte que tendría ese hijo para que tú, así te fueras. Yo te mentí y eso fue todo —dijo casi gritando.

Nathaly abrió los ojos de tal forma que casi se le salían, se paró de un salto, no esperaba eso, hubiese preferido otra cosa, que realmente existiera ese hijo... eso indicaba que...

—Pero, pero, te escucho y no lo puedo creer —logró balbucear ella—, ¡no que tú mintieras con una cosa así tan maravillosa como lo es tener un hijo!, y a mí... simplemente no puedes ser tú... no puedes ser tú el Roberto que yo conocía, cariñoso y bueno de corazón, leal amigo y compañero, decente y sincero. Pero dime, ¿qué quedó de él? —dijo inquieta y moviendo su cabeza.

Roberto bajó la mirada, ambos quedaron en silencio un rato, Nathaly respiró y Roberto, como siempre reservado en sus sentimientos, parco, tampoco decía nada. Nathaly veía el cielo, estaba lela, pero al fin rompió el silencio, prosiguió, debía hacerlo. Ella había soñado tanto con tener una familia, un hijo con Roberto, luego pensó en esa mujer.

—Dime Roberto, ¿cómo una mujer?, esa mujer... mejor dicho, la señora Lola, si es que se le puede llamar señora —lo dijo indignada y atropellando sus palabras—, ella te pudo cambiar de esta forma para ponerte mal con los tuyos, conmigo. Se metió en tu vida, en la mía y tú nunca me amaste en realidad.

Allí sí reaccionó Roberto y en forma brusca respondió:

—El por qué, no te lo quiero explicar ni te lo diré nunca, pero sí te diré algo, que lo que te pase ahora, yo no tendré ni la menor culpa porque no te mandé llamar y mucho menos pedí que vinieras.

Hizo una pausa, respiró hondo y bajó la intensidad, tanto de su palabras como del tono.

—Nathaly, lo nuestro, nuestro matrimonio, fue muy bonito, los dos nos quisimos y nos amamos mucho, pero ahora ya terminó, fue un capítulo cerrado en nuestras vidas y ya no puede ser.

Todo esto último lo dijo despacio, pero él, al final, quebró su voz y quedó en silencio.

Nathaly no sabía qué hacer, ése había su último intento, tan sólo le quedaba guardar ese amor que aún sentía por él.

Roberto siguió hablando, pero esta vez a Nathaly le pareció fuera de lugar.

—Nathaly, ten cuidado con los hombres, no consientas nada a ninguno, nada que no sea si no es por matrimonio.

Ella rio con ironía, parecía una burla más que un consejo.

—¡Ja!, y tú me dices eso, ¿para qué nos sirvió nuestro matrimonio? No, no me hagas reír, no piensas en lo que dices. Tú sólo me usaste, sólo eso Roberto.

—Ya nos dijimos todo —respondió Roberto— y tú también cambiaste mucho. Tan sólo me queda decirte... pedirte que me olvides,

—¿Y me lo dices así? Ahora no puedo, necesitaba decírtelo, estoy aquí, queriéndote como te quiero, ahogándome sin poder decirle adiós a mi amor —contestó con mucha tristeza.

Cerró los ojos, las palabras le brotaban atropelladas y agregó suavemente y mirando a Roberto de frente:

—Tú no conociste el amor o, al menos, no me amaste como yo a ti.

—Yo, yo no tengo más que decirte, sino que me hiciste muy feliz mientras estuvimos juntos —siendo lo único que Roberto pudo contestar.

Parecía una sentencia, ambos comprendieron el nivel de las cosas y ella dijo:

—Estoy buscando trabajo ahora, debo pagarle al párroco de San Antonio doscientos bolívares que me prestó para pagar la pensión en la que estoy viviendo y las chicas que conocí en el barco se hicieron buenas amigas mías, se han portado muy bien conmigo. Estoy con ellas ahora, aún hay personas buenas con las que podemos contar.

—Me alegra eso, te deseo lo mejor, yo no puedo hacer nada por ti.

La respuesta de Roberto fue con condescendencia, pero sin sentimiento alguno. Se levantó, como siempre viendo su reloj y dijo:

—Vámonos pronto, tomaremos un carro hasta la plaza y después tú seguirás sola, pero dime si no te perderás.

Nathaly se levantó como una autómata, no dejó que Roberto la tomara del brazo, caminaron y respondió con frialdad y disgusto:

—No te preocupes tanto, yo pregunto si ya no podría pasarme nada peor de lo que ya me ha pasado, estoy sola en un país que no conozco, sin familia… ya lo comprendí —decía amargamente.

—¿Por qué eres así? —Espetó Roberto—, es la vida la que nos separa, ¿por qué piensas tan mal de mí? Sólo piensa en los años felices que pasamos juntos en Madrid, recuerda los buenos momentos y mi amor por ti, no recuerdes estos momentos —dijo de nuevo bajando su voz.

No, no, nada había por hacer, pensaba Nathaly y ni se molestó en decir algo más. Caminaron en silencio por el parque y, ya en la calle, él paró un taxi, se sentó al lado del chofer y comenzó a charlar con él y luego prendió un cigarro, como si ella no existiera.

Nathaly iba atrás, silenciosa, pensativa, así hasta que llegaron y Roberto dijo:

—Nathaly, ya llegaste, yo seguiré —lo dijo sin despedirse.

El taxi paró, ella tomó su cartera, salió de prisa y sólo le dijo sin mirar atrás:

—Chao Roberto.

—Adiós —dijo Roberto secamente, pero se le quedó mirando hasta que el carro se puso en marcha de nuevo y se fue.

Capítulo V
Una Nueva Vida

Faltaba poco para el mediodía, ya en la calle, Nathaly pensaba:

"Todo terminó, todo, lo comprendí, ya no lo volveré a ver más. Haré mi vida, lo olvidaré; tonta de mí que le creí y él tan sólo me usó, ¡claro que no me amaba!".

Todo eso pasaba por su mente, caminaba lentamente, veía a las personas, a los autos en su ir y venir... sin ilusiones. El día era agradable, pero ella lo veía todo gris. Llegó al hotel, donde todo era ruido de gente saliendo y entrando. Más adelante, el ruido de la cocina... todo le molestaba en esos momentos. Por suerte, nadie advirtió su presencia cuando llegó al lugar.

Se quedó un rato sentada en la estancia meditando.

"Sí, desde ahora comenzaré una nueva vida, Dios me ayudará".

Se levantó, subió las escaleras y llegó hasta la habitación. Allí encontró a Elena y a Luisa, quienes sólo leían, porque la esperaban. Al sentirla, elevaron los ojos y preguntaron:

—Nathaly, ¿cómo te fue?, te estábamos esperando y muy preocupadas. ¿Hablaron? —dijo Luisa con su dulce y angustiada voz.

Elena, observando la actitud de Nathaly agregó:

—Por la tristeza en tu cara, sé que no te fue nada bien.

Nathaly se tiró en la cama, boca arriba y comenzó a narrar todo.

—Fuimos al parque de Los Caobos, allí encontramos un recodo muy bonito y comenzamos a conversar —cerrando los ojos prosiguió—, me dijo muy seria y claramente que no quiere nada conmigo, que tenemos que separarnos. Le pregunté por el hijo y mi sorpresa... mi sorpresa fue mayúscula cuando me dijo que no había tal hijo, que todo fue mentira, que lo inventó todo para que yo me marchara, me lo dijo secamente.

Quedó en silencio por un momento, bajó sus ojos, los cuales los tenía muy abiertos mientras les narraba lo anterior y agregó con aire decidido mientras se ponía en pie.

—Bien, ¿qué puedo hace? Nada, ya todo está terminado, yo hice lo que tenía a mi alcance y terminó, pero yo saldré adelante, nada de llantos, ni una lágrima más, ¡lo juro Elena! —dijo gesticulando con las manos, con la voz enojada y fuerte.

Elena lo celebró, se sentó a su lado y Luisa hizo lo mismo.

—Sí, así me gusta, sé fuerte y el tiempo será tu mejor aliado amiga. Algún día te reirás, ya verás que serás más feliz con otro hombre y que te merezca más,

—Sí, mientras nosotras te podamos ayudar, lo haremos Nathaly —agregó Luisa.

—Gracias de nuevo a las dos, les creo.

Al día siguiente, Nathaly se quedó en la cama un rato más, era domingo; las muchachas le trajeron el desayuno a la cama. La señora Marta había hecho una torta especialmente para ellas tres, Nathaly vio todo con más alegría y hasta pensaba que se había quitado un peso de encima, aunque su estado de ánimo era nostálgico y todavía le faltaban muchas cosas por pasar y sufrir, era su destino y ella lo sabía o, al menos lo suponía.

Pasaron el día juntas las tres y en un momento Elena comentó:

—Recuerden chicas que mañana vamos a dar un paseo, el muchacho italiano, ése que es tan tímido, tiene una cámara fotográfica fantástica. Bueno, él me dijo que nos tomaría unas fotos, así que iremos, ¿*okey*? Como dicen los americanos. Ah, va el gallego con sus chistes pesados y el puertorriqueño; ¿No les parece un popurrí?, ¿verdad Nathaly?

—Ay Elena, tú tienes cada cosa que me haces reír mucho. Sí, iré, pero antes de ir al paseo iré primero con Luz Marina a Catia, sí, ella ya me dijo que me acompañará, debo ir, aunque no me guste mucho la idea.

Luego de un instante, se iluminó su dulce rostro y dijo:

—¿Sabes Elena que ya conseguí trabajo? Es en casa de una modista, es joven y muy simpática, queda en Chacao, ¿qué te parece? Ah, y lo mejor es que me pagará ciento veinticinco bolívares por cada vestido de noche y por los de calle ochenta y cinco. Dice que hay mucho trabajo, ella los corta y los prueba, cose para gente rica —decía gesticulando las manos.

—Eso me parece estupendo Nathaly, no lo dejes de ir.

—Claro que no lo dejaré, debo trabajar bien. Fue una entrevista por teléfono, hay tres muchachas más cosiendo, pero te digo que tengo miedo de no poder hacerlo bien, pero el lunes, mañana, voy sin falta —dijo animadamente.

Así fue, media hora más tarde, Luz Marina subió a buscar a Nathaly, saludó a su hermana y a su prima y rápidamente salieron a tomar un carrito. Llegaron, ella estaba un poco nerviosa, recordaba esa casa, ese patio, momentos felices, tristes, pero ahí estaba. Tocó el timbre una y dos veces, pasaron varios minutos y nadie respondía, ambas se vieron las caras, ya se iban cuando una voz desde adentro y tras el sonido agudo de unas llaves, al fin preguntó:

—¿Quién es?, un momento, por favor.

Abrieron la puerta, era ella, doña Lola, quien sorprendida dijo:

—Tú, Nathaly, qué sorpresa, ¿cuándo llegaste?

—Ya hace unos días —dijo secamente—, ¿cómo están ustedes?

—Nosotros muy bien, Elisa no está, salió con su padre —dijo e inquisidora agregó—, si estás buscando a Roberto, yo no sé nada de él, desde que tú te fuiste dejó el apartamento que tenían, perdió los muebles y tengo entendido que se fue al interior, a Valencia, creo, cuando Andrés se marchó, esto es lo que sé y puedo decirte.

—No se preocupe Sra. Lola, que yo ya hablé con él —dijo Nathaly cortante—, él me buscó, pero a lo que venía era para recoger la maleta grande que dejé aquí con unas cosas.

La señora Lola se quedó callada, no sabía qué decir pillada en su mentira. Nathaly no dijo ni quiso decir nada más.

Ella y Luz Marina permanecieron en la entrada, Nathaly presentía que Roberto estaba allí, se dio cuenta, su corazón no la engañaba y hasta le pareció oír su voz cuando entraron. Él se escondió, seguramente así fue, entonces, Nathaly, por educación, dijo:

—Ella es Luz Marina y me ayudará con las cosas, no se preocupe.

—Encantada —dijo la señora Lola entre dientes.

—Lo mismo digo —contestó Luz Marina de igual forma.

—Aquí está también tu máquina de coser Nathaly —agregó la señora.

—La máquina no puedo llevarla ahora, será en otro momento y si no, quédese con ella —contestó Nathaly, siempre distante.

Ya con la maleta en la puerta, que ella misma se la había buscado y que, por su gran peso, hubo que arrastrarla. Esto no duró más de cinco o seis minutos, luego se despidieron.

—Gracias por guardarla, señora Lola, un saludo a Elisa de mi parte, hasta luego.

—Se lo diré, que les vaya bien.

—Ya paré un carro —gritó Luz Marina desde la calle y corrió a ayudar a Nathaly con la maleta.

Ya en el carro se acomodaron atrás, el chofer colocó la maleta en la cajuela trasera del auto y al montarse les preguntó:

—Díganme las jóvenes ¿hasta dónde es la carrerita?

—Hasta la Concordia por favor señor —contestó Luz.

Ellas empezaron a comentar lo sucedido.

—¿Qué te parece la forma como nos atendió? ¡Qué hipócrita y qué mentirosa! Ni nos mandó a sentar y mucho menos preguntó en dónde estaba hospedada, viviendo o algo así —decía Nathaly indignada y sin poder pasar todavía en trago amargo.

Luz Marina, con voz de disgustó también exclamó:

—Claro, si ella lo sabía, seguramente él ya le contó todo lo que ustedes hablaron, en su cara se le notaba.

—Qué hipócrita y mal educada —repitió Nathaly.

—No es mi problema y yo lo siento como tal, esa mujer es mala, te lo digo Nathaly y casi sin conocerla, no sé qué hubiese hecho yo en tu lugar.

Así, hablando, llegaron al hotel, el señor les ayudó con la maleta y Nathaly agradeció infinitamente a Luz Marina por haberla ayudado y acompañado en ese momento de amargura.

Por la tarde salieron a pasear por Caracas, según se lo había dicho y prometido a Elena. Nathaly fue también, llegaron hasta Altamira, famosa por su plaza, que es muy bonita y tiene forma ovalada. También tiene una fuente grande y el obelisco, que es una torre muy alta que alcanza la altura de un rascacielos.

Hay muchas flores también, de capacho, amarilis, lirios, azucenas, todas muy bien cuidadas; grama, banquitos de piedra para descansar, sus escalinatas, que le ponen un toque de estilo europeo, ideal para tomarse allí unas fotos y descansar bajo sus árboles de acacia, endrinos, etcétera.

El muchacho italiano las fotografió mucho y estaba encantado de hacerlo, luego a todos en conjunto. Nathaly estaba muy bonita con su pelo largo suelto y brillante, que siempre gustaba. Después fueron a tomar chocolate con churros en una pequeña pero alegre cafetería. Era chico pero atendían rápido y sabroso, había mucha gente, sentada y de pie, por suerte ellas encontraron unos lugares que acababan de desocupar y se sentaron. Entre bromas, chistes y cuentos, terminaron sus churros con chocolate muy animadas y tranquilamente.

Pasaron un rato más, ya en la noche regresaron al hotel para cenar todos juntos. La señora Marta se puso muy contenta y sirvió la cena, en la que se esmeró un poco más y decía satisfecha:

—Ah, estos huéspedes míos sí que son buenos, sobre todo a la hora de comer y siempre se comen todito.

Ella también, junto con Luz Marina y sus hijos, se dispuso a cenar con ellos.

En medio de la cena, Elena le dijo a Nathaly:

—Ah, Nathaly, antes no te pregunté nada sobre la visita a Catia porque Luz Marina me contó algo de eso y yo no entiendo ciertas cosas, pero por lo que tú y ahora Luzma me contaron, mmm, Nathaly, esa doña es candela.

Dijo sin dejar de comer, sin miramientos, así cuan franca era ella y saboreando su batido de frutas.

Nathaly también comía, la señora Marta cocinaba muy sabroso y sin dejar de degustar la comida, contestó:

—Ya pasé tan malos momentos, que lo único que deseo es olvidar cada uno de esos minutos perdidos en mi vida, aunque sé, con toda certeza, que aún me queda mucho más por sufrir.

Bebió también de su rica merengada y cambió de tema.

—Luisa, no te pregunté por tus planes, tu despedida, ¿entonces te vas mañana?

—Sí, así es, ya he guardado todas mis cosas —dijo tristemente—, pero vendré los domingos y cuando me den algunas vacaciones. Os extrañaré chicas, su compañía, mi cama.

Al día siguiente, lunes y primer día de trabajo con la modista en Chacao, después de encomendarse a Dios, salió a tomar un autobús hasta Chacaíto, caminó dos cuadras y llegó al edificio.

El edificio era pequeño, de tres pisos y el apartamento primero era de Daniela, la modista. Estaba nerviosa, no sabía qué hacer o cómo actuar. Subió por las escaleras, tocó la puerta y abrió una muchacha joven y bonita, quien suavemente preguntó:

—Buenas, ¿por quién pregunta la joven?

—Buenos días, con Daniela por favor. Yo soy Nathaly la persona que viene por el trabajo, a coser, ella me dijo que viniera —contestó Nathaly con timidez.

La muchacha abrió la puerta.

—Ah sí, pase por favor.

Nathaly entró al momento en que Daniela salía de un cuarto, se veía una persona muy cariñosa, alegre, desenvuelta y sonriendo, extendió su mano hacia Nathaly.

—Hola Nathaly, ¿cómo estás?, ¿bien? Por favor siéntate, en un momento estoy contigo para explicarte y presentarte a las demás muchachas que trabajan aquí.

—Hola, sí, gracias, espero.

Nathaly se sentó y pensó que era un ambiente muy familiar. Daniela se retiró un momento hacia adentro con la joven que abrió la puerta. No pasaron cinco minutos cuando ya estaba de vuelta y dirigiendo su vista hacia Nathaly, algo azarada dijo:

—Perdona la espera, mira, te presentaré a las chicas —indicando que se levantara para llevarla al otro cuarto—, ellas son: Micaela, Amparo y Victoria y más allá la señora Eugenia, que pronto tendrá su bebé.

Señalaba a cada una y luego señaló a Nathaly.

—Muchachas, ella es Nathaly y trabajará con nosotras.

—Hola Nathaly, bienvenida —dijeron al unísono.

—Aquí todas somos amigas y paisanas, como dicen aquí en Caracas —agregó Daniela alegremente.

Le ofreció asiento a su lado, todas se levantaron a saludarla con simpatía. Nathaly se sintió más tranquila; Daniela le dio un lindo vestido de calle y dijo:

—Mira Nathaly, este vestido lo terminarás tú para ver cómo trabajas y cualquier duda me preguntas, ¿te parece?

—Está bien, comenzaré ya —contestó Nathaly contenta.

—Nosotras entramos a las ocho de la mañana, a las doce las chicas se van a comer o toman algún bocadillo o postre aquí mismo en la cocina, como tú quieras. Luego, a la una de la tarde recomenzamos y nos quedamos hasta las seis, más o menos, dependiendo del trabajo —explicó Daniela.

—Me parece muy bien —respondió Nathaly ya cosiendo.

Desde ese momento Daniela le tomó cariño, le parecía una gran persona, según decía y el concepto era mutuo. Así pasaron dos meses y casi sin darse cuenta, ya que había mucho trabajo.

Nathaly lo hacía muy bien, aprendía mucho y rápido lo que no sabía. También ya tenía otra buena amiga con quien contar. Ella le platicó a Daniela el problema que tenía y por qué había llegado a Caracas.

Era un buen grupo y Nathaly se sentía muy bien ahí, todas gozaban y reían un mundo. Cuando llegaba una clienta a probarse un vestido y éste no estaba ni siquiera cortado, Daniela, que tenía muy buen ojo y era una maravilla con la tela en el cuerpo, lo cortaba, lo trazaba y la señora quedaba tan contenta y encantada que ni cuenta se daba.

Un día, Daniela, después del trabajo, le dijo con dulzura:

—Nathaly, ¿por qué no vienes a vivir conmigo? Mira, puedes quedarte una semana y después lo piensas y me dices.

Ella caviló un poco y le contestó con su dulce rostro iluminado.

—Sí, probaré y me quedaré unos días.

Nathaly avisó a la señora Marta y recogió unas cosas. Al otro día llegó con su maletín para quedarse unos días con Daniela. Ella era muy amable y ambas se llevaban muy bien, pero Nathaly no se sintió muy a gusto ahí, la cama era muy incómoda y no le gustaba, luego, la prima de Daniela llegó en esos mismos días de su estancia para quedarse allí, entonces, con algo de pena, un viernes, le comunicó a Daniela que regresaría al hotel de nuevo, ella, comprensiva, lo aceptó.

—No te preocupes Nathaly, yo comprendo, además dijimos que sería por unos días, ¿te acuerdas?

—Sí, bueno Daniela, hasta el lunes y gracias por todo.

Al día siguiente, sábado, Nathaly estaba arreglando sus cosas en el clóset de su habitación del hotel, cuando llegó una citación que traía un alguacil. Era para presentarse en el juzgado civil con fecha y hora, para los trámites del divorcio. Nathaly lo recibió y subió nuevamente a su cuarto, allí lo leyó con detenimiento y, con mucha tristeza, comenzó a llorar.

Así la encontró Elena, quien venía con unos paquetes, los dejó sobre la cama y le dijo:

—Nathaly, Luzma me contó lo de la citación. Vamos Nathaly, habías prometido que no ibas a llorar más por su causa. Vamos, debemos pensar, no es el fin del mundo —decía Elena tratando de animarla—. Mira, Luz Marina me dijo que conoce un abogado, que él trabaja para los pobres, no cobra honorarios y los defiende, que lo hace muy bien y es muy buena persona. Si quieres, ella le preguntaría, puedes esperar su consejo —le dijo tratando de calmarla.

Nathaly al fin levantó la cabeza y secando sus lágrimas, dijo:

—Es verdad Elena, no lloraré más —carraspeó—. Está bien, lo haré, esperaré el consejo del abogado.

Hizo una pausa, se volteó para mirar de frente a Elena y con el papel en la mano.

—¿Sabes?, de todas maneras, mañana domingo, iré para El Rosal, a casa de la hermana del párroco amigo mío, si quieres y puedes, me acompañas. Aunque antes voy a llamar por teléfono, si él está no tengo que ir a San Antonio, es para pagarle el dinero que me prestó, ya lo reuní, entonces le diré lo de la citación y le pediré consejo.

—Me parece bien, debes animarte Nathaly, pero no puedo acompañarte, debo esperar a Luisa, que me trae algunas cosas.

—Ah, está bien, no importa, es mejor que vaya sola.

Así lo hizo, al día siguiente fue por la tarde, ya que el padre llegaría a esa hora y podría hablar con él.

Nathaly llegó temprano y la atendió la hermana amistosamente.

—Hola, eres Nathaly ¿verdad?, ¿cómo estás?

—Hola, sí, soy Nathaly, estoy bien, gracias, ¿y el padre?

—Mi hermano llegará pronto. ¿Deseas tomar un café? Por favor, pasa y toma asiento, esperemos, no debe tardar.

Nathaly entró, se sentó en un cómodo sofá en la sala de la casa, la señora hizo lo mismo y luego Nathaly contestó:

—No, gracias, no quisiera nada, el café me gusta mucho, pero después no puedo dormir, sólo me gustaría un poco de agua fría, por favor.

—Claro, enseguida lo trae la muchacha. María, por favor, ¿nos traes un vaso con agua fría y un café?

María se apresuró a cumplir el encargo. Casi enseguida se oyó la gritería de los niños, la señora se levantó, miró por un ventanal que había en la sala y riendo dijo:

—Está llegando mi hermano, los niños están gritando, él siempre, siempre, les trae caramelos.

El padre Felipe entró con los niños, la hermana lo saludó y le indicó la presencia de Nathaly. Él quitó a los niños de en medio.

—Hola padre, ¿cómo está? —dijo Nathaly yendo a su encuentro.

—¡Hola Nathaly!, muy bien, gracias ¿y cómo estás tú?

—Yo bien, aunque un poco preocupada, si tiene unos minutos, le cuento.

La hermandad del padre Felipe comprendió y ahí mismo dijo:

—Yo los dejo para que hablen, me llevo a estos niños y me voy a la cocina. Vamos hijos.

Llegó María con el café y el agua.

—Gracias, ah, cafecito… y bien Nathaly, dime —dijo el padre Felipe, sentándose con interés y cariño al lado de Nathaly.

Ella bebió el agua y comenzó a narrar todo, el cómo la trató Roberto, su nuevo trabajo y lo de la citación.

—Y vine también a devolverle el dinero que me prestó, eran doscientos bolívares padre, tome, me sirvieron mucho y ahora se los doy con gusto porque estoy, como le dije, trabajando. Una vez más, gracias por todo.

Buscando en su cartera, le entregó la plata al padre, quien oía y la observaba atentamente, tomó el dinero y respondió en tono paternal:

—Mira Nathaly, no te preocupes tanto, tú no tienes la culpa de nada. Voy a darte una tarjeta del abogado del Consulado Español y otra mía —las buscó en el bolsillo de su sotana—, toma, pides una cita a la secretaria, sé que no te cobrará mucho y si hubiera algún problema de cualquier tipo, me llamas.

—Gracias, padre Felipe, lo haré —contestó ella guardando las tarjetas en su cartera.

En ese momento salió la hermana, ambos se levantaron del sofá y Nathaly dijo:

—Bueno, tengo que irme ahora, debo realizar unas diligencias.

—Cuídate mucho Nathaly, quien Dios te bendiga y proteja siempre.

Se despidió de todos y se fue diciendo:

—Amén y gracias por todo, padre Felipe. Hasta pronto señora, encantada de conocerla —dijo educadamente y saliendo de ahí.

Rápidamente llegó a la avenida para tomar el autobús y regresar a su hotel. Ya más animada, le contó lo sucedido a Elena.

Al día siguiente pidió la cita con el abogado por teléfono, se la dieron para el día martes. Nathaly notificó a Daniela que no iría en la tarde, ya que a esa hora era la cita en el bufete.

Ya estaba allí, en el bufete, puntual, toda nerviosa pero muy decidida. La secretaria, casi de inmediato, la mandó pasar.

—Buenas tardes —dijo Nathaly ceremoniosa.

—Buenas tardes, siéntese por favor —dijo el abogado al momento que señalaba la silla y extendía su mano—. Mucho gusto, encantado de conocerla, usted es Nathaly ¿no?

Ella contestó el saludo.

—Mucho gusto doctor, sí, soy yo.

—Bueno Nathaly, comencemos de una vez, cuéntamelo todo, qué te ha pasado, pero la verdad, lo que tú me digas quedará aquí, entre los dos y nadie más, para así poder ayudarte —dijo con franqueza, en tono serio y confiable, sentado en su escritorio.

Nathaly contó todo su problema, desde que se casó y cómo, su llegada a Caracas, todo su dolor, desilusión y alegría, las personas que conoció y cómo le mintieron, incluyó cuando ella regresó, lo del pasaporte, todo.

El abogado escuchaba con interés el relato haciéndole pequeñas preguntas, quedó pensativo, dio la vuelta y regresó a sentarse en su silla de cuero detrás de su escritorio. Desde allí dijo:

—Nathaly, podríamos pelear el divorcio, que tarde muchos meses, hasta años, en salir la separación, pero te seré sincero, la separación llegará de todos modos y tú tendrás que gastar mucho dinero en esa pelea. Escucha mi consejo, es mejor que tú lo aceptes, porque tendrás que firmar y él ganará. No hay bienes, tampoco hijos, no se puede hacer mucho. Sé que es muy duro, pero el tiempo es el mejor aliado y te dará esa tranquilidad que, según veo, necesitas.

Nathaly se quedó en silencio, como asimilando todo lo que el abogado había dicho y al final dijo:

—Gracias por su consejo, se lo agradezco y… ¿cuánto le debo?

—Sólo cincuenta bolívares.

Mientras ella buscaba el dinero en su cartera, él agregó:

—Nathaly, puedes buscarme cuando quieras, el párroco de San Antonio ya me habló de ti, él te aprecia mucho, conoce a tu familia y sabe la clase de persona que eres y, al conocerte, he podido constatar que es verdad, así que siempre estaré a tus órdenes aquí en el consulado.

El abogado recibió su dinero y Nathaly, un poco más tranquila, regresó al hotel. Volvió a su vida de todos los días, el trabajo con Daniela y la costura la distraían.

Elena era su amiga y compañera, con ella compartía sus pequeñas alegrías y penas, se prestaban sus cosas y mutuamente se aconsejaban.

Llegó el día de la citación al juzgado, Luz Marina la acompañó porque Elena no podía. Nathaly se arregló, como siempre, muy sencilla pero muy bonita, estaba nerviosa y le comentaba a Luz Marina:

—Tengo tanto miedo de ir y encontrarme con Roberto y al mismo tiempo, tengo tantas ganas de verlo una vez más. Luzma, ¿no te parece que soy una tonta y una ciega? —decía mientras se retocaba.

—No, nada de eso, es que tú aún sigues enamorada de él y no quieres entender lo que te está pasando ¿no es así?

Lo dijo al levantarse de la cama en donde estaba sentada, porque ya estaban listas. Salieron y tomaron un taxi.

Llegaron al juzgado civil, en la sala se encontraban el abogado de Roberto y ellas, pero su mayor sorpresa fue que él nunca llegó. Este abogado tenía un poder firmado por Roberto para representarlo. Así que en esta primera audiencia con el juez, el abogado habló y habló hasta el cansancio y todo fue a favor de Roberto.

Nathaly pudo hacer muy poco a su favor, no pudo ni defenderse, todo fue en su contra desde el principio y, entre papeleos y firmas, transcurrió la audiencia.

Nathaly salió desecha del juzgado, qué tristeza y lástima tan honda sentía; para ella, sentir tanto dolor y calumnia en un país extraño, lejos de los suyos, ¡qué sola se sentía!

No dijo nada durante el trayecto de regreso al hotel, ni siquiera podía, estaba en otro mundo. Luz Marina sólo la miraba, le tomaba la mano, como queriendo consolarla, pero no podía.

Al llegar, la acompañó hasta su cuarto, allí estaba Elena, que recién había llegado. Pasó un buen rato después de llegar y, al fin, Nathaly salió de su estado emocional.

—Dime Elena, ¿cómo puede una persona, que tanto te quiso y que a tu lado conoció la más pura felicidad, no dar la cara, ser tan... y dejarte sola, muy sola en medio de todo, ¿envuelta entre tantas mentiras? —dijo triste, suavemente, pero no lloraba.

—Nathaly, yo te dije alguna vez, y el tiempo me ha dado la razón, que él tiene el corazón hecho de piedra, no conoce el amor, pero el verdadero amor, el mismo que tú sí le diste. Y no lo defiendas porque me enfado y es la pura verdad —contestó Elena.

Nathaly esbozó una triste sonrisa, Elena la abrazó. Nathaly aún tenía que ir a una segunda audiencia unos días más tarde. Ambas se levantaron en silencio y bajaron al comedor, pues ya era hora de cenar.

Pasaron los días, Nathaly hacía su vida, se absorbía en la costura y Daniela también la apoyaba mucho, hasta que al fin llegó el temido día de la segunda audiencia.

Del mismo modo, Nathaly se arregló muy bonita, pero sencilla. Estaba tranquila, aunque por dentro sentía la angustia que no la dejaba esta segunda y última audiencia, fue la peor, ya todo había terminado.

El abogado de Roberto de nuevo habló representándolo, dijo que ella había abandonado el hogar, Nathaly sintió explotar, trató de defenderse, pero él siguió hablando y agregó que ella, al regresar a Venezuela, teniendo la dirección, tampoco buscó a Roberto y otras mentiras más.

Nathaly se encontraba perpleja, muy herida, su corazón sangraba por una mentira tras otra, todo estaba fríamente calculado a favor de Roberto y ¡nada se podía hacer!

El juez dio todo por terminado al sellarse la última firma, que era la suya, ya antes habían firmado el abogado y ella. Después le informaron que, en seis meses, podía recoger su documento de divorcio.

En el hotel, ya recogida en su cuarto, lloraba sus últimas lágrimas y, una vez más, pero la última, juró no hacerlo más y se abrazó a Elena. Era muy doloroso y aún más esas lágrimas al saberse separada de él, algo que nunca había pasado por su mente.

Pero el tiempo, como le dijeron alguna vez, lo cura todo, hasta las heridas más hondas. Así, Nathaly continuó con su trabajo, su costura, con su nueva vida. Sólo el trabajo la distraía, pero una vez más, Nathaly no sabía que el destino le tenía otras sorpresas en su vida.

Elena dejó el trabajo de bordadora en la fábrica, deseaba hacer otras cosas, tener otros aires, su carácter alegre así lo pedía y lo comentó con Nathaly un viernes por la tarde, cuando ella escribía una carta a su tía Mary y a su amiga Iliana.

—¿Sabes Nathaly?, voy a dejar el trabajo de la fábrica, necesito hacer otra cosa. Venderé productos de belleza, es una marca de cosméticos muy conocida en el mercado nacional y mundial, además, y lo mejor, es que pagan muy bien. ¿Qué te parece?, a mí me gusta mucho ese ambiente, iré con otras muchachas.

—Me parece muy bien, así mejorarás, al menos económicamente y conocerás a otras personas, debe ser emocionante.

—Sí, además, tengo pensado mudarme de habitación, me alquilan un apartamento y quisiera pedirte que te vengas a vivir conmigo. Podemos compartir los gastos y ahorraríamos mucho en comparación con el hotel. ¿Qué te parece?

Ella caviló un poco antes de contestarle.

—Mmm, lo pensaré Elena.

—Está bien, primero tienes que verlo, sé que te gustará, ya lo verás. Jorge, el puertorriqueño, nos acompañará, anímate ¿sí?

Nathaly sonrió y tomó su pluma para seguir escribiendo sus cartas. Elena se levantó, estaba decidida a cambiar esa monótona vida.

—Ah, Nathaly —dijo Elena de repente—, hoy, Franco, el italiano, me prometió traer las fotos, aquellas que nos tomamos en Altamira, ¿te acuerdas? Estoy loca por verlas, ¿tú no Nathaly? —decía con cara risueña.

—Claro que yo también, me encantan las fotografías —contestó con igual intensidad de voz.

Anocheció pronto, Franco, cumpliendo lo prometido, llevó las fotografías y gozaron mucho viéndolas y, a decir verdad, todas habían quedado bien, especialmente Nathaly por ser muy fotogénica.

Al día siguiente, ellas dos fueron a ver la habitación que, en realidad, era muy bonita y el sitio era bueno, pero era muy pequeña para las dos. Entonces, Nathaly lo pensó mejor y decidió quedarse en el hotel y así se lo comunicó a Elena después de ver el cuarto y el apartamento completo.

Salieron del edificio, fueron caminando hasta la plaza Venezuela y se sentaron en uno de los banquitos que había allí. La tarde estaba muy apacible, algo fría, pues ya era época de invierno y el frío empezaba a pegar un poco más. Nathaly le hablaba a Elena con fraternal cariño y con más madurez que otras veces, estaba tranquila y feliz por su amiga.

—Me gustó mucho el apartamento, pero prefiero quedarme en el hotel con la Sra. Marta por ahora. Mira, sería bueno que te mudaras tú sola, primero porque la habitación es muy pequeña para nosotras dos y segundo, lo que me contaste el otro día, que te marcharás para Canadá con tu tía que, como trabaja para el cónsul de España, pues seguro te conseguirá la visa más fácil y rápido que otras personas. Con seguridad te irás pronto, te casarás allá con un canadiense, aprenderás otros idiomas, porque allá hablan inglés y francés. Claro que pasarás mucho frío, pero conocerás a mucha gente nueva, viajarás. ¿Sabes?, el viajar y conocer lugares es algo muy emocionante, es lo más lindo que hay.

Todo lo decía vislumbrando el futuro de su amiga, en un tono entre alegre y nostálgico. Elena la escuchaba embelesada, imaginando también su cambio de vida, pero con tristeza dijo:

—Sí Nathaly, tienes razón en todo lo que dices, pero me hubiese gustado que vinieras a vivir conmigo, querida amiga.

—Te diré algo, a mí me gustaría también y hasta ir a Canadá contigo, pero no tengo visa y el dinero, mucho menos. Ni siquiera el tiempo, el trabajo me absorbe ahora. Y si todo eso sucede, amiga, recuerda a esta hermana que dejas aquí, al menos con una postal en la Navidad —decía con una triste sonrisa en el rostro, igual que Elena.

—Bueno, — acotó Elena—, no sabemos qué nos depara el destino.

—Es verdad, pero creo que debemos irnos ya, mira la hora que es.

Lo dijo levantándose, acomodando su falda y viendo su reloj. Elena también hizo lo mismo, caminaron hasta la avenida para tomar el autobús que las dejaba cerca del hotel.

Después de ese día, Elena no tardó en mudarse, dejó a Nathaly algunas de sus cosas, pero ahora ella quedaba sola en el cuarto.

Así pasaron los meses volando y llegó diciembre. Nathaly tenía muchísimo trabajo con Daniela, generalmente regresaba tarde esos días, pues tenían que hacer y entregar muchos vestidos de noche a causa de las fiestas de fin de año, eso la distraía mucho de su eterno dolor.

Sin embargo, ellas no perdían contacto, pues siempre hablaban de sus cosas por teléfono y, apenas llegaba del trabajo, Nathaly preguntaba:

—Luz Marina, ¿me llamó Elena?

—No, aún no ha llamado, no te preocupes, yo te aviso.

—Creo, Luzma —llamándola como todos le decían—, que ya consiguió visa, se irá a Canadá pronto, viajará y estará lejos —dijo suspirando.

—Qué emocionante —contestó Luzma— y Luisa viene este domingo.

—Sí, así es y todas juntas celebraremos la despedida de Elena. Estoy feliz, pero triste a la vez por todas, pero cada quien debe seguir su destino, su camino.

—Así es Nathaly, así es, pero al menos tú si te quedas con nosotras —dijo Luzma detrás del escritorio de la recepción.

—Sí, por ahora sí —le contestó con un poco de tristeza.

Subió a su habitación, se duchó y descansó, pues habían tenido un día muy arduo en el taller de costura. Después comenzó a escribir unas cartas, aunque estaba sola, se sentía tranquila y feliz por sus amigas, que junto a ellas, habían comenzado a vivir una nueva vida.

Ese domingo las tres se reunieron en la habitación del hotel y reían contando sus episodios y anécdotas tanto del trabajo como de su vida diaria. Después de un rato de charla y tomar el café que había hecho Nathaly, Elena se levantó diciendo:

—Arréglate rápido Nathaly, que vamos a ir a una fuente de sodas, dicen que sus meriendas son las más deliciosas que hay y las fresas, las que a ti tanto te gustan, son las más sabrosas.

—Pero si yo ya estoy preparada —replicó Nathaly con sorpresa.

—No, no es verdad, así no, te me pones ropa bonita y fina, te pintas, te peinas mejor con tu pelo lindo y suelto. ¡Vamos!, ¿verdad Luisa?

Luisa, que terminaba de arreglarse un poco el maquillaje, reía con el tono en que Elena había hablado y respondió con movimientos de cabeza.

—¿Y... el perfume que tú me regalaste? —agregó Nathaly.

—Pues claro, ése mismo.

Dio su respuesta mirándose al espejo retocándose, al mismo tiempo se miraron las tres y echaron a reír juntas. Ya listo el trio, muy contentas salieron a la calle.

A la salida del hotel se encontraron con Franco, con su cámara siempre colgada al cuello y a Raúl, un puertorriqueño, quien era una persona muy agradable. Al ver a las tres las saludaron primero y después Franco preguntó:

—Hola chicas, a dónde van tan de prisa, ¿podemos ir nosotros?

—No, hoy no, será otro día —comentaron al unísono.

—Es nuestra despedida, sólo nosotras tres, chao muchachos —les dijo Elena.

Llegaron a la fuente de sodas, una que recién habían inaugurado. Muy amplia y alegre, había mucha juventud ahí reunida, consiguieron una mesa, pidieron merengadas y mientras esperaban, seguían charlando animadamente de sus futuros planes. Las lágrimas habían quedado atrás, ahora debían dar hacia adelante sus vidas, con alegría y optimismo. De pronto, la alegre Elena exclamó:

—Adiós dieta, yo voy a pedir un gran helado de almendras.

—Y yo, mmm, de fresas —acotó Nathaly.

—Y el mío será de chocolate —dijo Luisa.

Las tres echaron a reír con ganas. Al terminar, regresaron muy contentas y satisfechas al hotel.

—Te diré Nathaly, que el puertorriqueño, cada vez que mira, ¡ay!, mira de tal forma que una debe tener mucho cuidado —comentó Elena después de tropezarse con él a la entrada del hotel.

—Ay, tú sí que tienes cosas Elena —le contestó Nathaly.

—No chica, es en serio Nathaly, aunque es muy buena persona.

Se encontraban las tres acostadas boca arriba en la cama de Nathaly e, incorporándose y sentada en la cama, Nathaly comentó:

—Bueno, hablando de otra cosa, Luisa, ¿entonces te va bien en la casa de la señora Gómez B.?

—Sí, son un matrimonio muy bueno, un amor de personas, decentes y no son, como dirían aquí, *encopetados,* y son tan buenos con quienes les sirven y trabajan para ellos, no me quejo.

—¡Me alegra escuchar eso! ¿Y tú Elena, dices que te irás el día veintidós por avión para estar allá con tu tía en Navidad?

Todo esto lo preguntaba Nathaly con sentimientos mezclados de alegría, tristeza, curiosidad y nostalgia. Luego, ante el triste silencio de su amiga, agregó:

—Te extrañaré mucho Elena, si de hecho ya las extraño a las dos, pero Elena, te deseo lo mejor del mundo y que seas muy feliz, querida amiga.

Elena, abrazándola fuertemente le dijo:

—Deseo lo mismo para ti Nathaly, a ti también querida prima —agregó dirigiéndose a Luisa.

Las tres se despidieron con un fuerte abrazo en grupo, hubo lágrimas y risas a la vez, Elena continuó:

—No dejen de abrir sus regalos en Navidad, los dejé con Luz Marina, pero no los abran antes ¿*okey girls*? —dijo picando el ojo.

Las tres rieron con esa última ocurrencia de la alegre Elena.

Llegó la Navidad, Nathaly se sentía nostálgica y algo agotada por el tren de trabajo que llevaban, caminaba hacia el correo con postales de felicitaciones de Año Nuevo para su familia, los extrañaba mucho y más aún en esos días. Después se dirigió a su trabajo, Daniela, al verla llegar, notó su nostalgia y con cariño le dijo:

—Nathaly, si quieres, pasa el veinticuatro aquí, con nosotras, mi prima cocina muy bien, sabe hacer las hallacas, son ricas y creo que tú nunca las has probado ¿verdad?

—Sí, me quedaré con ustedes, gracias Daniela. Es cierto, nunca las he probado, he leído muchas recetas, el modo de hacerlas y todos esos ingredientes que tienen, cosas ricas y buenas. Sé que requieren un gran trabajo para hacerlas, sé también que es el plato típico navideño venezolano, pero no he probado nada de eso aún.

—Sí, es verdad, son muy laboriosos, pero luego, valió la pena el esfuerzo, te lo digo yo. Además se hacen muchas para que duren todo el periodo de Navidad y compraremos el pan de jamón.

—Ah, ¿sabes?, me acuerdo mucho de la Navidad y del Año Nuevo en Madrid —contestó Nathaly con su voz llena de nostalgia y sus enormes ojos llenos de lágrimas con los recuerdos que cruzaron su mente—, ¡es tan distinta!, parece mentira, las costumbres, el frío que hace allá y hasta la música.

—Lo pasaremos bien, no te pongas triste Nathaly y me ayudarás a poner el árbol de Navidad ¿sí?

Se lo dijo en tono fraterno tratando de confortarla y mostrando el mucho cariño que le tenía.

Así, pronto llegó el día de la Navidad, Nathaly lo pasó muy bien con ellas en el apartamento comiendo y hablando hasta muy tarde.

Luego, llegó el Año Nuevo, ella lo recibió en el hotel con Luz Marina, la señora Marta y los demás huéspedes. Fue muy duro y triste para ella, no podía olvidar a su familia, pero lo peor era el recuerdo de su Roberto en esas fechas que tanto le recordaban su cariño y hasta esperaba una pequeña llamada de él... ¡qué ilusión la suya!, soñaba despierta y eso, eso no ocurriría ni por milagro.

"Tonta de mí, sé que nunca me llamará, no se acordará de mí ni en sueños, aunque lo amo y nunca podré olvidarlo".

Así pensaba sentada en la entrada del hotel. Veía a la gente muy animada, los jóvenes pasaban veloces patinando, los árboles llenos de luces navideñas, adentro estaban todos reunidos, muy animados. Respiró muy hondo, cerró los ojos, se levantó y se dio ánimos para seguir adelante, luego entró y se sumó a la fiesta.

Pasaron los meses del nuevo año y llegó el mes de abril, en ese mes, el día seis, Roberto cumplía años, ella nunca podría olvidar cuando ella compraba un clavel y él una rosa y sus pétalos los guardaba en un cofrecito de adorno que él le regaló por su cumpleaños y lo mismo hacían en la Navidad, una rosa, un clavel.

"Esto lo haré toda la vida, recordaba, te lo prometo, tú me regalas una rosa y yo a ti un clavel, sus pétalos estarán unidos hasta marchitarse y morir".

Ahora, Nathaly compraba las dos flores. Así, sentada en la entrada del hotel, se encontraba contemplando la rosa y el clavel que había comprado y que tenía sostenidas entre sus manos, las acariciaba como si esos recuerdos fueran tan tangibles como un algodón de azúcar, su alma estaba aún de luto. Luz Marina la sacó de su mundo, sus sueños y sus recuerdos, diciéndole:

—Ah, Nathaly, qué bueno que te encuentro, tengo que contarte algo importante, es que mi madrina vendió el hotel y esta tarde compró una casa, es más bonita y grande, tiene otro ambiente. También será para alquilar y, si tú quieres, puedes venir con nosotras, es muy cerca de aquí. Si quieres, vamos mañana a verla.

Todo lo dijo Luzma muy animada, clavando sus ojos en Nathaly y ella escondiendo su dolor y despertando de su triste sueño.

—No hará falta verla, me iré con ustedes porque son como mi familia, al menos así lo siento. ¿Te puedo pedir un pequeño cuarto que pueda pagar?

—Y nosotras también te sentimos del mismo modo y, no te preocupes Nathaly, lo tendrás.

Todo fue muy rápido, la mudanza y el acomodo en la nueva casa. Todo era más moderno, no había paredes de cartón-piedra y tenía un patio grande con muchas plantas y flores.

A Nathaly le tocó una pequeña habitación cerca de la de Luz Marina y su madrina, con ventana al patio. Ese día, después de arreglar sus cosas, fue al juzgado a solicitar su documento de divorcio, lo necesitaba para arreglar sus papeles y su cédula.

Esa misma tarde se lo dieron, lo tenía en sus manos y todavía le era difícil creerlo, lo leía una y otra vez, ese papel decía cada una de las mentiras que se podían decir para conseguir la separación rápida y sin trabas, así estaba escrito y sentenciado, nada más se podía hacer.

Allí, sentada en su cama, leía esa sentencia cuando entró Luz Marina tocando la puerta y preguntando:

—¿Se puede? ¿Qué lees Nathaly con tanto interés?, si se puede saber.

Nathaly alzó la vista y mostrando el papel, con su mano en alto, le respondió con tristeza e indignación.

—Mira, mi divorcio ya salió.

Luz Marina lo tomó y leyó en silencio.

—Parece mentira, cómo el dinero lo puede todo y un papel puede cargar con tantas calumnias, rabia me da, es la verdad. Vamos Nathaly, ya salió, debes pensar que ya estás libre, desligada de él y de ellos, olvida todo eso y sal a pasear. Mira, Raúl, el puertorriqueño, saldrá al cine esta tarde con mis muchachos, anímate y vete con ellos.

—Tienes razón, me arreglaré e iré con ellos —respondió alegre.

—Grandioso, iré ahora mismo a decirles que tú los acompañarás.

A la hora pautada se reunieron todos y fue al cine con ellos y así fue conociendo a ese hombre bueno que cambió su vida, su sufrimiento y le dio más sentido a las cosas.

Poco después, Daniela se enfermó y cosía menos, pero ellas tenían mucha clientela. La señora Eugenia dio a luz un precioso bebé y ahora se sentía muy feliz, porque al principio, cuando quedó embarazada, no quería al hijo y lo decía claramente:

—No quiero este hijo, llegó sin desearlo, ha cambiado mi vida.

Como a Nathaly le gustaban tanto los niños y quería ser madre, viendo frustrado su deseo con Roberto, le molestaba que ella dijera eso.

—Nunca digas eso Eugenia, ya verás que será una bendición del cielo en vez de un fastidio y lo querrás mucho y después, te arrepentirás de haber dicho eso, te acordarás de mí —siempre le decía.

Eugenia ya no venía a coser, sólo a visitarlas con su bebé en un precioso moisés que ellas mismas habían hecho en el taller.

Tenía ya un año en Caracas cuando llegó una tarde de junio. Elena, desde Canadá, le mandaba siempre postales, le escribía contando que se encontraba muy bien, que pasaba mucho frío, pero tenía su trabajo y le iba muy bien allí. También que había conocido a un chico español y que llevaban ya algún tiempo saliendo juntos.

En cuanto a Luisa, venía todos los domingos a la nueva casa, charlaban mucho, salían muchas veces y eso las tenía muy unidas.

Cuando llegó noviembre, cinco meses después, en la pensión todo era igual, los mismos huéspedes, mismo ambiente y hasta la misma comida. Nathaly estaba más tranquila, a veces también iba a visitar a su amigo, el padre Felipe, que tanto la había ayudado y aún lo hacía. También seguía cosiendo con Daniela en el taller de costura.

Cierto día, Daniela, después del almuerzo, hicieron café, compartieron y le confesó a Nathaly.

—Nathaly, después de diciembre quiero dejar la costura, estoy muy cansada y no me siento bien, debo descansar más. Mi novio me dice que nos casemos y que deje esto por un tiempo.

—Daniela, tú te mereces un buen descanso, hazle caso a Ramiro, trabajas mucho, aunque yo lo siento por mí, tú me has tratado tan bien y con tanto cariño. He aprendido mucho a tu lado, me da tristeza por un lado, pero alegría por otro porque te casarás y yo, tendré que buscar otro trabajo, pero no importa.

—No te preocupes, todo eso será para el otro año, Nathaly.

—Es verdad, pero no te olvides de invitar a esta amiga que tanto te aprecia —dijo con picardía y cariño.

—Nunca, nunca lo olvidaría, serás la primera invitada.

Ambas rieron y después empezaron el trabajo.

A la semana siguiente, una fría tarde de noviembre, Nathaly estaba terminando un vestido de noche cuando recibió una llamada.

—¿Aló? Sí, soy yo, ¿quién habla? —respondió curiosa cuando escuchó una voz de hombre, al otro lado del teléfono.

—¿Raúl? ¡Qué sorpresa! No, yo salgo a las siete, tenemos mucho trabajo aquí, mmm, sí, espero que me llames.

Colgó el teléfono muy sorprendida, Daniela había oído todo y Nathaly, intrigada, le preguntó:

—¿Qué te pareció esa llamada de Raúl, Daniela?

Se lo dijo al retornar al trabajo, ya sentada a su lado. Ella no lo pensó mucho y respondió:

—Que está interesado en ti. Anda, sal con él, tú eres libre.

—¿Tú crees?, pero es que es muy mayor para mí, tiene quince años más que yo, al menos es lo que calculo, no sé —dijo con expectativa.

—Eso no importa, es lo de menos si él te quiere. Yo sé que tú aún no olvidas a tu amor y eso, Nathaly, te hace mal, hazme caso, te lo digo con cariño, mereces algo mejor. Dos años es tiempo suficiente ya, mejor dicho, un año y medio. Olvida y trata de ser feliz, tú puedes lograrlo, ya lo verás, ten ánimo, te lo digo por experiencia —le confesó.

—Tienes razón, lo haré, además juré que no lloraría ya más por ese amor, debo tomar las riendas de mi nueva vida —contestó en forma complacida mientras Daniela la miraba de igual forma.

Raúl fue a buscarla esa noche, muy puntual; los dos caminaron paseando por Chacaíto, luego a Sabana Grande y se tomaron un café en El Gran Café, que era una famosa fuente de sodas en esa época. Al terminar, se dirigieron directo a la pensión.

Desde ese día, Raúl fue a buscarla diariamente, esto le agradó mucho a Nathaly, porque se sentía bien y segura con él a su lado, platicaban mucho y ella se distraía.

Pasaron los días rápidamente para Nathaly y llegó la Navidad y, como siempre en esa época, con mucho trabajo en el taller de costura. Ese día Raúl la iría a buscar.

—Nathaly, si quieres, esta noche podemos cenar en un bonito lugar, conozco uno donde se comen ricas hallacas muy caseras, además no cuesta mucho —se lo dijo con tono esperanzado.

—Está bien, podemos ir, pero primero tengo que ir a cambiarme de ropa —le dijo animada.

Así lo hicieron, primero fueron a la pensión, Nathaly se duchó rápidamente, cantaba un villancico, mientras lo hacía, se arregló muy bonita, con un vestido taller que ella misma se había hecho y que le quedaba muy bien, claro, con su linda cabellera al aire.

Todo era ruido, había mucha alegría y música, las tiendas llenas de gente comprando sus regalos, juguetes para los niños y la familia. En las calles los buhoneros, como les llaman a pequeños vendedores ambulantes que venden toda clase de cosas, brindando aún más alegría, los niños caminando con sus padres, con sus caritas llenas de ilusión y felicidad por la llegada del niño Jesús y prendiendo sus luces de bengala.

En Venezuela, la costumbre es abrir los regalos el 24 de Diciembre a la media noche o después de la misa de Navidad, todos compran para intercambiar entre familia y amigos. Es muy bonita esa costumbre en donde todos se reúnen, dan, reciben sus regalos y muestras de cariño, todos ataviados con sus mejores galas ante una mesa navideña y en donde no pueden fallar las hallacas.

En la pensión, la señora Marta y Luz Marina, su ahijada, colocaron el arbolito de Navidad en el centro del patio, tenía muchas luces y hermosos adornos. Todos colocaban sus regalos al pie del mismo y el pesebre lo pusieron adentro, en el comedor.

Nathaly estaba muy animada, además de bonita y elegante, fueron los dos a cenar a un pequeño y acogedor restaurante, comieron hallacas, tomaron vino muy sabroso y charlaron acerca de todo. Después regresaron a la pensión, cerca de las doce, para abrir los regalos.

Nathaly había comprado regalos para los hijos de Luz Marina y también para Raúl. Al llegar la hora, todos estaban ya reunidos ante el gran árbol, había también música navideña, con lindos aguinaldos y gaitas, mucha emoción esperando la gran hora del nacimiento del niño Dios.

Llegada ésta, Nathaly repartió los regalos a los niños y a Raúl le dijo con una gran sonrisa en su rostro:

—Raúl, éste es el tuyo, ábrelo.

Él lo tomó sorprendido, luego, sin abrirlo y con una tímida sonrisa le dijo:

—Y éste es el mío para ti, Nathaly.

Ella, también sorprendida, lo recibió. Abrieron los regalos juntos y exclamaron emocionados:

—¡Es un reloj! Lo necesitaba Nathaly, gracias.

—¡Ah, unos zarcillos! Qué bonitos son, a mí me gustan mucho, gracias Raúl —dijo ella sonrojada.

Así pasó esa Navidad y el Año Nuevo, más feliz y tranquila que otros años, pero la nostalgia de no ver a la familia siempre estaba allí, en su corazón.

Como Daniela ya no tenía el taller de costura, terminadas las fiestas de pascua, ese mismo mes de enero se colocó en una pequeña mercería. Allí tenía que coser pequeños arreglos y también atender al público cuando la dueña no estaba.

Raúl ya formaba parte de su vida, pocas semanas después, él, interesado por su bienestar, le preguntó:

—¿Cómo te sientes en ese nuevo trabajo?

—Es muy distinto a mi trabajo con Daniela, pero tengo que hacerlo. No trabajo mucho, por eso me pagan menos, más adelante buscaré algo mejor.

—Nathaly, yo quisiera hablar contigo —dijo Raúl muy serio—, en un sitio tranquilo, si quieres podemos ir el domingo y tomaríamos una cerveza.

Nathaly quedó pensativa, él también, la miraba intensa pero serenamente, al fin ella respondió decidida:

—Muy bien, iremos, el domingo está bien, después del almuerzo.

Ese domingo se puso su mejor vestido, se arregló como siempre, pero sencilla, poca pintura, perfume y su siempre brillante largo cabello. Se fueron a un bonito lugar que él había elegido, allí estaban, sentados los dos tomando su cerveza, él, muy serio y respetuoso como siempre, le dijo en un tono de suave voz:

—Nathaly, yo te quiero, quizá ya lo has notado; soy una persona que no tengo edad para ir a buscarte al trabajo diariamente como un chamaco e ir de la mano y decirte cosas bonitas. Si tú también me quieres, podríamos vivir juntos y tener un hogar con respeto y cariño —hizo una pausa, bebió y agregó—, yo sé cuánto has pasado aquí en Caracas y ¿sabes?, en mi vida también he tenido momentos muy malos, pero también buenos y uno de esos fue conocerte.

Nathaly bajó la vista y no dijo nada, él siguió hablando muy serio.

—También tuve mis amores, ahora estoy solo y soltero, pero no tienes que responderme ahora, piénsalo bien… si me quieres, pero dime que sí.

La vio directo a los ojos, esos ojos tan amorosos de un marrón profundo como la tierra, que a todos encantaban.

Nathaly se quedó callada un buen rato, no se lo esperaba aún. Pasados unos minutos y él, habiendo terminado su cerveza, ella sólo dijo:

—Sí, lo pensaré.

Raúl era un hombre muy trabajador, su actual ocupación era como mecánico en un taller de automóviles importados. Era muy preparado, le gustaba mucho leer, sabía y conocía mucho de todos los temas que se le presentaran. Ya había viajado por toda Europa y América, era muy aficionado al cine, conocía un sinnúmero de películas, eran su *hobby* y su vicio, así como lo era el fumar, algo que no le gustaba a Nathaly, pero con él se aprendían muchas cosas buenas e interesantes, según lo captó por sus largas charlas juntos.

Nathaly, al llegar del paseo, ya instalada en su cuarto, se duchó, se acostó en su cama, en donde, acostada boca arriba, meditaba, pensaba y pensaba. Claro que se sentía sola, muy sola sin su familia, con sus queridas amigas lejos, aunque no estaba enamorada, ya que había amado mucho y para ella, el amor sería toda su vida, renunciar a todo por amor, sin tener que pedir perdón. Se entregó totalmente, al máximo, así fue su amor por Roberto y ahora se sentía vacía.

A Raúl lo quería de una forma diferente, al principio, como un buen amigo y compañero, se sentía segura y cómoda con él, era algo así como un padre para ella.

Sin embargo, no en balde el corazón y los sentimientos de Nathaly eran tan grandes como el cielo y sus ojos color marrón eran sus principales delatores. Ese cariño se transformaría en amor, se propuso, con alegría, quererlo como marido y sabía que lo lograría, él lo merecía y ella podría estabilizar su vida.

Así, tomó una decisión y, a la mañana siguiente habló con Luz Marina reflejando una alegre expresión en su rostro.

—Luz Marina, me iré a vivir con Raúl, ayer él mismo me lo pidió y yo lo aceptaré, nos llevamos muy bien, los dos nos comprendemos y sé que voy a ser feliz a su lado.

Luz Marina, primero un poco sorprendida por la noticia, la miró complacida y le dijo con tono maternal y sinceridad:

—Nathaly, no sabes cuánto me alegra oír eso, tanto por ti como por él; aunque un poco mayor para ti, la edad es lo que menos importa.

—Gracias Luz Marina, sí lo deseo mucho, es un amor más maduro, más sereno y seré feliz.

—Lo sé querida, lo sé. Ah, te llegaron dos cartas —agregó.

—Gracias, ¿de quiénes serán?

Leyó el remitente y alegremente exclamó:

—¡De mi hermano y de Iliana! Qué alegría, pero debo irme, ya es tarde.

Se despidió de Luz Marina y se fue muy contenta a su trabajo. Esa misma tarde, cuando Raúl fue a buscarla, le comunicó su decisión, él se alegró tanto que no pudo esperar para llevarla a celebrarlo.

Al día siguiente Raúl buscó un cuarto en otra pensión. Nathaly avisó a Luz Marina y a la señora Marta, agradeció todo y prometió irlas a visitar cada vez que pudiera, que no perderían el contacto y les pidió que le avisaran a Luisa hasta que ella se terminara de instalar.

En esa pensión, la habitación era más grande y ventilada, La dueña, Cristina, era española, joven, muy simpática y cariñosa, casada con un muchacho italiano, quienes tenían un niño pequeño.

Nathaly estaba como a la expectativa en un principio, ya que no sabía cómo resultaría esta nueva aventura en la que se embarcaba, pero tenía fe en que todo iba a resultar bien, ya que ella había madurado, y así, pasando los días, fue aminorando esa expectativa.

Ella y Raúl se fueron a vivir juntos, él la trataba con mucho cariño y paciencia, su vida diaria era muy tranquila, cada uno iba a su trabajo, por las noches cenaban juntos, luego pasaban un rato charlando sobre lo sucedido en el día así como de otros muchos temas.

La señora Cristina y su esposo eran una linda pareja, preparaban unos espaguetis riquísimos y muy bien hechos. Toda la comida era muy buena, ellos eran muy divertidos y además muy humanos, sus huéspedes eran su familia y cuidaban mucho todos los detalles del lugar.

Así pasaron unos meses, Nathaly ya había tomado las riendas y se acostumbraba a su nuevo ambiente, tenía muchas ilusiones con respecto a su nueva vida, entonces pasó algo grandioso, se dio cuenta que estaba en estado y esa misma noche se lo comunicó a Raúl.

—Raúl, ¿sabes que estoy en estado? ¡Vamos a tener un hijo!

Se lo dijo con una exclamación muy alegre y realmente emocionada. Raúl saltó de alegría.

—¡Qué maravilla Nathaly!, no, no lo puedo creer, ¿yo papá?

Nathaly rio, estaba feliz y asustada al mismo tiempo.

—Sí, ¿estás contento? —preguntó viéndolo con ternura.

—¿Contento? ¡Claro, contentísimo! —contestó Raúl feliz.

—Yo también, aunque te confieso que tengo algo de miedo, pero me gustan tanto los niños y sé que a ti también ¿verdad? Deseaba tanto tener uno algún día y se me ha cumplido ese deseo. Será un niño hermoso y muy mimado.

Lo decía Nathaly en tono maternal, satisfecha, sobando su vientre y viendo el feliz rostro de Raúl.

—Bueno, lo más importante es que nazca y crezca sano y feliz —dijo Raúl visiblemente alegre.

Al día siguiente, antes de irse a trabajar, se lo comunicó con gran felicidad y alegría a la señora Cristina, quien estaba en la cocina.

—Hola, buenos días Cristina, debo decirle algo, estoy esperando un bebé.

—¿Sí? —Dijo soltando lo que tenía en la mano— Qué bueno, aquí todos lo vamos a querer, cuenta con nosotros para todo y cuídate mucho.

—Gracias, claro que me cuidaré, es algo grandioso, lo malo son los malestares.

Era verdad, el primer mes ella lo pasó muy mal, aunque no dejó de trabajar hasta que tuvo siete meses, entonces, Raúl, muy serio le dijo:

—Nathaly, por favor, ya no más al trabajo, siempre en autobús y todos los días, no te hace bien, me voy a enfadar.

—Pero si yo estoy bien, sabes que mis días malos ya pasaron, fue sólo el primer mes y no quiero ni recordarlo, pero tienes razón, te haré caso, mañana les digo que no iré más a trabajar, ya después veremos.

—Me parece muy bien —respondió Raúl más tranquilo.

Después de esta conversación, se dispusieron a cenar, al día siguiente era viernes. Ella fue al trabajo sólo para avisar que no iría más a trabajar. Todos comprendieron y le desearon suerte.

Nathaly regresó a casa y aprovechó para ordenar un poco sus cosas. En eso estaba cuando Cristina la buscó para decirle alegremente:

—Nathaly, mañana vamos todos a la playa y nos gustaría que ustedes también fueran, ya tenemos todo preparado, haremos una paella de mariscos, allá mismo, en la playa, ¿qué te parece?

—Grandioso, sí, claro que me gustaría mucho ir,

—No se diga más, tendremos que ir en cuatro carros, hay que llevar las neveras con mucho hielo, cervezas y refrescos, no debe faltar nada, llevaremos de todo, las bolsas de carbón para la fogata, nada que omitir.

Cristina lo decía con mucha alegría planificando todo lo del viaje mientras Nathaly, feliz, la escuchaba con mucha atención.

Aquella mañana, muy temprano, ya todos acomodados en sus carros, junto con otros huéspedes, esperaban la partida, ya que tan sólo faltaban pocos detalles. Todo era un corre y corre feliz.

—Y ahora Nathaly, tú vienes con nosotros y mi muchachito atrás. Raúl adelante, será mejor, todos manejen con cuidado y nada de correr —advertía Cristina con cara muy seria pero contenta.

—Y todos, cuidado con las cosas y la comida —gritó Pietro, ya sentado al frente del volante del carro grúa.

Nathaly se sentía muy bien, a pesar de su avanzado estado de embarazo.

Era una playa preciosa, quedaba bastante lejos, la carretera tenía muchas curvas, estaba situada en la parte de abajo, era Carayaca, en el Estado Vargas una playa muy limpia y cristalina. Tenía una cascada muy bonita, además, el clima estaba especialmente claro y agradable. Ese día fue de enorme alegría para todos, los muchachos, todos españoles, cantando y haciendo coros. Todos muy atentos con Nathaly, a causa de su embarazo, por si quería algo más. Ella, muy contenta, agradecía tantos detalles. Raúl, también muy preocupado, no se apartaba de ella. Ya, a la hora de preparar la comida, todos ayudaron.

Cansados y muy quemados por el sol, felices, regresaron a casa por la tarde. Felicitaban a Cristina por la paella tan sabrosa que había hecho y que, también, todos ayudaron a prepararla.

Nathaly preparó toda la ropita del bebé, la canastilla azul y blanca, porque estaba segura de que sería niño, pero Cristina le regaló un saquito amarillo, porque decía que le traería mucha suerte ese color. Cuando terminó, esa noche le dijo a Raúl:

—Voy a escribirles a mis hermanos para decirles que pronto llegará el bebé.

—Sí, se alegrarán mucho, diles también que estamos muy felices,

Acotó Raúl, que estaba leyendo el periódico sentado en su sillón favorito en un ambiente de paz y armonía.

Sí, Nathaly era feliz, se sentía bien con Raúl y él la quería, además estaba esperando un hijo, que era un anhelo que tenía en su corazón, pero, con sinceridad, mentiría si se dijese que él era su amor. Ella quería y anhelaba que así fuese, pero no lo era, porque su amor de toda la vida era Roberto y quería enterrarlo. Sí, para siempre, pero no podía, al menos no conscientemente.

"Cuando tenga a mi bebé lo lograré, nunca más tendré algún pensamiento para él, nunca más".

Se regañaba a ella misma en la intimidad de su cuarto, a solas y seguía en su quehacer.

Capítulo VI
David y Tamara

Y llegó el día. Era domingo por la noche, antes de cenar, Nathaly se sintió muy mal, Raúl y la señora Cristina la llevaron a la clínica. El doctor, muy atento y serio la examinó y ordenó dejarla.

—Ay, estoy tan asustada y nerviosa con esta barriga que no puedo ni caminar Cristina —comentaba Nathaly con voz temblorosa.

—Es normal lo que tienes, además engordaste mucho, pero ya te falta muy poco, tranquila Nathaly, aunque debo irme ahora, pero volveré mañana, trata de descansar.

Cristina la besó en la mejilla con ternura y se fue, Raúl también tuvo que irse.

Pasó la noche y el día también con dolores, el bebé nació esa misma noche, a las siete en punto. Tuvieron que hacerle unas suturas, ya que el niño era muy grande. Nació con un peso de cinco kilos, para ella fue un sufrimiento muy doloroso, pero ahora era una mujer muy feliz, realizada.

Todos, Raúl, el primero, llegaron esa noche a conocer al niño, traían regalos y flores, muy contentos y Nathaly, aún acostada, agradecía.

—Qué hermoso y lindo es —decían todos.

—¿Cómo te sientes Nathaly? —fue lo primero que Raúl preguntó.

—Ahora bien, ya pasó todo mi dolor, tengo a mi hijo, soy muy feliz.

Contestaba ella, quien aún estaba un poco débil, pero la cara de felicidad que tenía era lo que irradiaba en ella en ese momento.

—Estoy tan contento y no sé qué decirte... gracias Nathaly por este niño nuestro que vino a llenar nuestras vidas de amor y que lo vamos a querer mucho ¿verdad? —decía el feliz papá.

—¡Muchísimo! —dijo ella con lágrimas en los ojos.

Cristina lo cargaba de un sitio a otro, parecía la tía y exclamaba:

—Yo acerté, siempre dije que sería un niño. Sí señor, así que el papá de esta preciosa criatura tiene que pagar unas cervezas.

Todos rieron. El bebé realmente era bello, parecía un ángel y Raúl, feliz, contestó:

—Cómo no, al salir las tomamos, yo invito.

La enfermera, una morena gordita y muy amable, llegó a buscar al niño para cambiarlo y, con mucha educación, se dirigió a Nathaly.

—Quiero pedirle permiso a la mamá para llevarme a su bebé y que, si después de cambiarlo, lo puedo llevar a otra habitación, porque hay dos señoras ahí que desean verlo, yo les comenté que era un niño precioso, grande y *catire*, —dijo tímidamente la enfermera.

—Sí, con mucho gusto, puedes llevarlo, pero eso sí, tráelo pronto —contestó la nueva mamá, comprensiva, satisfecha y muy feliz.

—Gracias, señora Nathaly —dijo ella tomando al bebé,

—Y, ¿cómo se llamará este lindo *bambino*? —preguntó Pietro.

—¿Como el padre? No, no creo —acotó Cristina.

—No, —respondió Nathaly mirando a Raúl—, me gusta mucho David, suena bonito y tiene historia, así se llamará, ¿te gusta Raúl, te parece bien?

Él la miró con ternura ante la travesura de ella y dijo sonriente:

—Sí querida, como a ti te guste.

—Ya sé que tú pensabas en una niña y le tenías pensado mi nombre: Nathaly, pero fue un niño y sé que estarás muy contento y orgulloso.

—Sí, hasta más no poder —dijo él, muy orondo.

En ese momento regresó la enfermera con el niño diciendo:

—Quedaron fascinadas y encantadas con este *catire* gordito, lo querían para ellas, querían quedarse con él —dijo riendo—, pero aquí está con su mamá.

Lo colocó al lado de Nathaly, ella lo acogió feliz en sus brazos, David estaba dormidito.

Cuando terminó la hora de las visitas todos se fueron muy contentos felicitando una vez más a los nuevos papás.

—Raúl, qué bonito suena cuando me dicen mamá y cuando a ti te dicen papá ¿no es verdad? —dijo Nathaly en forma amorosa.

—Sí, tienes razón mamá. Debo irme Nathaly, antes de que me boten, cuídense.

Besó a David tiernamente y luego a Nathaly.

—Hasta mañana —dijo bajito despidiéndose.

La clínica era pequeña, de una sola planta, con siete habitaciones muy bien arregladas y limpias, todo pintado en tono azul cielo y blanco y tenía también otros servicios de atención al paciente. El doctor era venezolano, tenía mucha experiencia y era muy atento y bueno. De las dos enfermeras que trabajaban con él, una tenía siete muchachos y a todos los atendió el doctor en el parto, la otra era un poco más joven, ambas enfermeras muy simpáticas y profesionales.

El seguro le pagaba la mitad del costo del parto y ellos pagaban la otra mitad, de ese modo fue a la clínica y por fin, a los cinco días del nacimiento de David…

—Hola Nathaly, ya estoy aquí —dijo Raúl al llegar al cuarto—, vine a buscarte, el doctor dijo que ya estabas dada de alta. Estos cinco días solo, fueron como un siglo para mí, te extrañé mucho.

Ella también se alegró mucho, se levantó con cuidado de la cama y recogió todo. Se puso la ropa que había escogido para salir de la clínica, se peinó de prisa, sin hacer ruido, tomó la cestita del bebé y colocó a David dentro, pero recordó que toda madre debe cargar a su hijo recién nacido contra su pecho para darle calor y seguridad al salir de la clínica o maternidad. En ese momento venía el doctor con Raúl, encontrándose todos en la puerta de la habitación.

—Nathaly, ya sabes, dentro de ocho días debes estar aquí para el control del niño, le das pecho como te lo indiqué antes, todo está anotado en tu tarjeta. Cuídate mucho y al nene, ahora tienes una responsabilidad muy grande —advirtió el doctor viendo a David dormido.

—No se preocupe doctor, así lo haré. Quiero darle las gracias por todo su cariño, paciencia y atención, nos veremos pronto.

Raúl, que oía todo muy atento, enseguida dijo:

—Vamos Nathaly, tomaremos un taxi y, doctor, muchas gracias.

Se lo dijo extendiendo su mano en forma de agradecimiento, el doctor se la estrechó. Tomó la maleta de Nathaly, la cesta del bebé y guio a Nathaly con mucho cuidado.

Ya en la calle, ella se sintió muy bien, el regresar a casa la hacía sentir feliz. Tomaron el taxi que los llevó hasta la pensión, el día estaba radiante, el niño no se despertó y llegaron los tres en perfecto estado.

Ya instalados, todos los huéspedes querían ver al bebé en la cuna, exclamaban lo hermoso que era y los felicitaban.

Nathaly hablaba con Cristina, ambas sentadas en la cama de la habitación y descansando.

—Yo siempre digo que todos los bebés son lindos. Si te fijas en su piel tan suave, tan tersa y sus ojitos con tanto brillo, las manitas tan pequeñas y gorditas, son para quedarse uno contemplándolo siempre, cuidarlo, atenderlo como a una flor, tan delicado.

Tanto Cristina como Nathaly sonrieron mientras lo acariciaban.

Cuando todos se fueron, ya en la noche, Nathaly preparó algo de lo que les habían regalado y cenaron, ella debía alimentarse muy bien, tal como se lo recomendó el doctor en la clínica y así lo haría.

Pasaron dos meses, David creció mucho en ese tiempo, su vida era tranquila, llena de cariño y amor, tanto para David como para ellos.

Esa noche, después que Raúl llegó del trabajo y después de cenar *tortelinis* con salsa que hizo Nathaly, se fueron a acostar y ella le dijo a Raúl mientras se peinaba ante el espejo:

—Tenemos que ir a casa de la señora Marta y Luz Marina para que conozcan al bebé, David ya tiene dos meses.

Ella bebió un poco de leche que tenía en la mesita y Raúl, que no dejaba de leer su diario, lo bajó y le respondió muy contento:

—Sí, vamos este domingo —bebió su café—, está muy bueno este cafecito Nathaly. Así podremos ver a los amigos, ¿te parece?

—Sí, y así estará Luisa también —contestó muy contenta.

Ese domingo arregló al bebé con un monito precioso color azul de cuadritos con su gorrita, que le compró su papá con un señor que traía ropa de Nueva York y a David le quedaba muy lindo. Ya le sonreía a su mamá mientras lo vestía, Raúl contemplaba y reía, Nathaly, muy contenta y orgullosa le dijo:

—Tenemos que tomarle unas fotos a David para mandarlas a la familia de España y a los verdaderos amigos, Raúl.

—Sí, es verdad, pero no te preocupes, Franco, el italiano, ¿te acuerdas de él?, las hará, para eso es mi amigo —contestó muy orondo y feliz el nuevo papá y ambos rieron.

Prepararon todo lo del bebé, ellos se vistieron después y se fueron los tres a la pensión. Cuando llegaron, Luz Marina, que estaba barriendo el patio, los recibió con una gran sonrisa y cariño, abrazó a Nathaly y ésta exclamó muy alegre.

—Hola Luz Marina, aquí estamos con este *catirito* que es un llorón y sólo quiere tetero, nadita de pecho, ¿qué te parece?

—Hola Nathaly, oh, pero dime, ¿cómo estás, cómo te sientes?

—Estoy muy bien y me siento mejor, gracias Luzma, ¿Luisa está?, ¿ya llegó?

—Sí, ya llegó, pasen. Pero qué precioso está el bebé.

Luisa salía en ese momento muy contenta.

—¡Hola amiga! —dijo alegre alzando los brazos para abrazarla—. ¿Cómo estás? ¿Y ese papá tan orgulloso? Ay déjame cargarlo ¿sí? Pero qué lindo es, ¡está precioso Nathaly!, con un niño así cualquiera tiene orgullo... Hola nene —exclamó con voz tierna alzando a David.

Nathaly y Raúl reían con las expresiones de Luisa, la señora Marta observaba, habiéndose sumado al grupo, saludando y viendo al niño, después, Luisa entregó a David a Luz Marina y Nathaly preguntó:

—Luz Marina, ¿te escribió Elena?, sé que es muy perezosa para eso, pero también sé que está muy contenta, le mandaré unas fotos del bebé cuando le escriba en estos días.

—No, aún no ha escrito, la última vez fue hace un mes —contestó Luzma con David en sus brazos, quien ya había despertado y se veía muy contento—. Madrina, cargue a este gordito, que la mamá dice que es un llorón, aunque no parece —agregó.

—Ay no, no es ningún llorón —respondió la señora Marta—, lo que pasa es que está muy mimado.

Recibió a David en sus brazos, parecía una verdadera abuelita haciendo caritas al niño y éste reía.

—Creo que está llegando Franco, sentí llegar su carro, se alegrará de verlos —exclamó Luisa.

—Qué bueno, le diremos lo de las fotos —dijo Raúl.

Llegó Franco acompañado de Guillermo, el gallego. Ambos saludaron muy alegres al grupo.

—¡Hola!, ¿cómo están? Ahhh ¿y ese muñeco? —dijo Franco.

—Hola Franco, estamos muy bien y éste es David —dijo Raúl orgulloso y alegre—, hoy sí haremos las fotos, el día está muy bonito.

Aquél hablaba y hablaba con su acento italiano, era bien parecido, tenía los ojos muy claros y también un tic nervioso en la vista.

Pelo rubio, bastante alto, trabajaba como mecánico de primera, de televisores y tocadiscos ganando mucha plata.

En la pensión, todos reunidos, pasaron el día comiendo y conversando muy alegres. David se portó muy bien, tomaba su tetero, lloraba y dormía. Se quedaron hasta el anochecer y regresaron a casa.

En el camino a la pensión de Cristina, Raúl se quedó mirando a Nathaly largamente y le preguntó con dulzura:

—¿Cómo te sientes Nathaly?, dime, ¿eres feliz a mi lado? Hay momentos en que te veo distante, como preocupada, triste, o es mi imaginación que ve cosas donde no las hay.

Nathaly lo miró con ternura, acarició su rostro y dijo:

—No tienes que preocuparte por nada, soy muy feliz Raúl, no tengo nada, lo que pasa es que soy una tonta romántica

Se lo dijo dulcemente y luego lo besó. Se quedaron mirando entre ellos y luego a David, ambos sonrieron.

—Lo que sí me preocupa es tener que vivir así, por el niño —agregó ella.

—Entiendo, ¿sabes?, se me ocurre que voy a hablar con la señora Marta y le pido una habitación independiente, con cocina y baño, así podrás cocinar para el bebé, para nosotros y bañarlo.

Así fue, poco tiempo después se cambiaron nuevamente de casa y se despidieron de la señora Cristina y Pietro, agradeciendo su amabilidad y cuidados. Prometieron volver y degustar una buena pasta.

—Por favor, no te olvides de nosotros y tráeme a David, los extrañaré —decía Cristina un poco triste.

—¿Cómo me voy a olvidar de ustedes? Fueron siempre tan buenos con nosotros, no os preocupéis, yo estaré con David aquí muchas veces.

—Que les vaya bien y regresen pronto —dijo Pietro.

Ya instalados en la nueva habitación de la señora Marta, Nathaly se sintió mejor por el hecho, era un poco más amplia, tenía su cocina y un pequeño baño.

Días después de la mudanza, Raúl compró un lindo cochecito a David para poder salir y pasear los domingos la familia completa (que pronto sería aumentada) por Sabana Grande y zonas vecinas.

Pasaron algunos meses, ya el bebé cumpliría pronto un año y pensaron en bautizarlo, entre ambos decidieron quiénes serían los padrinos de David.

—¿Qué te parece si como madrina se lo decimos a la señora Marta?, y como padrino ¿quién podría ser? —preguntó Raúl.

—Sí, me gusta la idea y como padrino ¿podría ser Guillermo?, el gallego.

Raúl asintió con la cabeza y dijo:

—Sí, es muy buena persona, fuerte y trabajador, se lo voy a pedir mañana en cuanto lo vea y tú se lo dices a la señora Marta.

—Está bien, ya está decidido, ahora debemos pensar en los demás detalles del bautizo, pero mañana —dijo Nathaly contenta, muy feliz.

Al día siguiente comunicaron su decisión a los padrinos, quienes quedaron encantados de serlo. Nathaly dijo a la señora Marta:

—Le compraré a David un trajecito y sus botitas blancas haciendo el juego, estará muy lindo mi bebé —decía emocionada con David en los brazos—, y la cadenita que te regaló tu amigo César, que es tan linda —agregó dirigiéndose a Raúl.

Y así, entre el papeleo del bautizo y detalles, se pusieron de acuerdo todos. Un domingo, en el mismo día del cumpleaños del bebé David, como le decía su mamá, todos, esa tarde, fueron a la iglesia vistiendo sus mejores galas.

Llegaron satisfechos y riendo, pues el cura era filipino y no se le entendía muy bien lo que decía, sin embargo, todo se realizó en orden. David se portó muy bien y no lloró.

El niño estaba lindo y elegante con su trajecito y sus botitas, todos lo querían cargar, pero él era tímido y sólo quería jugar con los hijos de Luz Marina. Así celebraron el bautizo y cumpleaños juntos. Raúl compró una gran torta de fresas y nata, caramelos y muchos bombones de chocolate, Nathaly puso unas galletas y gelatina.

—Franco —exclamó Nathaly—, tienes que tomarle las fotos a David, una apagando la velita, otra con todo el grupo, sin olvidar a los padrinos.

Marco acomodó su cámara hábilmente. Le regalaron ropita, Luz Marina un bello álbum para sus fotos.

—Como sé que te gustan tanto las fotos, le compré este álbum.

—Sí, gracias Luz Marina, es un bellísimo recuerdo, tengo muchas fotografías guardas de mi familia, mis hermanos, los momentos felices en España y también aquí, en Caracas.

Después le cantaron su cumpleaños, David apagó su velita en el instante en que Franco le tomó una linda foto. Todos aplaudieron y riendo, picaron y comieron la rica torta. Así transcurrió esa fecha tan importante y linda como es el bautizo y el primer cumpleaños.

Nuevamente pasaron los meses muy rápido desde el primer año de David y él cumpliría ya los veinte meses.

Crecía con salud y era muy listo ese *catirito*.

Lo que más les preocupaba era la vivienda, para ellos eso era su dolor de cabeza. Raúl buscó y buscó algo que se acomodara a sus necesidades y su condición económica. Así, hasta que al fin encontró algo mejor e independiente en una casa, tenía dos habitaciones y era más amplia.

Después de que Raúl habló con los dueños, ambos fueron a verla y Nathaly quedó satisfecha. Se lo participaron a la señora Marta, se despidieron de todos y pocos días después se mudaron.

Se sentía bien porque era un ambiente más privado y propicio tanto para ellos como para el bebé. La sala era grande, dos habitaciones, una para los niños y no era muy costosa, luego ella la decoraría a su modo.

Nathaly continuó con su vida mucho más holgada de espacio y más cómoda y tranquila. Transcurrieron los días hasta que, una tibia tarde, ella se dio cuenta, con gran susto, que estaba nuevamente en estado. Inmediatamente pensó que éste sí era un gran dolor de cabeza en vez de ser una alegría. Ahora ya no podría trabajar y su condición económica era difícil.

Cuando Raúl llegó esa noche la encontró así, preocupada y pensativa. Tomó sus manos con mucho cariño y le preguntó con interés lo que pasaba.

—Ay Raúl, estoy muy preocupada, confundida.

—Pero, ¿qué es lo que pasa querida? —Preguntó alarmado—, no me asustes.

—Pues, que estoy en estado, tengo una falta.

Raúl, riendo, no la dejó terminar.

—Nathaly, ¿por eso estás angustiada? No es el fin del mundo, no te preocupes tanto, saldremos adelante. No es la mejor forma de saber que seré papá otra vez —dijo besando sus manos.

—Oh, perdona Raúl y me gusta que pienses así —dijo ella cambiando su expresión pero aún mortificada—, a mí me encantan los niños, pero nuestra situación no es la mejor y David es tan pequeño aún.

—Pero Nathaly, no pienses más en forma pesimista, mira, te aseguro que será una hermanita para David ¿y no dices siempre que Dios aprieta pero no ahorca?, ¿entonces?

Ella sonrió, él se levantó e hizo que Nathaly se parara. Estaba un poco más tranquila y su rostro decía otra cosa. Raúl, feliz, dijo:

—Bueno, no pensemos más en eso, esperemos la confirmación del médico. Abriga a David, yo sacaré el coche y vamos a salir a comprar unos dulces por la Plaza de la Candelaria ¡para celebrar!

Lo dijo animado y alegre dirigiéndose al cuarto. Nathaly se quedó unos segundos más en la sala, sintió que su amor por ese hombre creció más en ese momento. Fue a la habitación donde la esperaban los dos para arreglarse.

Ya en la calle, paseando, Raúl le comentó:

—Un día de estos, Nathaly, te voy a llevar a casa de unos amigos, cerca de la plaza, él tiene un estudio fotográfico, es un excelente fotógrafo, como dicen: de primera. Es muy buena gente, español, él sí le hará una buena foto de estudio a nuestro David.

Él comentaba todo muy contento y a Nathaly le gustó mucho la idea.

Una quieta tarde, Nathaly, que ya tenía siete meses de embarazo, caminaba despacio por el parque con su pequeño hijo. Iba pensando un poco nostálgica, metida en sus pensamientos y no sabía por qué cruzó por su mente Roberto, ella, que rogaba por olvidarlo, se preguntaba por qué no podía olvidarlo, ¿por qué?, no era justo, ¿sería así todo el resto de su vida?, ¿él se acordará? Quién lo sabría, pero su espíritu romántico y juvenil siempre la sacaba del mundo, trazaba sueños que algún día se harían realidad y esto la hacía seguir hacia adelante e impregnaba su vida de magia y amor.

Ahora, su vida era ocuparse de su familia y, además de ser buena madre, se sentía más madura y segura de la mano de Raúl, era feliz porque se lo propuso y lo había logrado.

Tendría su bebé en la misma clínica y ese día fue a la consulta para su control, antes había dejado a David con su madrina.

Después de los primeros saludos entró al consultorio con el doctor, quien la revisó y le dijo:

—Sra. Nathaly, le voy a dar esta orden para hacerse una radiografía (aún no existía la técnica de eco sonograma) porque quiero estar más seguro. No es nada malo, no se alarme, es que pareciera que fuesen morochos, hay algo anormal.

Nathaly abrió sus grandes ojos marrones al máximo y tomó el papel que le daba el doctor, no dijo nada pero tragó fuerte, por más que le había dicho el doctor que no se alarmara.

—Cuando esté lista —agregó—, viene y me la trae para salir de dudas, le repito que no se alarme, es sólo rutina.

Nathaly llegó a la casa muy nerviosa, Raúl ya había recogido a David al salir del trabajo. Estaba pálida y habló con Raúl al verlo.

—¡No puede ser, no puede ser! —Se repetía una y otra vez—, yo tener morochos (así se les dice a los gemelos en Venezuela), yo tener gemelos, mellizos o morochos, como se diga, estoy muy asustada Raúl, ¿qué haremos? —dijo alarmada.

Raúl, que se había asustado por el estado en que llegó su esposa, oía con interés lo que decía y para serenarla, sólo le aconsejó con calma:

—Vamos Nathaly, sólo debemos esperar la radiografía y después nos angustiamos, no debemos adelantar nada, ya veremos.

—Son tan lindos los bebés iguales... pero pobre mamá, pero bueno Dios dirá —dijo ella mirando al cielo.

El día pautado en la orden, Nathaly fue a que le tomaran la radiografía, se la entregaron y, con ella en las manos, temblaba, rezaba y fue directamente a la consulta.

Después de esperar su turno, el doctor la pasó.

—Hola Nathaly, adelante, por favor, vamos a ver.

—Buenas tardes, gracias doctor, aquí está.

El doctor miraba y revisaba bien la radiografía, muy detenidamente, al rato sonrió y, mirándola, dijo:

—No son morochos Nathaly, lo que pasa es que el bebé está mal colocado, no es nada malo ni anormal, sucede con frecuencia.

—¡Ay doctor, qué susto pasé! —dijo aliviada y respirando profundo.

—No había razón para asustarse, te lo dije, pero ahora tienes que venir a consulta los días que yo te indique, para que, poco a poco, pueda ir colocando al bebé en su lugar y, de este modo, al nacer, nadie tenga problemas y el niño o niña esté bien y sano.

Escribió en la tarjeta el próximo día a venir, se levantó, extendió su mano y, sonriente, estrechó la mano de Nathaly y se la entregó.

—Muy bien doctor, aquí estaré puntual.

Salió de allí y, ya en la calle, caminaba despacio debido a su embarazo, iba sin la agitación de la última vez. Era un día gris que avisaba lluvia desde temprano y ésta ya empezaba. Ella, con su paraguas, veía apacible a las personas corriendo para abordar el autobús o carro tapándose con lo que encontraban, periódicos, abrigos y demás.

Abordó con cuidado el autobús, ya sentada, pensaba la forma en cómo su vida había cambiado de tres a cuatro años para acá. Nuevamente, esos sentimientos de seguridad acudían a su mente y ánimo, se sentía más mujer, feliz, realizada, era mamá, ahora con un segundo hijo, soñando y sonriente, sobó su barriga.

No tenía dinero, pero Raúl se encargaba que eso no le pesara, aunque ganaba poco, pero siempre pensando en hacer otra cosa, como trabajo con vidrio, cerámica, muñecos, pero siempre tenía que regresar a la mecánica. Aun así, se querían y formaban una acogedora familia.

El autobús iba despacio debido a que llovía mucho, pero al fin llegó a casa. Raúl la esperaba con David y ella le contó la noticia.

—¿Lo ves?, te preocupaste por nada, ese doctor sí que es un alarmista —contestó Raúl riendo.

—Bueno, debo ir al consultorio varias veces, tal como él lo indicó y dejaré al niño de nuevo con Luz Marina y su madrina los días que me toque ir —dijo pensativa y apoyada en el sillón de la sala.

Al día siguiente, sábado, veía deleitada y sentada en la cama, las fotos que Franco había hecho a David. Comentaba lo lindas que habían quedado y, alzando una, se la mostraba a Raúl.

—Mira Raúl, qué lindo está. Pienso mandar algunas fotos a la familia, una a Elena, allá en Canadá y otra a Iliana a Madrid, ellas siempre fueron muy amigas,

Después se mantuvo acomodando la ropita del nuevo bebé, que ya pronto vendría. Hizo muchas camisitas y compró otras.

Llegó el día del parto, ella estaba en la clínica, Raúl la había llevado en taxi. Ya ahí, el mismo doctor y las enfermeras la recibieron, se notaba más nerviosa que la primera vez. La prepararon y la llevaron a la sala de partos.

—Es una niña —dijo emocionada la enfermera al final del parto.

—¿Está bien? —preguntó Nathaly con voz débil y dolorida.

—Sí, bien, excelente. Tiene ojos negros muy bonitos, son preciosos —dijo la enfermera de pediatría muy alegre.

Nathaly respiró más tranquila al oír llorar a su nena y cerró los ojos.

—Te felicito Nathaly, ya tienes una hermosa parejita —dijo el doctor—, todo salió muy bien, ahora descansa.

Salió del quirófano a dar la buena nueva, Raúl esperaba afuera, se puso contentísimo al saber que era una hermosa niña, él, que siempre anhelaba una hija.

En el retén, mientras esperaba que Nathaly saliera, no dejaba de mirarla y, cuando le avisaron que podía entrar, corrió hasta la habitación, emocionado, dijo con voz quebrada:

—Gracias Nathaly por esta niña tan hermosa.

Ella sonrió, enseguida entró la enfermera con la niña en la cuna rodante diciendo:

—Aquí está la princesa, Sra. Nathaly.

La sacó, se la entregó en sus brazos y ella la recibió amorosa agradeciéndole. Al irse la enfermera, después de felicitarlos una vez más, ellos se quedaron viendo a la bebé un rato largo y con una sonrisa de mejilla a mejilla y de cara a cara.

Está dormida, muy quieta y Raúl, encantado preguntó con ternura:

—¿Cómo se llamará?, ¿cómo tú, Nathaly?

—No Raúl, ya escogí un nombre que me gusta mucho: Tamara, es un bello nombre de india, me gusta, ¿y a ti?

—Claro amor, a mí también me gusta.

La besó largamente y ambos rieron juntos.

Tres días después la dieron de alta, el doctor le dio las recomendaciones de rutina para el control de la bebé y de nuevo, en camino a casa.

Se quedó descansando y dando pecho a la muñeca, como ellos le decían, también era grande y preciosa. Raúl le lavaba los pañales, David se sentía el protector de su hermanita y también le gustaba tenerla como compañerita de juego sin sentir celo alguno; su mamá se lo había enseñado bien, además, era el mayor y el favorito.

Ese día fueron todos conocer a la nueva miembro de la familia, con regalos y cosas sabrosas para comer. Todos estuvieron muy animados brindando *los miaos*, como se dice en Venezuela cuando se viene a celebrar el nacimiento de un nuevo bebé.

Ya, por la noche, David dormía en brazos de su madrina y Tamara en los de mamá. Los acostaron y, poco después, todos se fueron juntos, sin antes dejar de volver a felicitar a los padres.

Días más tarde, Tamara, teniendo un mes ya cumplido, Nathaly salió con David de la mano un momento, apurada, mientras la niña dormía. Hizo la carnicería para comprar algo de carne para el almuerzo, no le gustaba mucho la idea, pero debía hacerlo, además era un día caluroso.

—Camina rápido David, tu hermanita puede despertar pronto.

Acomodó la camisita del niño, viendo su dulce carita, pero cuando levantó la vista para seguir caminando, se quedó helada, por un segundo la sangre se le vino a la cabeza, tenía a Roberto justo frente a ella, con su gallarda estampa. Fue mutuo, pues él también se quedó cortado, asombrado, sin poder decir nada, mirándola fijamente.

"Mi mente controló mi corazón, no pude hablar cuando te vi y yo sé que, una vez más, te perdí Roberto".

Pensó ella mientras caminaba rápidamente, dirigiéndose a la carnicería y sin mirar atrás. Su corazón latía fuerte, muy fuerte y apretaba, sin querer, pero muy fuerte la mano de su pequeño hijo. No podía concentrarse en lo que debía hacer ni en la compra que tenía, pero debía hacerla. Por suerte, no tardó mucho, pero el destino es caprichoso.

De regreso a casa, pasando por la misma calle, Roberto seguía ahí. De nuevo, ante sus ojos, tenía que hablarle y no supo cómo, se encontró osadamente caminando hacia él. Lo saludó y, con la voz aún trémula, pero decidida y con la vista fija en él, al fin dijo:

—Hola, ¿cómo estás Roberto?, ¿cómo te va?

—Hola Nathaly, yo estoy bien y tú ¿cómo estás?

La miraba tan profundamente que Nathaly no sabía qué hacer, bajó la vista, pero sus palabras brotaban solas y no opuso más resistencia a sus sentimientos.

—Cuando te vi, Roberto, no sé por qué no te hablé, quizás fue la misma sorpresa.

Tan sólo dijo eso, pero ella hubiera querido agregar: "Deseaba mucho hacerlo, mi voz se apagó en mi garganta, mi corazón lo latía... por ti". Pero no pudo, algo la frenó y, en vez de eso, hubo unos segundos de silencio, los cuales rompió Roberto al decir con gran emoción:

—Me alegra que lo hayas hecho y mucho. Te veo y me alegro tanto de haberte encontrado y verte otra vez, han pasado más de cuatro años y ahora te veo de la mano de un niño, ¿estás trabajando?

—No, nada de eso, este niño es mi hijo —dijo orgullosa.

Roberto se quedó pensativo, aún no podía creerlo, se agachó un poco para ver mejor a David y dijo:

—Es muy lindo, parece alemán, muy *catire* y blanco, me parece mentira.

—¿Sabes Roberto? —dijo ella con voz suave aprovechando la situación—, este niño pudo haber sido tuyo y mío, pero tú no lo quisiste y tú te lo perdiste.

Él, en tono triste y arrepentido, inmediatamente dijo en voz baja:

—Es cierto Nathaly y, por favor, perdona todo lo que te dije y te hice sufrir. Sé que este no es el mejor momento ni lugar, pero quiero decírtelo —dijo bajando la vista y luego mirándola fijamente.

Ella lo contempló largamente y, con sus ojos nostálgicos, exclamó con conformidad:

—Sufrí, sí, sufrí mucho y lloré tanto, lo confieso Roberto, porque nunca olvidé lo que nosotros, en los buenos tiempos, decíamos: "Amor es… no tener que pedir perdón", así lo sentía y aún lo hago, porque donde hay amor y respeto, nada hay que perdonar. Yo sufrí tanto con el divorcio, Roberto —suspiró diciéndolo con voz quebrada.

—Pero, te casaste, veo un hijo y te ves feliz —contestó.

Nathaly reaccionó con rapidez y con algo de rencor.

—No corras tanto con tu imaginación. Te diré muy sinceramente y tú bien sabes que siempre lo he sido. Tu primera pregunta, no, no me casé por lo del divorcio, vivo con el padre de mi hijo… —dijo calculadora—, la respuesta a tu segunda pregunta es no tengo un hijo, sino dos, tengo una bebita de un mes, se llama Tamara, es una muñeca con grandes ojos lindísimos.

—Serán como los tuyos Nathaly —interrumpió Roberto conciliador.

—Déjame terminar, y, por último, te diré que se puede ser feliz de muchas formas. Yo tuve la suerte de encontrar un hombre bueno, compañero y amigo, padre de mis hijos y lo quiero. Él me dio su mano sincera cuando yo estaba en el abismo, al borde del suicidio, me dio fuerza y seguridad. El amor es otra cosa, mi amor por ti fue real e inmenso, no tuvo límites, así te amé y. con un amor así, se entrega todo Roberto, hasta la vida —terminó con voz alta y sin pesar.

Roberto quedó callado un momento, lelo, por todo lo que Nathaly acababa de decir. Luego bajó la vista.

—Yo, no sé qué decirte, no, no tengo palabras... lloras tú, lloro yo. Ya nada se puede remediar, nada, es tarde, muy tarde —dijo con pena y dolor.

Nathaly lo miró lánguidamente y algo asombrada al mismo tiempo. Aquél orgullo ya no existía en él, así lo captó y, tras una pausa, siguió diciendo, con voz suave, pronunciando lentamente.

—Sin culpa estoy yo, tuve y tengo que ahogar este amor que me quema por dentro —acercándose más a él y mirándolo fijamente, siguió—, este amor que me quema por dentro y que no se hace cenizas, siempre está allí.

El pequeño David la interrumpió, estaba cansado y, en su media lengua, apretando la mano de su madre, le dijo mirándola con su carita de ángel:

—Mamá, mamá... ¿casa?

Esto la regresó al mundo y con cariñoso gesto, contestó:

—Sí, sí mi amor, ya nos vamos.

—La nené, la mama, a nené... insistió el niño.

—Tu hermanita está bien, está dormida —le respondió ella.

Roberto contempló la escena en silencio, esbozó una triste sonrisa, Nathaly besó a David, lo depositó en el suelo y, de nuevo, Nathaly tomó la palabra, pero esta vez con curiosidad.

—Roberto, no te pregunté sobre tu vida, dime, ¿te cásate?, ¿eres feliz?, ¿cómo está Andrés?

—Pues te diré Nathaly, son muchas preguntas y muy poco el tiempo para responderlas. Primero, sí, me casé, no te diré nada más de mí, ni si soy feliz o no, ni con quién, es mejor así. Por último, Andrés se casará muy pronto, en Madrid, él sí encontró su felicidad.

Después de una pausa en la que su contestación fue a la defensiva, pero arrepentido, dijo:

—Nathaly, me marcho, pero te felicito de corazón por esos dos hijos que tienes y, espero, algún día nos podamos volver a encontrar.

—Sí, debo irme ya Roberto. Yo, compraré un clavel y tú una rosa y, unidos sus pétalos, se mezclarán hasta marcharse y morir… nunca lo olvido, siempre las compro cada seis de abril y veinticuatro de diciembre, ya que éste fue un juramento que hice —dijo nostálgica y triste.

Lo decía, pero no podía irse, su mente ordenaba, pero su corazón no respondía. Él, sorprendido sólo dijo:

—¡Y lo recuerdas! Ay Nathaly, tú siempre tan romántica.

—Sí, lo soy y siempre he sido romántica, pero también sincera, enamorada de las cosas y los seres —reaccionó con dureza—. Recuerdo que una vez dijiste: "Cuando quiero, quiero y cuando odio, odio" —hizo una pausa para respirar, pues se agitó—, yo no, cuando amo, amo, no hay medida, nadie quiere como yo y nadie, escucha esto Roberto, nadie te ha querido no te querrá como yo lo hice.

Lo dijo en forma de reproche y viendo su expresión de asombro, agregó:

—No me mires así, ¿pero cómo hago si soy así? Bueno, me marcho, Tamara está sola y han pasado rápidamente los minutos.

Miró su reloj, tomó la mano del niño para irse, pero Roberto la detuvo.

—Nathaly, espera, dame tu mano... hasta pronto, buena suerte, hasta la próxima vez, si la hay, que seas feliz.

Ella le dio la mano, él se la besó cariñosamente, Nathaly no dijo nada, sólo sonrió, volteó rápidamente y se fue calle abajo caminando de la mano de su hijito, pero esta vez sí volteó la cabeza, encontrándose con su mirada una vez más y la última en mucho tiempo. Ella siguió caminando, Tamara la esperaba.

Nunca esperó esa sorpresa del destino, cuando ese día, al salir de su casa, acusó de caluroso, viéndolo radiante, tuviera ese encuentro memorable. Sí, ella lo recordaría por mucho tiempo.

Al llegar a casa, encontró aún dormida a la bebita, agradeció a Dios por eso y por todo lo que le había sucedido ese día. Se dispuso a hacer la comida, bañó al pequeño David y Tamara despertó para su comida. Todo esto lo hizo con inusual alegría, algo que ella antes no tenía.

Pasaron los meses y los años, la familia se mudó nuevamente, ahora a un sitio mejor, con un gran patio, con entrada independiente, tres cuartos y cocina más amplia. Nathaly, por primera vez en muchos años, se sintió contenta con esta mudanza, pues habían mejorado económicamente.

Los niños ya iban al colegio, tenían seis y ocho años, ambos eran muy bien parecidos, altos para la edad que tenían y, algo que la enorgullecía, era que les gustaba mucho estudiar. Nathaly y Raúl siempre estaban pendientes de sus tareas, ella los llevaba y recogía del colegio.

Con Raúl su vida fue de paz, seguridad, cariño y respeto, nunca les faltó nada, tuvieron sus malos momentos, como toda pareja, pero salieron siempre adelante juntos.

Ella agradecía eso a Dios, nunca dejaba de escribir a su familia, ni a sus amigas, su tesoro eran sus cartas.

—Tenemos que ir a la graduación del hijo de Luz Marina, ¿te acuerdas de que nos invitaron?, se gradúa la próxima semana. Parece mentira cómo pasan los años tan rápido ¿verdad?

Le decía Raúl a Nathaly sentado en la cocina tomando un café, mientras ella metía un asado en el horno.

—Sí, claro que me acordaba e iremos, pero tenemos que comprar un recuerdo —dijo ella.

Se sirvió un café y se sentó al lado de Raúl para continuar.

—Pienso hacerme un vestido sencillo, pero tengo que ir al centro a comprar tela bonita y elegante para la ocasión, además de un regalito.

Raúl sonrió, estuvo de acuerdo, se levantó y ambos fueron a ver a los niños que hacían sus tareas en la sala.

Al día siguiente, sábado, se arregló rápido, sencilla pero impecable con su cabello largo, que aún no se lo cortaría. Con sus treinta y cinco años, su rostro y su piel no acusaban el paso de los años, mantenía su aire juvenil, elegante, sus grandes y bellos ojos tenían la expresión y simpatía de siempre, los hombres, a su paso, la miraban y le decían muchos piropos, pero ella sólo tenía en su mente a sus hijos y el respeto por Raúl, así que no los oía y ni atención les daba.

Ya en el centro, compró la tela y el regalo, hacía tiempo que no salía sola y que no pasaba por allí. Todo lo encontró casi igual, pero más poblado, había más animación, más gente, edificios y comercios dando paso al progreso de la pujante Caracas.

Caminando por esas calles de Dios, todo le recordaba su llegada a esa ciudad, ese aciago año, recordaba y pensaba e, inevitablemente, sus pensamientos la llevaron al lado de su Roberto, sin querer hacerlo. Sacudía su cabeza como pretendiendo sacarlos de allí y se preguntaba:

"¿Cómo estará?, ¿en cuál ciudad estará viviendo?, ¿en Caracas?"

Caminaba rápido, luego se detuvo en una esquina para pasar la calle.

"No sé por qué tengo ahora que estar recordando a Roberto".

Seguía caminando, encontró una mercería, compró unos hilos que iba a necesitar y siguió su camino son sus pensamientos. Recordó la última vez que se vieron, de este modo se encontraba, ensimismada, caminando para regresar a casa cuando oyó una voz conocida que la llamaba entre la gran multitud, no hizo caso la primera vez, pero ésta insistió aún más fuerte pronunciando su nombre detrás de ella.

Cuando volvió la cabeza, era él, pero iba acompañado de su amigo Juan, el portugués. Permaneció callada y detenida por la sorpresa sin saber qué decir, abriendo sus grandes y profundos ojos balbuceó:

—¿Tú Roberto?, no lo creo, qué casualidad —dijo sonriendo y mirando también con sorpresa a Juan.

—¿Cómo estás Nathaly?, ¿bien?, creí que no me oirías.

—Estoy muy bien.

—¿Te acuerdas de Juan, mi viejo amigo?

Juan, amistosamente, estrechó la mano de Nathaly.

—Sí, cómo no, claro que lo recuerdo —respondió alegre—, aquella vez que fui a la barbería, cuando fui a preguntar por ti. Recuerdo muy bien lo atento y buena gente que fue conmigo. Mucho gusto en volver a verte Juan, estás igualito, no has cambiado, pero dime ¿cómo está tu mamá?

—Oh, ella está muy bien, gracias, con sus achaques de siempre. Pero tú también te ves muy bien y bonita, más madura, más mujer.

Lo decía Juan con sinceridad, sin dejar de mirarla y ella, que en otros tiempos se hubiera sonrojado, dijo rápida y alegremente:

—Gracias por lo de mujer.

Roberto no decía nada y Juan respondió con curiosidad:

—Pero ahora, dime algo de tu vida, ¿cómo te fue?

—Sí, te diré que tengo dos muchachos maravillosos, son mi vida, vivo para ellos, David el mayor y Tamara.

—Tus hijos tienen que estar orgullosos de tener una mamá así de bonita —intervino Roberto.

—No exageres Roberto, como yo hay muchas y mejores —replicó—, pero el destino es caprichoso, siempre nos reúne y de nuevo nos separa, juega su plan con nosotros cada tres, cada seis años, nos reencuentra.

Todo dicho con voz suave, perdida su mirada entre sus recuerdos, al igual que Roberto.

—Debe ser porque seguimos siendo amigos —contestó él.

—¿Amigos?, no —dijo ella frunciendo el ceño—, ¿amantes?, menos ¿compañeros?, tampoco, entonces ¿qué seremos?, ¿divorciados?, esa palabra suena tan fea. Cuando preguntan: ¿estado civil?, divorciada, entonces te ven de arriba a abajo reprochándotelo, como diciendo: "ésta tiene que ser mala gente, está sola y no es fea, ¿qué más? —dijo con cierto tono de ironía y rencor, pero así de franca era ella.

Roberto y Juan no dijeron nada, hubo silencio, pero todavía ella añadió:

—Figúrate Roberto que en Madrid somos casados y aquí, en Venezuela, divorciados, hasta gracioso es, podría decirse que tenemos doble nacionalidad —señaló sin asomo de timidez.

Roberto quedó sin respuestas, callado, petrificado. Juan los observaba asombrado por el cambio de Nathaly y el silencio de él y poniendo un alto, exclamó:

—Nathaly ¿no te gustaría tomar una cerveza con nosotros?

—No gracias, no te molestes.

Lo dijo rápidamente y cambiando su expresión anterior. Roberto también lo hizo y, conciliador en tono suave y sonriendo, dijo:

—A Nathaly le gustan mucho los helados de fresa y las merengadas ¿no es así Nathaly?

—Sí, así es, me gustan ¿te acuerdas?

Juan insistió sonriendo.

—Vamos, anímate y ven, no lo pienses.

Vio a Roberto, lo pensó un momento y contestó:

—Está bien, ¿por qué no? Vamos, pero debe ser rápido —dijo viendo su reloj.

Los tres caminaron por el boulevard, al llegar a una fuente de sodas se sentaron en la barra. Juan pidió dos cervezas y una merengada de fresas, Roberto no quitaba su vista de Nathaly, a pesar de lo que había dicho antes. Ella lo sentía, la desnudaba con la mirada, se sintió incómoda, nerviosa, pero una vez más, por su romántica mente, brotó su poesía.

"... Los que con el corazón se quieren, con el corazón se hablan..."

Entonces, Nathaly, para romper ese silencio, concentró su atención en Juan y después de tomarse un sorbo de su merengada le preguntó curiosa y sonriente:

—¿Y tú, te casaste?

Este sonrió e inmediatamente contestó con un gracioso ademán.

—No, nada de eso, nadie me quiere.

Todos rieron.

—Pero, no te creo —dijo ella asombrada—, hay tantas muchachas que estarían encantadas de casarse con un muchacho portugués guapo y bueno como tú.

—Algún día, tarde o temprano será —añadió Juan sonrojado.

—Perdona la pregunta, pero siempre pensé que tú y Elisa se gustaban y que algún día se casarían, ¿no fue así?

—No, no, nada que ver, Elisa siempre fue una buena amiga.

—Y hablando de ella, yo siempre aprecié a Elisa, pero ninguno de vosotros me ha dicho cómo está ella.

Los tres terminaron sus respectivas bebidas y Roberto intervino.

—Ella está bien, como siempre, viviendo con sus padres, no se ha casado todavía.

—Uf, de esa señora no quiero nada, ni nombrarla, no deseo saber nada —exclamó cambiando su rostro con una expresión de amargura—, cambió mi vida por ella, lloré muchísimo, demasiado, ella fue la causa de todo.

Bajó la vista haciendo una breve pausa, pasando el calorón.

—Roberto, ¿qué me cuentas de Andrés?, ¿cómo está? —preguntó con nostalgia y cambiando el tema—, de Andrés tengo buenos y hermosos recuerdos, fue bueno conmigo, como dicen aquí: mi baño de lágrimas, fue y es un buen amigo. Pasamos ratos divertidos, tengo muchas fotos de él, me alegró mucho que haya conseguido una buena chica, que se casara y sea feliz, según me dijiste la última vez. ¿Por fin se casó?

—Él está muy bien, sí, se casó y compraron una casa.

—Uh, qué bien —dijo sonriente y sincera—. Hablando de fotos, ¿sabes Juan que tengo una foto en la que apareces tú con Roberto en un gran barco?

—¡No puede ser!, ¿esa foto la tienes tú?, caramba, no lo puedo creer.

Lo dijo gratamente sorprendido, recordando y riendo. Roberto también reía, tampoco él se acordaba de habérsela dado.

—Pues sí, ¿nunca te dijeron que soy amante de las fotografías? ¿Roberto no te contó?, las guardo todas, para mí son como un diario, siempre, siempre están conmigo.

—A mí también me gustan mucho las fotografías, es una vieja afición de Portugal, tengo muchas, de Venezuela, de España, etcétera.

—Yo también tengo de todas partes —añadió ella.

Roberto y Juan pidieron otra cerveza, Nathaly sólo un vaso de agua y siguieron su charla.

—Roberto, no te he preguntado por tu madre, ¿cómo está esa dulce señora?, ¿y tu hermana?

—Las dos están bien, mamá, como siempre, no quiere venir a Caracas —explicó con tristeza en su voz.

—Qué pena, sería una gran alegría para ambos. Cuando vine sola para acá, llegué a pensar: "si la mamá de Roberto quisiera viajar conmigo todo hubiese sido distinto".

Roberto, como cansado de tantos reproches, replicó:

—Vamos Nathaly, no recordemos tantas cosas tristes, no podemos retroceder ni arreglar nada —dijo mirándola físicamente y con una mezcla de ternura y ruego.

—Sí, tienes toda la razón.

Comprensiva, captando esa mirada de Roberto, bajó la vista dejando las cosas así. De pronto, como acordándose del mundo, miró su reloj y alarmada exclamó:

—¡Ay!, miren la hora, ya es tarde, me marcho ya, gracias por la merendada, nos volveremos a ver, aunque sea dentro de otros... ¿diez años más?, o ni eso, tal vez serán muchos más, cuando estemos viejitos, con pelo blanco y bastón.

Todos rieron ante esta última ocurrencia de Nathaly, ella tomó su cartera, salió de prisa y, sin mirar atrás, como en otros encuentros y despedidas de años anteriores. Nunca pudo decir: "Hasta siempre, adiós mi amor".

Tomó un taxi, pues era algo tarde y llegó a casa, a la suave quietud de su ambiente, no dijo nada a nadie, mucho menos a su esposo Raúl sobre ese encuentro, era mejor así, no quería preocuparlo y de hecho, en realidad no pasó nada, deseaba que él fuese feliz, Aunque su corazón estaba inquieto y sabía la razón, pero ya pasaría.

Al final de esa semana terminó el vestido, al día siguiente sería la graduación. Nathaly, contenta e ilusionada se lo puso, después se presentó ante Raúl, quien salía del baño y enseguida le dijo sonriente:

—Pero qué linda estás Nathaly, el vestido te quedó muy bonito y te sienta muy bien.

—Gracias Raúl, pero mira este pelo tan largo, un día de estos me lo voy a cortar, ya me estoy cansando de él, me causa mucho trabajo y mucho calor —dijo mientras se sentaba y lo cepillaba.

—No, no lo hagas, te queda y siempre te ha quedado tan bien, sería una lástima —agregó mientras se arreglaba la corbata ante el mismo espejo en que ella estaba.

—Gracias, pero ya no tengo edad para tener el pelo tan largo.

—Oh sí, eres una viejita —dijo riendo.

—Ajá, viejita no, pero tampoco de veinte, Raúl.

—Pero no te lo cortes o me enfado —insistió Raúl.

—Está bien. Bueno, vamos rápido, David y Tamara ya están arreglados. ¿Acabaste ya?, ¿y el pañuelo?

—Sí, estoy listo, el pañuelo aquí lo tengo, sólo me falta el perfume y la cartera.

Salieron de la alcoba, fueron a la de los muchachos y Raúl gritó:

—Bueno familia, vámonos.

La vida cotidiana de Nathaly era tranquila y en un ambiente armonioso. Ella siempre, internamente, tenía su toque romántico, sueños, ideas e ilusiones, como el rumor de las olas del mar, que nunca se acaba, errante, silencioso y eterno, pasara lo que pasara o sintiera lo que sintiera, así era su verdadero espíritu.

El tiempo pasaba rápidamente, no quería detenerse y seguía su paso cruelmente. Sus hijos crecieron con alegría y desilusiones, como todo en la vida. Terminaron su primaria y ahora ya estaban en el bachillerato. Tamara cumplía ya sus quince años, se pusieron de acuerdo para hacerle una pequeña fiesta. Tamara estaba feliz por ello, había crecido tanto, ya era una señorita y, ambos, Nathaly y Raúl, estaban muy orgullosos de ella.

Nathaly no dejaba de correr de un lado a otro con los preparativos para la fiesta que, aunque iba a ser algo sencillo, se tenían que hacer muchas cosas. Raúl mandó preparar especialmente una torta de nata y fresas, decorada con su nombre en chocolate, tenía que ser muy rica y bonita, pues Tamara era su consentida. Nathaly hizo gelatina de muchos colores, que le quedó muy bonita, muchos *pasapalos* y el quesillo, también unos obsequios para sus amigas, además de arreglar la casa de acuerdo a tal ocasión.

Llegó el gran día, el gran momento de sus quince primaveras, llegaron muchos amigos y amigas, recibió muchos regalos. Nathaly le regaló el vestido, Raúl un anillo muy lindo y fino, con su nombre y David, un perro de peluche grande, en sustitución de uno de verdad. Después, el clásico vals y la música, Tamara radiante y feliz, enseguida todos cantaron a coro "cumpleaños feliz", apagó sus quince velitas de un soplo, aplaudieron y a comer las delicias que allí había, todos se divirtieron mucho.

Franco, su amigo fotógrafo de siempre, le tomó las fotos, que quedaron muy bonitas, su alegría y amistad de tantos años, no faltó.

—Mami, la fiesta quedó muy linda, la comida también, ¡gracias por todo, me gustó mucho!

Alegremente le estampó un beso a su mami, ambas riendo y luego a su papá, para ellos, ése era el mejor regalo.

Reunieron plata poco a poco y así pudieron tener su apartamento en el este de la ciudad. Era alquilado, grande, con mucha luz, con tres habitaciones y dos baños, en un piso de trece. A Nathaly le gustó mucho, estaba feliz, además tenía un gran balcón, en el que a ella le gustaba tanto asomarse y ver las verdes montañas y el valle de Caracas en pleno, la Cota Mil, el teleférico de Ávila, los hoteles, los altos edificios, como las torres del parque central, también el parque de Los Caobos, así como el parque del este y sus museos. Más allá se divisaban los Próceres y las Torres del Silencio.

En todo ese tiempo, desde que llegó a Venezuela, Caracas había crecido y progresado mucho.

David, por fin terminó su bachillerato con muy buenas calificaciones. Nathaly estaba muy feliz por ello, pues había dedicado todos sus años a sus hijos y se olvidó de vivir sus sueños, ilusiones y anhelos.

Pero no todos sus sueños, pues David, que había crecido mucho, era muy serio, pero también muy independiente y se creó en él una gran afición por viajar y por ello llevó a Nathaly a Madrid, después de tantos años.

Un viaje tan soñado, fue tan maravilloso volver, pasaron un mes con sus hermanos, su tía, su prima Ana. El tío Jacobo había muerto y su padre también, sin ella poder asistirlos, pero todos felices y contentos con muchas atenciones para ellos.

Pasearon y caminaron por las calles tan familiares y a la vez, tan olvidadas para Nathaly, viendo las cosas bellas de Madrid. David estaba fascinado con tanto por ver, los museos, parques, el metro, que él nunca había visto alguno, ya que en Caracas aún no lo había, tantos cines, teatros, La Gran Vía, la música, los *tablaos*, la Puerta del Sol, que tantos recuerdos le tría a Nathaly, La Cibeles, con su fuente iluminada, Correos, La Puerta de Alcalá, tantas cosas, edificios con distintos estilos, lo antiguo sin reñirse con lo moderno. El Retiro, que es un lugar tan maravilloso en el que tanto paseó ella por allí. La Plaza Mayor, con tantos soportales y un mundo de cosas para regalar, cafés, tascas para tomar, chicas lindas caminando por ahí y muchos, muchos turistas.

David, aficionado como su madre al mundo de la fotografía, tomó muchas fotos para recordar. Compraron también cantidad de cosas y ropa muy linda, sobre todo para Tamara. Iban a cenar o almorzar con su hermano Antonio y Carmen, con sus sobrinos, a varios restaurantes para conocerlos y degustar otros sabores.

Fue un mes de alegría, después de tantos años sin poderse ver.

Una de esas tardes, Nathaly fue a visitar a su tía Mary, estaba ya muy mayor, ella se veía tan feliz de ver de nuevo a su querida sobrina, que le prodigaba toda clase de atenciones. Su recibimiento fue muy emotivo cuando llegó con David, nunca olvidarían ese momento.

—Oh, hija, no puede ser, estás tan bonita, tan mujer, tu cara no ha cambiado, qué bueno verte de nuevo, ¡tú, aquí, con nosotros!

Lloraba tía Mary, reía de emoción y abrazaba a Nathaly, luego a David al conocerlo.

—David, ella es mi tía Mary, mi segunda madre, una abuelita para Tamara y para ti —decía Nathaly emocionada.

—Mucho gusto tía Mary, ya me parece conocerla de siempre, mi mamá habla siempre de usted —respondió amoroso y abrazándola.

Una tarde fue sola y, hablando con ellas, Nathaly dijo a su prima Ana con curiosidad:

—Ana, quisiera pedirte algo, quiero que me lleves a saludar a Andrés, dijiste que tiene un restaurante, tengo ganas de verlo, no me gustaría irme sin visitarlo.

—Sí, si quieres podemos ir ahora, un poco más tarde las dos nos tomamos algo, creo que él esté allá.

—Claro que sí, vamos —respondió entusiasmada.

—Aquí les traje unas limonadas, está haciendo calor.

Se las llevaba la tía Mary en una bandeja con fresca limonada, vasos y una jarra con mucho hielo. Las tres se sirvieron y siguieron hablando con mucha alegría de los viejos tiempos, hasta que Ana y Nathaly decidieron que ya era hora de ir al restaurante de Andrés, pues Ana conocía ese lugar y dónde estaba.

Así lo hicieron, se fueron en el metro. El sitio era bonito, muy amplio y familiar, la decoración también era muy hermosa, la barra estaba llena de gente. Ana pidió una mesa para las dos, así como un par de cervezas. Preguntó por Andrés y el camarero dijo en forma cortés:

—En este momento no se encuentra, pero creo que pronto llegará. ¿Desean algo más?

—No, por ahora no, gracias —contestó Ana.

Así fue, casi no esperaron, Nathaly volteó hacia la puerta y lo reconoció enseguida.

—Ana, Ana, ¿es aquél que está entrando?

—Sí, sí es él Nathaly.

Se levantó y llamó su atención desde la mesa, él reconoció a Ana y enseguida fue a su mesa.

—¿Tú crees que se acordará de mí? —preguntó Nathaly emocionada.

Ella estaba bien vestida, moderna, pero fina y sencilla, como siempre, ya no tenía el cabello tan largo, meses atrás se lo había cortado un poco, pero seguía tan bonito como siempre, brillante y sedoso, que le daba un aspecto juvenil. No tenía ninguna cana que delatara su edad, aunque ella no la escondía, el bolso y los zapatos de piel y del mismo color haciendo juego; sus grandes y profundos ojos color café, que todos siempre alababan y querían.

Andrés llegó a la mesa a saludar a Ana, pero se quedó parado como estatua mirando a Nathaly, abriendo los ojos al máximo que podía debido a la sorpresa.

—Pero... ¿eres tú Nathaly?, no puede ser —dijo casi gritando y se abrazaron efusivamente.

—Pero qué alegría me da volver a verte después de tantos años.

—A mí también me da mucha alegría, Andrés, no cambiaste mucho, fíjate, te reconocí de inmediato, en cuanto te vi entrar. Un poco más gordo y calvo, alguna cana, pero tu cara y tu sonrisa son las mismas,

—Y tú estás muy bien, más mujer, más madura. Tu lindo pelo de siempre y esos grandes ojos color marrón que siempre me gustaron. Tan elegante, así que tú casi no cambiaste, mejoraste.

—Ah —exclamó Nathaly sonrojada—, gracias por tantas cosas bonitas que dices Andrés.

Se sentó con Ana y Nathaly pidiendo otras cervezas y un aperitivo para así seguir conversando. Nathaly tomó la palabra primero.

—Andrés, ¿te acuerdas de que una vez te dije que nos volveríamos a ver, aunque fuese de viejitos?, y fue antes, ¿lo recuerdas?

Andrés rio con ganas, su misma risa de siempre,

—Oye, sí tienes razón, tú lo dijiste, claro que me acuerdo.

—Supe que estás felizmente casado y con una hija, que será ya una adolescente, me alegró y me alegra mucho desde que lo supe.

—Sí, es verdad, ella es mi alegría, qué lástima que no puedas conocerla, hoy se fue al cine con unos amigos, está de vacaciones. Y mi esposa, una gran compañera, dulce, buena, nos amamos mucho. Creo que tú la conoces desde que eran jovencitas, es Alicia.

—Qué pena no ver a tu hija, pero no importa, y de Alicia sí, claro que me acuerdo.

—Pero, qué me cuentas de ti, de tu vida —cuestionó Andrés.

—Ah, de mí, pues, te cuento que tengo dos hijos, un varón, David, que es el mayor, y una mujer, Tamara, que es dos años menor que él. Ellos son mi vida, mi ilusión… ¡todo!, sin ellos no habría soportado todo cuanto me pasó. El padre de ellos, Raúl, es un buen compañero, buen hombre y comprensivo, me dio su mano y su cariño cuando yo más lo necesité —dijo con voz triste, evocando de nuevo el pasado—, pero no quiero recordar cosas tristes. Para acabar, te diré que vi a Roberto dos veces después de nuestra separación, una cuando Tamara tenía un mes de nacida y la otra ocasión fue como quince años después, iba con Juan, ¿te acuerdas del amigo portugués?, bueno, iba con él y charlamos un poco. Parece mentira, pero el destino es así, nos separa, nos reencuentra después, siempre es así —dijo logrando guardar sus emociones.

Ana y Andrés escuchaban en silencio, ella, para cambiar el tema, preguntó:

—Y tú, ¿no regresaste a Caracas alguna vez, no quisiste?

—No, nunca regresé, estaba aquí muy ocupado —dijo sonriendo.

Todos rieron, luego, Andrés pidió otro aperitivo y Nathaly continuó.

—¿Sabes algo Andrés?, Caracas está muy cambiado desde que nosotros llegamos en el cincuenta y cinco, y mucho. Ha progresado, hay mucha juventud y los techos rojos, que tanto me gustaban, ya casi no quedan, hay más gente y más ruido. ¿Te acuerdas cuánto me gustaba el Ávila?, sus montañas tan verdes, tanta vegetación, aves de toda clase, el frio de la carretera Panamericana, hasta los Teques, son recuerdos muy bonitos de los que guardo muchas fotos. Ahora sí conozco la colonia Tovar, ¿llegaste a conocerla? También tengo muchas fotos de ahí, es un sitio lindo, lindo, con un clima muy frio. Si algún día regresas, al menos para visitarnos, no dejes de verla, te gustará. Del interior del país no puedo contarles mucho, no he tenido la suerte de ir, lo más lejos que he ido, además de lo que ya les conté, fue una vez que fuimos con unos amigos a una linda playa, Carayaca, hermosa, la costa venezolana es rica en bellezas como esas. Todo lo demás lo he visto por fotos, revistas. El Salto del Ángel, que es el más alto del mundo, el pueblo y la playa de Choroni, que se ve precioso; el Pico Espejo con su teleférico, también el más alto del mundo. En Mérida, Los Corales y Morrocoy... tantas y tantas playas lindísimas, cada estado tiene su belleza y mejor paro de contar o nunca terminaré —dijo riendo y terminando su cerveza.

—Qué interesante —acotó Ana—, quizás yo algún día pueda ir.

—Sí, algún día iremos todos a visitarte —agregó Andrés.

—Andrés, a ti te ha ido muy bien aquí en Madrid, tienes este hermoso Bar-Restaurante, está en un buen sitio —opinaba Nathaly mirando y alabando todo a su alrededor.

—Bueno, trabajé muy duro Nathaly, ahora no me quejo, todo es el fruto de ese arduo trabajo de años, que, sin la comprensión de Alicia y su ánimo, no lo hubiese logrado. Muchas veces te recordé Nathaly, porque de todo lo que pasó no tuve culpa alguna, aunque nosotros siempre seguimos siendo amigos, no pude hacer nada por ti, por más que se lo pedí a Roberto. Pero ahora tengo la alegría de verte sana y feliz —terminó diciendo con ánimo más alegre.

Nathaly, viendo a su prima Ana, dijo levantándose de su silla:

—Gracias por todo Andrés, por tus sentimientos y las cosas bonitas que has dicho, también por las cervezas y hasta el aperitivo, pero ya debemos irnos, Ana debe estar cansada de sólo oír nuestras vidas. Bien, Andrés, un abrazo, un saludo a tu hija y a tu esposa, me alegró tanto verte feliz y progresando, hasta pronto y escribe alguna vez —terminó diciendo Nathaly al abrazarlo.

—Para ti, Nathaly, mi afecto más sincero y gracias por venir, ah, no se preocupen, la casa paga —dijo riendo con su chispa de siempre—, a ti Ana, espero volver a verte otra vez, ¿te marcharás pronto Nathaly?

—Sí, lamentablemente se acabaron las vacaciones de mi hijo y las mías también. Fue por él que pude venir, un sueño que guardaba desde hacía mucho tiempo y al fin se realizó.

Suspirando, pero sonriendo, confesó eso Nathaly, luego le dio un beso en la mejilla a Andrés. Ana, con mucha simpatía contestó con cariño a lo que él le había dicho.

—Bien, nos vamos, prometo volver uno de estos días Andrés y de nuevo, adiós y suerte.

Salieron cuando caía ya la tarde, una vez en la calle, fueron a la estación del metro y Nathaly comentó:

—Siempre recuerdo a Iliana, siento profundamente no poder abrazarla, fue siempre una buena amiga, le mandaré una postal a Valencia, ella era, y sigue siendo, tan divertida, animada y amiga de ambas. Se casó y tuvo tres muchachos, parece mentira.

—Es verdad, ella se casó con su único novio y amor.

—Ella siempre me escribió, me alegra que sea feliz, al igual que Elena, tú la conoces ¿verdad?, ella se fue a Canadá, creo que te lo mencioné en alguna carta, y se casó por allá, aunque nunca más nos pudimos ver, siempre nos escribimos y nos mandamos fotografías. Ella también tiene una alegría de vivir inmensa.

Por fin llegaron a casa de Antonio, donde la esperaba David, al día siguiente sería su partida.

Ese día fue todo un trajín, entre maletas, arreglos, despedidas, la ida al aeropuerto. Había un sentimiento general de alegría y de nostalgia por su ida, también había tanto movimiento y gente, toda la familia fue a despedirlos pidiéndoles que regresaran a Madrid algún día, con Tamara y Raúl.

Por fin, con su pasaje en mano, llegaron al avión, cansados pero felices y satisfechos. Nathaly cerró los ojos para descansar, pero un extraño sentimiento de gozo y añoranza hizo que brotaran sus escondidas lágrimas, que rápidamente enjugó con su pañuelo.

El vuelo fue tranquilo, David dormía a su lado, a ella le pareció corto en comparación con aquel último en el que viajó sola.

Su llegada a Caracas fue el sábado en la tarde, Tamara y Raúl los recibieron felices al verlos de nuevo.

Llegaron al apartamento, todos reían contando lo relativo al viaje, la familia, Madrid, viendo algunas fotografías que David ya había revelado y dándole los regalos a Tamara. Ella, feliz, preguntaba todo, Nathaly contaba algo muy gracioso que sucedió en el avión.

—En el avión, una señora gorda, pero gorda, lloraba y lloraba, se quejaba y suspiraba sin parar, nadie le preguntaba por su dolor. Un suspiro, otro suspiro y yo no pude más, me paré y le pregunté:

—Señora, ¿por qué llora, qué le pasa? Ella, compungida me dijo: "Por mi perrito", seguía llorando y volvía a preguntarle: ¿qué, se le murió?

—No, él está en su cesta, es que no me lo dejaron conmigo y tengo miedo de que le pase algo.

Dijo con la nariz roja de tanto llorar, entonces le pregunté:

—Pero ¿es un perro grande, un dóberman? No se preocupe, no le va a pasar nada.

—Ay no, es un *chiguagua* —dijo llorando más—. Pobre señora, argentina, por cierto, quería tanto a su perrito y le gustaban tanto los perros, como a ti, hija.

—Sí mami, me gustan, pero yo no lloro —dijo riendo mientras revisaba todas las cajas y bolsas—. Ah, tengo tantos regalos tan bonitos, tanta ropa, que no sé cuál escoger, sólo me faltaría un perro.

Todos rieron y Nathaly, madre al fin, respondió comprensiva.

—Algún día querida, algún día lo tendrás.

Miraba a Tamara tiernamente, luego miró a Raúl con complicidad, él también lo prometía.

—¿Sí mami?, ¿me lo prometes? —preguntó toda mimosa con sus bellos ojazos negros muy abiertos, encuadrados por sus largas pestañas.

—Está prometido —respondió alzando la mano derecha como lo hacen los scouts y todos rieron de buena gana.

Así de chispeante era Tamara, con su alegría de vivir y con enorme cariño para las personas, como su madre a esa edad, y para los animales, pero con un corazón muy noble y consciente de sus actos; en comparación con David, quien era más serio pero, al igual que su hermana, era muy responsable y consciente, siempre pendiente y minucioso en todo, generoso como él sólo y muy independiente.

Nathaly estaba tranquila en ese aspecto, pues dedicó toda su vida a ellos, brindándoles todo su amor, cariño, respeto y honradez y ya, sus frutos estaban ahí. Sus hijos eran un ejemplo para otros, ellos tenían todas esas cualidades tan importantes y básicas para un ser humano responsable.

Así reflexionaba Nathaly cuando, en la noche, después de arreglar un poco las cosas y maletas, cenaron y se fueron a dormir.

Sentada en la cama, cepillando su cabello, como siempre lo hacía, Raúl, después de salir del baño, la vio así, con esa mirada que él ya conocía y, con mucha ternura, se sentó a su lado.

—Nathaly, ¿qué tienes? —preguntó Raúl—, sabes que te extraño tanto, me pareció un siglo.

Le dio un beso, ella se lo retornó y le dijo:

—Nada Raúl, solamente pensaba en nuestros hijos, en lo grandes que están y en lo rápido que pasa el tiempo ¿verdad?

—Sí, también yo lo pensaba cuando no estabas aquí y pedía a Dios que no les pasara nada. Pensaba en ese adagio que dice: "uno no sabe lo que tiene hasta que lo pierde" y no es que lo haya perdido, sino que le di vacaciones.

Ambos rieron, se acostaron y Nathaly agregó:

—Tienes razón, pero aquí estamos y yo también te extrañé mucho.

Se besaron e hicieron el amor, ambos lo necesitaban.

Capítulo VII
La Desaparición

El tiempo pasaba rápidamente, Nathaly recordaba su vida y todos los acontecimientos que en ella habían sucedido, sus penas, que fueron muchas, y sus alegrías, que fueron más. Sonreía contenta, estaba cansada, terminaba de limpiar la cocina pensando en todo, se asombró al ver que dentro de una semana habría sido ya un año del viaje de vacaciones que hicieron a Madrid. Fue a su cuarto y buscó las fotografías de ese viaje recordando con emoción cada minuto que allí pasaron.

Se encontraba absorta en sus pensamientos cuando sonó el teléfono, una vez más, el destino caprichoso y cruel le haría una jugarreta. Recibió esa llamada, serían alrededor de las dos de la tarde, despreocupada contestó y oyó la voz desconocida de un hombre, le extrañó.

—Sí, ése es nuestro número, ¿qué desea? —contestó seria.

La voz le informaba que Raúl se había sentido muy mal en el trabajo y que se hallaba en el hospital.

—Pero señor, dígame por favor, ¿dónde está?, ¿en qué hospital? —casi gritando preguntaba.

El señor le dio la dirección y ella la anotó rápidamente.

—Sí, sí, ya sé dónde es, gracias, voy enseguida para allá.

Colgó el teléfono, sintió que todo se le revolvía, le había parecido raro que él no había llamado durante el día, pero no le dio mucha importancia y ahora esto. Tomó su cartera, algo de dinero y, temblando su pulso, dejó una nota a sus hijos diciendo dónde estaba; se cambió de zapatos y salió lo más rápido que pudo y tomó un taxi para llegar con más rapidez.

Su corazón latía fuerte y rápidamente, trataba de calmarse, rezaba mentalmente por Raúl, con angustia, a Dios, para que no fuese nada grave. Le pidió al chofer que fuera más rápido, pues era algo urgente, él la obedeció y cruzaron la Cota Mil velozmente, así llegó al hospital en menos de media hora.

Cuando preguntó por él en información, le dijeron:

—Sí señora, está en el tercer piso, en cardiología.

Tomó el ascensor y al llegar, una joven enfermera en la central le dijo:

—Un momento, ya la atiendo. Mmm, sí, aquí está, cama siete, creo que el Dr. Walter está ahora con él, al final del pasillo por favor, pase.

Nathaly estaba temblando, el ambiente de los hospitales no le gustaban nada, vio la cama y a Raúl acostado, dormido, ella vio al doctor, se alegró de encontrarlo y le dijo en voz baja:

—Buenas tardes doctor, yo soy la esposa de él, por favor, dígame cómo está.

Ella, preguntaba muy angustiada, el doctor le indicó que saliera hacia el pasillo con él y enseguida, con voz muy baja, pero suave le dijo:

—Buenas tardes señora, debo decirle que su esposo tuvo un infarto, está delicado, aunque ahora ha permanecido estable, pero me temo que habrá que observarlo varias horas, esperemos que no le repita y que los medicamentos que le suministramos hagan su efecto rápidamente, su corazón está muy débil. Es lo más que podría decirle hasta ahora, pero puede pasar a verlo si lo desea, yo volveré más tarde —dijo viendo su reloj, se le notaba apurado, pero también preocupado.

—Gracias doctor, iré, pero, ¿y si despierta?

—No despertará, pero si lo hace, avise de inmediato.

En ese instante se oyó por los altoparlantes que requerían su presencia en otro lugar.

—Regresaré señora, pero debo irme, me requieren de inmediato.

Nathaly se quedó sola, enseguida fue a ver a Raúl, respiró hondo, rezó mentalmente, se estremecía tan sólo de pensar que podía pasar algo peor. Perder a Raúl sería... Sacudió su cabeza alejando los malos pensamientos, salió despacio y buscó un teléfono público para llamar a sus hijos, que seguramente, por la hora, estarían ya en casa. Tuvo suerte, pues ellos ya salían para el hospital al leer la nota de su mamá. Tamara llevaba una bolsa con las cosas necesarias para esos casos cuando recibieron la llamada de Nathaly.

Después de la llamada, se sentó a esperar, muy nerviosa, en silencio, en una silla del pasillo principal hasta que ellos llegaran. Se sintió como perdida y una tristeza que hacía tiempo no sentía la embargó completamente. Caía la tarde con su frio manto, el ocaso se veía a través de las ventanillas del hospital, ese frio se colaba también, pues era época de lluvias.

Los muchachos tardaban mucho, pero finalmente llegaron.

—Mamá, mamá, ¿cómo está papá? —preguntaron los dos al mismo tiempo rodeando a Nathaly en cuanto llegaron.

Tamara, muy nerviosa preguntó:

—¿Qué le pasó, mami?, ¿qué es lo que tiene?

—¿Podemos verlo? —preguntó David sin esperar respuesta.

Nathaly, tratando de calmarlos, dijo con voz trémula:

—Le dio un infarto, el doctor dijo que debíamos esperar a ver cómo reacciona con los medicamentos y rogar a Dios y a la Virgen que no le repita —terminó diciendo con lágrimas en los ojos.

—Vamos mami, no llores, papá se pondrá bien, ya lo verás —dijo Tamara, tratando de aliviar las cosas.

—Es verdad mamá, pero vamos a verlo los tres —instó David.

—Ahora está dormido, no despertará en varias horas, no hay que molestarlo, así que con cuidado —dijo Nathaly secando sus lágrimas.

Después de ese momento de verlo, pasaron toda la noche a su lado los tres, velando su sueño y observando cada movimiento; se pusieron los abrigos que Tamara había llevado.

Raúl estaba más tranquilo, su respiración mejoró, las enfermeras de turno pasaban cada hora o antes, el doctor fue una vez más a revisarlo.

Tamara se sentó en un largo diván y poco después, la pobre quedose dormida allí mismo, ya en horas de madrugada.

David, taciturno, no pudo dormir y pronto amaneció. La gélida brisa del alba, el ruido del personal de turno y el rico aroma del cafecito recién colado, anunció un día más de actividad.

—El peligro ya pasó señora, su esposo mejoró notablemente, respondió bien a los medicamentos, pero tiene que seguir paso a paso el tratamiento que le indicaré después y, si le es posible, ir a verse en el exterior con un especialista, sería muy bueno —dijo el doctor después de examinarlo muy temprano en la mañana.

Raúl ya estaba despierto cuando entraron, pues les habían pedido que salieran un momento. Fue una gran alegría y un gran alivio para todos, aunque aún estaba delicado.

El doctor habló con Nathaly explicándole todo lo concerniente al tratamiento a seguir, era un cardiólogo muy serio, dedicado y respetuoso.

Mientras, David y Tamara hablaban con su padre.

—¿Cómo te sientes papi? —decía Tamara dándole un beso con gran cariño y cuidado.

David también se acercó.

—Papá, ¿estás mejor? —preguntaba con su cara preocupada.

Viendo a sus hijos, sonrió, respiró hondo y cerró los ojos diciendo:

—Sí, ya estoy mejor, me siento mejor.

Agarró la mano de Tamara cariñosamente, abrió los ojos de nuevo y sonrió.

—Tamara, ¿y dónde está tu madre? —preguntó buscando con la vista a Nathaly.

—Ahora está allá afuera, en el pasillo, porque el doctor le está explicando sobre el tratamiento que se debe seguir —explicó David.

—Sí papi, porque fue grave lo que te dio papito —afirmó Tamara.

En ese instante entraba Nathaly con el doctor y éste explicó:

—Bien, alégrense todos, el peligro pasó, le daré de alta, ya le dije a su esposa lo que deberá hacer de ahora en adelante, les di una cita para la otra semana y cuídense mucho, bien, hasta luego, debo atender otros pacientes, cualquier duda que tengan, me pueden llamar al teléfono directo, hasta luego.

Iba saliendo cuando Nathaly rápidamente tomó la palabra.

—Muchas gracias por todo, doctor Walter, vendremos a la cita —dijo sonriente.

Todos estaban más tranquilos, aunque trasnochados.

Ya estaban en casa y con el esmerado cuidado que Nathaly y los muchachos le prodigaban, fue mejorando más.

Pasaron días muy tristes para todos. Sus viejos amigos les acomodaron también en esos momentos tan difíciles y el lento paso de los días fue tranquilizando un poco más cada vez a Nathaly.

Así pasaron dos meses, Raúl seguía el tratamiento al pie de la letra.

Una serena tarde de sábado, estaban solos, Nathaly dijo a Raúl mientras terminaba de hacer el almuerzo.

—Estoy pensando, Raúl, que podrías ir a Puerto Rico para que sigas tu tratamiento allá, el mismo doctor nos lo ha dicho. Allí hay muy buenos doctores y hospitales, ¿qué te parece?

Se lo decía mientras le llevaba el almuerzo a la mesa, era una dieta especial, ese día le preparó una rica sopa de espinacas, ensalada de vegetales y bistec a la plancha con su jugo de lechosa.

—Nathaly, esto se ve exquisito, la sopa está riquísima, muy bien. Siguiendo con el tema, me gustaría ir, pero el viaje cuesta mucho, no podemos Nathaly —comentaba sin dejar de comer.

—Pero claro que sí se puede —insistió sentada en la cama almorzando lo mismo que él—, iremos a la embajada o al consulado y hablaremos. Como tú eres de allá, veremos cómo te pueden ayudar y te aseguro que lo harán —dijo mientras partía un pedazo de pan.

—Tienes razón, con intentarlo no se pierde nada.

—Además, acuérdate que tienes a tu amigo allá en Puerto Rico. Alejandro, le escribes o lo llamas, él te ayudará —añadió Nathaly terminando de comer.

Raúl también terminaba de tomar su jugo.

—Sería muy bueno volver allá, me gustaría, hace tantos años que no voy —decía evocando el pasado, su rostro se iluminó pero a la vez entristeció—, tocaste un punto muy sensible para mí, ¿sabes?, yo no quisiera morir sin volver a pisar Puerto Rico de nuevo, ¡ah!, mi tierra querida. Cuánto tiempo sin ir, y si lo hiciéramos, primero tendríamos que ver o buscar si alguna persona conocida o amiga también quiera ir, tú te quedarías con los muchachos, aunque me gustaría más ir contigo, ellos no podrían quedarse solos.

—Eso es verdad Raúl, será muy triste no acompañarte, pero si vamos tendría que ser con ellos y eso sí que sería costoso, pero lo que no me gustó es que pensaras que vas a morir, por favor, si es así prefiero que te quedes —dijo cruzando los brazos.

—Vamos Nathaly, es sólo un decir.

Se lo dijo sonriendo mientras se paraba de la mesa. Hacía calor, le pidió a ella otro jugo, se lo llevó junto con las pastillas que le tocaban a esa hora.

Fueron a la embajada, con suerte y simpatía, preguntaron y hablaron con la persona indicada para arreglar sus papeles, tanto por lo del pasaje como la estadía y la atención en el hospital, pagando poco. En este proceso tardaron algo menos que un mes.

Así llegó el día en que Raúl se marchaba, todo estaba arreglado, además sería cosa de dos meses como máximo, iría con un señor que también tenía que ir al mismo hospital, allá en Puerto Rico.

Nathaly, igual que otras despedidas, tenía dentro de su pecho una mezcla de sentimientos encontrados, y con igual intensidad, feliz porque Raúl iría a terminar de curarse y reencontrarse con su familia y su pasado. Preocupada por el viaje, el mismo tratamiento, triste por su ausencia, pero había algo más que sentía, pero no sabía qué era.

—Nathaly, no te preocupes tanto por mí, yo no me pierdo, por más que San Juan haya cambiado, conozco esa ciudad como la palma de mi mano, además, ya me siento mucho mejor, gracias al esmero y cariño que ustedes me han dado, querida.

Decía Raúl con una gran sonrisa, mostrando sus perfectos y blancos dientes. Estaban en el aeropuerto, cada uno de ellos se despidió con un fuerte abrazo y esperaban el anuncio del vuelo y quién iría con él.

—No dejes de escribir —dijo Nathaly con voz quebrada,

—Será por poco tiempo —le contestó dándole un beso en los labios.

—Papito, cuídate mucho —dijo Tamara un poco compungida y abrazándolo de nuevo—, te voy a extrañar. Me traes muchos regalos ¿sí?

—Sí, te los traeré —contestó él, sonriendo y besándola mientras a ella se le escapaba una traviesa lágrima.

David con Nathaly, los dos lo abrazaron de nuevo y se fundieron los tres en él. El señor, algo mayor, llegó. Anunciaban por el altoparlante la salida del vuelo. Había mucha gente, era época de temporada alta, como dicen en ese ambiente, y hacía mucho calor.

—David, hijo, cuida a tu mamá y a Tamara mientras no estoy, ahora serás el hombre de la casa —dijo Raúl con tono serio y dándole unas palmaditas en la espalda.

—Hasta pronto, por favor cuídate mucho, buen viaje —exclamaron.

Las despedidas, para Nathaly siempre fueron muy tristes y por un momento, llorando sin saber por qué, pensó: "No lo volveré a ver".

Permanecieron allí hasta que lo vieron subir por la escalera del avión, con su maletín marrón de viaje y despegar surcando los azules cielos del litoral de Maiquetía.

Ellos regresaron muy callados por la autopista de La Guaira, con mucho tráfico, como siempre. Ya era de noche cuando llegaron a la casa. Se sentía la ausencia de Raúl, estaba muy silencioso el apartamento o sus almas, aunque sabían que era por su salud y la alegría de pisar de nuevo su querido San Juan y ver a sus familiares... su casa.

Raúl escribía, mandaba lindas postales de San Juan, algunas fotografías, hablaba sobre el reencuentro con su familia. Les escribía diciendo que se sentía muy bien y lo benéfico que le estaba resultando el tratamiento que recibía. Su recuperación, hasta ese momento, era muy satisfactoria y se sentía contento.

Pero un día no llegó la carta, ni tampoco esa semana, Nathaly estaba muy preocupada, esperó un día y otro, pero no hubo noticias ni nada, su corazón empezó a latir de nuevo muy rápido. Fue cuando decidió escribir al hospital, algo más debían comunicarle, así que esperó un tiempo por respuesta.

Todo le recordaba a Raúl, las vacaciones, la Navidad, los paseos por la ciudad, en fin, todo. Los tres estaban nerviosos, la dulce Tamara, al notarla así, la tranquilizaba.

—Mami, espera, ellos contestarán y nos dirán algo, por favor, no te angusties así —decía abrazándola.

Quince días después recibieron la respuesta del hospital, la carta, muy respetuosamente remitida directamente por el doctor que había atendido a Raúl, después de los saludos de rigor, decía así:

"Señora, su esposo fue dado de alta hace algún tiempo, se encontraba bien hasta el último momento que permaneció en el hospital, siendo muy buena su recuperación. Es todo lo que sabemos, aunque mencionó que pensaba ir al interior del país."

Despidiéndose educadamente y deseando mucha suerte, firmó la carta.

Luego, todo fue silencio, nada de cartas, nada sobre Raúl. Preguntaron en la embajada y nadie sabía nada de él, trataron de conseguir algún amigo de él, pero tampoco su amigo Alejandro supo algo, y así, como el humo de una vela que se apaga, Raúl se esfumó.

Nathaly esperaba día tras día, hasta las noticias escuchaba esperando ver si había habido algún accidente de avión, pero tampoco eso. Una semana y otra, jamás pensó pasar por algo así, un mes y otro mes, su dolor fue inmenso y el de los muchachos también.

Nada podían hacer, si estaba vivo o muerto, siempre tendrían que esperar, siempre tendrían esa duda o esa esperanza. El misterio rodeó completamente la desaparición de Raúl.

Una noche, David dijo, mientras cenaba después de llegar del trabajo:

—Sé que por parte de mi papá, él no nos puede hacer una cosa así, si en un año no vuelve, es que... debe ser... se esfumó como el humo de una vela, está muerto.

Hubo un gran silencio, Nathaly sólo rezaba mentalmente, Tamara pensaba igual que su hermano, pero callaba, no decía nada para que su madre no sufriera más de lo necesario. Los viejos amigos los apoyaron y ofrecieron su protección y ayuda incondicional.

Nathaly estaba sola de nuevo, el destino fue muy duro con ella esta vez. El mundo siguió girando, en su ir y venir, dando vueltas y vueltas, las personas siguen su vida, aceptan su destino, el corazón late más despacio y el espíritu se doma, porque la vida sigue su curso y sólo con una férrea voluntad se puede seguir adelante sin desfallecer en el intento, se puede descansar, pero no retroceder.

Así tuvo que hacerlo Nathaly, tenía que trabajar de nuevo y lo hizo, sacar nuevas fuerzas para echar adelante sus vidas. Buscó y rápidamente consiguió trabajo cosiendo en una boutique vestidos de fiesta. Le pagaban muy bien, pues era una tienda de primera.

Pasaron cuatro años de su vida, los muchachos terminaron sus estudios, David con doble esfuerzo, pues trabajaba y estudiaba al mismo tiempo para ayudar con los gastos, hasta que terminó y consiguió una beca completa para ir a Inglaterra a estudiar ingeniería de sistemas.

Tamara, por su parte, terminó con excelencia sus estudios, toda una preciosa joven, alta y delgada como Nathaly. Consiguió ir a Francia para estudiar idiomas, se iría con unos primos de Nathaly, pues a Tamara le atraía mucho ese campo.

Nathaly quedó aún más sola, pero ella así lo prefirió, porque sus hijos eran lo primero y sus estudios aún más. Tamara partió primero, pues debía ir a España a reunirse con los primos de Nathaly y, unos días después, a Francia. David se fue después.

Con cuarenta y siete años cumplidos, Nathaly había conservado su cuerpo en buena forma, delgado, no aparentaba esa edad, con su piel aún tersa, sin arrugas que delataran su edad, su cabello negro libre de canas, que siempre cuidó mucho y que siempre lucía bien, suave y brillante. En cuanto a sus ojos, esos ojos grandes, acusando los aires de una tierra lejana, profundos, color marrón, que las personas siempre elogiaban y querían, aún mantenían un brillo juvenil, que, a pesar de las tristezas, no se habían apagado.

Aunque esa sombra de melancolía y soledad a veces aparecía al acordarse de Raúl, sus hijos o... de Roberto. Tampoco tenía marcadas ojeras o líneas de expresión, como les dicen ahora.

Una tranquila tarde de sábado hablaba por teléfono con su vieja amiga Luz Marina.

—Hola Luz Marina, soy Nathaly, ¿cómo estás, ¿y tu madrina?

Luz Marina contestó muy contenta por el otro lado de la línea.

—Hola Nathaly, me alegra que hayas llamado, todos estamos bien, gracias a Dios. Mi madrina está bien, trabajando, ¿y tú?

—Me alegro tanto que a todos les vaya bien, ¿yo?, en general muy bien, pero me siento y estoy tan sola, como cuando llegué a Caracas, hace tantos años, pero con el consuelo de mis hijos. David y Tamara están bien, estudiando mucho y hasta puede ser que algún día se casen por Europa —contaba con tristeza en su voz.

—Verdad, pero no te aflijas. ¿Y te escriben?

—Sí, siempre me mandan postales —dijo con ilusión.

—Qué bueno. Ya sé que de Raúl, nada.

—No, ya no quiero pensar más en eso o me volvería loca. Estoy tranquila, me quedó su recuerdo y como dijo David: se esfumó y no supimos más de él.

Hizo una pausa, aún le dolía mucho y continuó.

—Me quedó el perro de Tamara ¿lo has visto? —Decía con ilusión—, es un Cocker Spaniel, se llama Shampoo. Él me hace compañía y como a mí siempre me han gustado tanto los animales, sobre todo los perros, que son tan fieles, me hace sentir bien. Shampoo anda detrás de mí todo el tiempo cuando no estoy trabajando, lo tenemos desde que tenía un mes de nacido. Tengo que cuidarlo mucho, es de Tamara, me lo pidió y encomendó tanto, hasta en las cartas me lo dice —acotó riendo y lo mismo hizo Luz Marina.

—Qué cosas ¿no? Sí, me acuerdo cuando vivías aquí, lo mucho que te gustaba Nathaly. Salgamos un día de estos.

—Claro Luz Marina, te llamaré para acordarlo. Bueno, hasta luego.

—Gracias por llamar, un beso y un abrazo para ti.

—Lo mismo para ti, hasta luego.

Colgó el teléfono, se quedó pensativa un rato, a veces sentía la falta de Raúl en tardes así, tranquilas como ésa que le hacían recordarlo mucho. No quiso entristecerse y por eso se puso a escribir algunas cartas a su familia y a sus hijos. Al terminarlas, un rato más tarde, salió caminando con Shampoo al correo para mandarlas.

Capítulo VIII
El Reencuentro

Pasaron los meses y llegó diciembre, mes de los regalos y la añorada Navidad. Nathaly compró tarjetas para todos, su familia, amigos, una muy linda para Tamara, con su perro, otra a David con notas musicales, una de las aficiones preferidas de él. Escribió todas las tarjetas con algo especial para sus hijos y las llevó temprano al correo para que llegaran pronto. Arregló la casa con los adornos navideños y puso el arbolito y el pesebre.

Ese día caminaba sin rumbo definido por Sabana Grande, estaba de vacaciones, veía tantos buhoneros con sus mercancías puestas en unos pequeños tarantines, muchos adornos para los arbolitos, nacimientos, figuritas de ovejas, estrellas, fuegos artificiales y demás. Mucha gente caminando y comprando en las tiendas o a los buhoneros en la calle, los estrenos para diciembre, todo con esa alegría que sólo el espíritu navideño da.

Al pasar por una floristería pensó, sin saber por qué, en Roberto, entró y compró un clavel y una rosa. Lo que prometió nunca lo olvidó, las tomó acariciando sus pétalos, evocó el pasado con melancolía. Salió lentamente y siguió paseando, compró un pequeño recuerdo para su consentido Shampoo y siguió su camino, sus pasos sin rumbo fijo, su espíritu tranquilo, se oía la música navideña que los mismos buhoneros ponían, tropezaba con la gente que tenía prisa, se cerró el abrigo de lana que ceñía su delgado cuerpo dándole más sensualidad. Ya estaba haciendo frio y caía la tarde, al volver a caminar, tropezó de nuevo, el viento revolvió su cabello, dejó caer un pequeño paquete, entonces, una persona se agachó rápidamente a recogerlo y, al entregárselo, quedó allí, de frente, parado, confundido, callado, sorprendido y apenas pudo balbucear:

—¿Tú, tú Nathaly?, no lo puedo creer.

Era él, Roberto. Nathaly, que no había alzado la vista hasta ese momento, al oírlo, sorprendida miró hacia arriba, abrió sus ojos al máximo y exclamó alegremente:

—¿Estaré soñando? ¡No puede ser, Roberto!

—No sueñas, soy yo, Roberto. También estoy tan sorprendido como tú, pero ¿cómo estás? —dijo extendiendo su mano para saludarla.

—Muy bien, pero sorprendida ¿y tú?

Soltaron sus manos, los dos sonreían.

—Ya lo veo, con mi clavel y tu rosa —acotó él con perspicacia.

Se hallaban en medio de la calle, la gente tropezaba a cada momento, Nathaly sintió que su corazón latía acelerado, pero sonrió con una mirada dulce y evocadora.

—Es Navidad Roberto, y siempre las compro. Han pasado tantos años, tantos, Roberto, que hasta perdí ya la cuenta desde la última vez que nos encontramos, más de quince años, creo, no recuerdo muy bien —dijo bajando la vista—, y me han pasado tantas cosas, que ya me siento vieja y cansada, muy cansada.

Al oírla hablar con pesar, Roberto inmediatamente exclamó:

—No digas eso Nathaly, porque tú aún eres joven, tienes ese brillo juvenil en tus bellos ojos marrón de siempre, tu pelo tan bello, largo y brillante, no se te ve ninguna cana y tienes esa estampa tan fresca y juvenil, que parece que los años no pasan por ti. Me parece raro que digas eso.

Se lo dijo entre halagador y preocupado, ella sonrió.

—Gracias por todo lo que dices Roberto, pero ya cumplí cuarenta y siete —adrede se quitó algo de edad—, pero realmente siento como si fuese de setenta.

—No puede ser —exclamó él—, pero, por qué no nos sentamos aquí, en este café, así podríamos hablar de nosotros.

Roberto miraba a su alrededor señalando una mesa, con un tono que ella ya conocía, pero se excusó.

—Hoy no Roberto, hoy no puedo, mañana es Navidad y quiero estar sola con mis recuerdos, además espero la llamada de mis hijos, luego comeré con unas viejas amigas y ya se está haciendo tarde.

—Está bien, entonces ¿podría esperarte el treinta y uno, fin de año?, de este modo brindar por nosotros, por nuestro encuentro, además de recibir el año nuevo —dijo cargado de esperanzas.

Nathaly aceptó, afirmó con la cabeza y luego con la mirada.

—Sí, está bien, aquí a las siete —confirmó ella.

—Sí —dijo feliz—, bueno, aquí te espero en el café, no faltes Nathaly, a las siete.

Se dieron la mano de nuevo, apretó su fina mano, ella estaba helada y no era por el frio, sino por lo que significaba ese reencuentro y el toque de su mano fuerte y varonil.

—Nathaly, feliz Navidad —dijo Roberto sonriente.

—Felicidades Roberto, feliz Navidad —contestó ella soltando su mano y sonriendo también.

Roberto siguió su camino volteando de vez en cuando, Nathaly caminó despacio con sus paquetes en la mano y sus flores, pensando y sin saber qué hacer. Estaba confundida aún y, una vez más, retornaron a su mente escenas de su pasado, pero era demasiado tarde, había esperado tanto años, pero a la vez, pensaba que tenía derecho a un poco de felicidad, de ilusión, de fantasía.

Al día siguiente esperó la llamada de sus hijos, era Navidad, se sentía feliz de oírlos. Primero llamó Tamara, luego David, ambos estaban bien, estudiando mucho y obtenían buenas notas. Pasaban mucho frio, pues no estaban acostumbrados al invierno europeo ni a la nieve, deseando estar con ella, pero al menos tenían el gran consuelo de hablarle. Algún día, no lejano, podrían abrazarse de nuevo y en otras circunstancias más felices.

Al colgar, Nathaly lloró, Shampoo, al verla así, le lamía los pies, ella reía por las cosquillas que eso le causaba y lo abrazó.

—Ay Shampoo, no te preocupes, estoy bien, si no fuera por ti.

Él entendía y ladró con alegría, luego fue hasta el árbol.

—¿Quieres tu regalo? —exclamó riendo y secando sus lágrimas—, está bien, te lo daré.

Fue hacia allá, él movía su colita con mucha emoción, cual niño con su juguete nuevo, pues ella se lo había enseñado y dicho que era su regalo para abrirlo mañana, o sea, el veinticuatro. Shampoo lo había entendido muy bien, ella se lo abrió y saltando de alegría, empezó a jugar con ella.

Como a las nueve de la noche fue a misa de Navidad y rezó por sus hijos, por Raúl y por Roberto también. A las diez llegó a casa de Luz Marina a pasar la Nochebuena con ellos y a comer las ricas hallacas que ella hacía.

La semana pasó rápido, ya era fin de año, esa noche se sentó frente al espejo de su tocador y dijo en voz alta:

"Sí voy, es mi vida y quiero un poco de cariño, porque amor, entregué tanto, que ya poco me quedaría."

Permaneció así, parada un rato más frente al espejo, pensando, reaccionó, tenía que arreglarse muy bien, elegante, fina, como ella siempre había sido. Abrió su closet, tenía ropa muy linda que ella misma hacía para la boutique y dudaba qué ropa sería la más adecuada, hasta que por fin decidió. Shampoo estaba a su lado, cerca de la cama.

"Me pondré este conjunto de pantalón de seda con flores pequeñas en violeta y rosado, es fino y elegante. Mis zapatos y bolso negro, estilo Chanel, haciendo juego".

Los puso encima de la cama, sonreía, se vio nuevamente en el espejo.

"Mmm… mi pelo está bien, corto, tipo melena, me queda bien así, brillante. Me pondré poco maquillaje, como siempre, nunca me gustó maquillarme demasiado. Es mejor verse más natural y, a mi edad más".

Se quedó en silencio y tarareando una canción navideña, empezó a hablar con el espejo. Afuera sonaban los fuegos artificiales anunciando fiestas y el año nuevo, Shampoo se levantó asustado.

Ay, no sé qué me pasa que estoy hablando sola, se dijo sonriendo, ¿qué te pasa Shampoo?, no te asustes, ya te doy tu medicina para que estés más tranquilo, voy a salir.

Decía mientras se colocaba los zarcillos pequeños, de fantasía con unos brillanticos, ninguna otra joya, sólo su reloj. Luego, un poco de su perfume de siempre, como decía Elena, Chanel No. 5, y sonrió recordándola.

Se apuró, ya era tarde, se vio una última vez al espejo, le dio la medicina a Shampoo, tomó su cartera, su abrigo y salió de prisa, ya sólo faltaban diez minutos para las siete.

Tomó un taxi para poder llegar con menos retraso. La algarabía en la calle era enorme, era la alegría del fin de año, había mucha música, gente y carros corriendo para llegar pronto a casa y, sobre todo, mucho ruido de fuegos artificiales, *triquitraquis*, cohetes y *tumbarranchos*, como se dice en Venezuela.

Al llegar, vio a Roberto que caminaba hacia ella con su alegre sonrisa de siempre, estaba bien vestido, pantalón gris de casimir, una camisa preciosa de cuadritos a fondo gris, haciendo juego, sin corbata, ya que a él nunca le gustaron, como ella recordaba. Los zapatos hacían juego también, eran gris oscuro, muy elegantes y él mantenía ese porte varonil de siempre.

Alto, fuerte, además un poco canoso, que lo hacía aún más interesante con sus cincuenta años y un poco más. Traía en las manos algo pequeño que parecía un regalo.

—Hola Nathaly, qué bueno que llegaste —dijo con ansiedad.

—Hola Roberto, ¿cómo estás?, no olvides que yo siempre cumplo mis promesas —respondió sonriente.

Roberto tomó su mano, que temblaba sin ella quererlo.

—Bueno Nathaly, ¿a dónde deseas que vayamos? —dijo con voz galante.

—No sé, elige tú —dijo rescatando su mano.

—¿Quieres ir a cenar? —le dijo al oído, acercándose más a ella.

—Sí, está bien, vamos.

Estaba nerviosa, no lo podía evitar. Roberto sugirió alegre, pero también suavemente.

—Aquí cerca, casualmente, conozco un sitio muy bonito, acogedor y tranquilo, sirven buena comida, que es lo importante, sé que te gustará ¿vamos?

Nathaly lo siguió silenciosa.

—Nathaly, ¿te gustan las hallacas? —le preguntó.

—Claro que me gustan, me encantan, son ricas. Casi desde que llegué a Venezuela las probé y me gustaron mucho, es el típico plato navideño venezolano. Más si están bien hechas, las caraqueñas son las que más me agradan.

—Entonces no se diga más, vamos y después hablamos.

Caminaron por el boulevard de Sabana Grande, Roberto no dejaba de mirarla y al fin dijo:

—¿No te dije Nathaly, que estás tan linda vestida así? Elegante, con tan buen gusto, el que tanto me gusta.

Ella bajó la mirada, se sonrojó un poco, pero él no lo notó. Roberto siguió diciendo, mientras la tomaba por el brazo:

—Sí, estás tan linda, igual como siempre te recordé, tus grandes y bellos ojos color marrón, tan brillantes y que tanto me gustaron siempre. Además de tu pelo liso y también siempre brillante. Tu cuerpo sensual Nathaly, pero sobre todo eso, siempre se te destacó ese amor y bondad que tú tuviste para y con todos, lo emanas, y eso, eso atrae a las personas, siempre admiré eso.

Hubo silencio, caminaron, ella, en voz baja, tan sólo dijo:

—Roberto, te diré, el amor vive de amables pequeñeces, algo que mi tía siempre decía.

Caminaron un poco más, lentamente, sin hablar, hasta que llegaron al restaurante. El mesero, amablemente, los condujo a una mesa para dos, Roberto pidió la cena, el sitio era sencillo, pero con gusto. También tenía su ambiente navideño, no hablaron casi nada mientras venía la cena, tan sólo se veían, hablaban con sus miradas.

Las hallacas estaban exquisitas, así como el pan de jamón y la ensalada, todo, incluido el postre.

Nathaly estaba feliz, no podía creer, simplemente sucedía, su amor de toda la vida la trataba con tanto cariño y al mismo tiempo se preguntaba:

"¿Estaré soñando?", pero no, estaba allí, con ella después de tantos años, ella reía.

—¿Quieres comer turrón y mazapán para recordar Madrid? —dijo Roberto sonriendo y amoroso, interrumpiendo sus pensamientos—, porque las uvas las comeremos a las doce, además de la champaña.

—Sí, a mí me gusta mucho el mazapán ¿a ti no?

—No mucho, es demasiado dulce, prefiero la torta negra,

—¡Y también me gusta mucho la torta negra! —acotó rápidamente ella.

Se echaron a reír los dos, enseguida les llevaron los postres.

Se quedó callada, pensaba en sus hijos y por qué no, en Raúl. Roberto notó algo, la percibió distante y le preguntó preocupado, dejando de comer y arrugando el ceño:

—¿Te pasa algo Nathaly?, ¿qué tienes?

—No, no es nada, recordaba, sentía. Roberto, te contaré cómo ha sido mi vida desde que nos separamos, todo y sólo la verdad. Hubo cosas tristes, cosas alegres también, claro —decía con una sonrisa nostálgica.

Roberto la miró largamente, Nathaly comenzó a contarle todo, desde la última vez que se encontraron, la enfermedad y misteriosa desaparición de Raúl, repitiendo aquello que dijo David: "Como el humo de una vela que se apaga". Su sufrimiento y profundo dolor, los estudios de sus hijos, su posterior ausencia por las becas, su inmenso cariño por ellos, su gran sacrificio por los mismos y ahora, su actual y triste soledad. Sí, se sentía muy sola.

—Pero ahora estoy feliz Roberto, a todos les di mi amor y estoy muy satisfecha por ello —dijo muy orgullosa.

—¿Y para mí, qué dejaste? —se le ocurrió preguntarle.

—No dejo nada, porque mi amor siempre lo tuviste, desde que yo tenía dieciséis años, nunca pude ni quise matarlo, ni siquiera cuando tú me dejaste sola. Hubo y aún hay, muchas personas que no lo entienden ni lo entenderán jamás. Algunas me decían que tenía que odiarte, pero hablaban así porque no saben amar, no saben lo que es el verdadero amor... mi amor.

Hizo una pausa, Roberto estaba boquiabierto, ella siguió hablado, desahogando ese amor, esa pasión que siempre tuvo guardados.

—Era y es renunciar a todo por ese amor y dejar de ser feliz y, creo que ya te lo dije una vez, así te amé yo, y todavía Roberto —le dijo firme y mirándolo fijamente a los ojos, hablando con pasión, decisión y pautando cada frase—. ¡Yo te amo, sin límites ni reglas ni prohibiciones! Nunca me dio ni me dará pena o vergüenza decirlo, es la verdad de mi vida, mi única verdad. Así soy yo, así lo siento y lo digo.

Reforzando sus palabras con una palmadita en su pecho, quedó en silencio unos minutos. La presencia de Roberto y el ambiente, le daban fuerzas, ánimos para hablar así.

—¿Sabes? —Añadió—, recuerdo una poesía, creo que es de Pablo Neruda y que me gusta mucho, sólo me sé muy bien la primera estrofa, es realmente muy bonita.

"Me gustas cuando callas, porque estás ausente,
Cuando ríes, porque estás conmigo,
Cuando me miras, porque me abrazas,
Cuando lloras, porque me amas…"

Nathaly la había recitado con nostálgica dulzura y con su voz suave. Después, entornando sus ojos despacio, preguntó a Roberto:

—¿Te gustó Roberto?

Ya tenía otra expresión en su terso rostro y Roberto, al fin, pudo hablar, también desahogando su amor.

—Sí, a mí también me gusta, porque ¡te amo!, sería un mentiroso y orate si dijera otra cosa después de lo que acabo de oír de tus labios.

Se acercó a ella, colocó su mano encima de la de ella, se miraron profundamente y Nathaly dijo:

—Por fin has dicho que me amas, ¿cuánto tiempo y trabajo te costó, Roberto? —dijo con un dejo de tristeza—, ¿sería el vino que tomamos y este lindo rincón apartado lo que te hizo sacar eso?, tú…

Iba a seguir, pero Roberto la interrumpió.

—No, no es nada de eso, necesitaba decírtelo y tú me diste la pauta. Siempre supiste que nunca fui romántico y, hasta diría que muy callado.

Ella asintió con la cabeza, él hizo una pausa y agregó:

—Tampoco ahora que ya tengo edad para eso, pero siempre te amé y ahora te amo más que antes. Nadie me comprometió, ni antes ni ahora, sólo tú, hasta luchaste por ese amor, pero el destino fue muy caprichoso con nuestras vidas.

Quedó en silencio, ella también notando la pasión con que hablaba. Roberto tomó un sorbo de vino, queriendo esconder sus sentimientos, sus claros ojos habían enrojecido, pero añadió:

—Por favor Nathaly, perdóname —dijo saliéndosele del alma.

—Roberto —respondió ella comprensiva—, Roberto, dime ¿cuántas veces te he dicho que el amor no necesita perdón? Muchas.

—Es cierto, muchas veces —dijo él bajando la mirada.

Tomó sus finas manos entre las fuertes de él, las besó con delicadez y la miró de frente, directo a los ojos, luego a sus rojos labios. El fondo musical atizó el ambiente, lentamente se acercó a ella más y más y la besó con la pasión que habían contenido sus corazones, escondida por tanto tiempo, ella, cerrando los ojos, se dejó, por sus mentes pasaron muchas cosas, ella no cabía de gozo, sonrió feliz, sin ataduras, sólo amor.

Lentamente se separaron, él aún la besó en el cuello, luego tomó el pequeño regalo que había traído y se lo entregó.

—Nathaly, te traje este pequeño regalo, ábrelo —dijo con timidez.

Nathaly, gratamente sorprendida, sonriendo abrió el obsequio, era una pequeña caja con estuche en rojo.

—Qué linda pulsera —exclamó abriendo los ojos al máximo—, es muy fina, qué linda es, me gusta Roberto, gracias.

Se quedó mirando la pulsera, se ruborizó al voltearla y ver lo que tenía.

—Ay, si tiene mi nombre, qué lindo detalle. ¿Me la pones por favor, Roberto?

Se mostraba muy contenta y mientras él se la colocaba en su fina muñeca, ella decía apenada:

—Pero, yo no te compré nada, estoy apenada, me siento en deuda contigo.

—Nada de eso Nathaly —la interrumpió sonriente.

Se quedó en silencio viéndola y tras una pausa continuó con voz enternecida.

—Tu regalo ya me lo diste, cuando llegaste, cuando viniste para mí, fue el regalo más bonito y el de más valor. Ahora quisiera contarte cómo ha sido o fue mi vida sin ti.

Tomó nuevamente la mano de Nathaly entre las suyas, comenzó a contarle, ella se arrimó hacia él, se colocó el abrigo sobre los hombros, pues sintió algo de frio.

—La primera época, después de separarnos, la pasé en casa de Elisa, con sus padres, sé que los conocidos hablaban y pensaban mal de mí, que la señora Lola tenía algo que ver conmigo, que estaba enamorada de mí. Ella sí me quería, no lo niego, pero siempre, siempre nos respetamos y yo no le di alas al respecto, pero ella me dio su ayuda. Me pagó muchas cosas, me brindó su amistad cuando estaba solo aquí, en Caracas y sin un centavo. Me arregló los papeles, me dieron casa y comida, por lo que de alguna forma tenía que agradecerles, entonces trabajé para ellos sin cobrar.

Entrelazó su mano a la de ella, se dejó, iba a hablar, pero él la detuvo.

—Déjame seguir Nathaly, deseo que oigas mi versión —rogó—, y sí, ella nos separó, ella no quería que nosotros fuésemos felices, que te amara ni que fuera amable contigo, ¡figúratelo! —dijo con un dejo de arrepentimiento en su voz.

Nathaly enarcó su ceja, ella siempre lo supo y, evocando el pasado, pensó: "Y lo logró señora", pero no quiso decir nada.

Roberto siguió hablando, metido en sus propios y tristes recuerdos, pero lejos de los de ella.

—Primero, porque Elisa se casó y segundo, porque ella nunca fue feliz en su matrimonio. Pasó el tiempo y, un día que pasaba a visitar a unos amigos, te encontré con un niño en la mano, me contaste que tenías otra niña, tú ya tenías tu vida con otro hombre y me dolió, sí Nathaly, ya era muy tarde para mí.

Hizo una breve pausa, la miraba triste y tiernamente, ella también. Roberto alzó la mirada, llamó al mesonero, pidió y pagó la cuenta.

—Gracias señor y feliz año nuevo —dijo sonriente el mesero.

—Muchas gracias, igualmente para usted.

Permanecieron sentados en su mesa, Roberto siguió hablando.

—Pues bien, siguiendo mi vida, aunque no quiero entrar en muchos detalles, conocí a una mujer, Maribel se llamaba, al poco tiempo nos casamos, nos llevábamos bien y vivíamos cómodos, ella también trabajaba. No tuvimos hijos, el amor no llegó como pensábamos y, después de unos años se enfrió todo y nos separamos. La señora Lola murió hace ya algún tiempo a causa de una larga y dolorosa enfermedad. Elisa y su padre se fueron a Francia, yo me quedé aquí, nuevamente solo, extrañándote mucho.

Quedaron en silencio, observaban el ambiente festivo, él añadió:

—Ahora estoy aquí Nathaly, contigo a mi lado, tú estás sola, yo también, reencontrándonos y nos amamos. Entonces Nathaly, ¿por qué no podemos ser felices? ¿estar juntos?, tenemos ese derecho. ¿Me dirás que sí? —dijo con énfasis mirándola con amor y directo a sus grandes ojos.

Ella también lo miró amorosa, nostálgica, tenía sus manos junto a las de él, permaneció callada por un rato y pensaba.

—Si esto me lo hubieras pedido algunos años atrás. ¿Sabes?, nadie Roberto, hubiera sido tan o más feliz como nosotros lo hubiésemos sido, perdimos tantos años —dijo esto con tristeza e hizo una pausa para luego añadir despacio—, ahora lo estoy pensando. Pero no pongas esa cara triste, te diré que sí —dijo sonriendo y mirándolo dulcemente.

Roberto sonrió feliz.

—Y, me iré contigo, sí —dijo ella cerrando los ojos—, porque sé que nos amamos mucho.

Roberto no pudo más, se levantó de su silla, se acercó y la abrazó, sintiendo sus corazones latir muy fuerte.

—Caminemos por las calles de Caracas hasta las doce, como dos colegiales —dijo él.

Ella aceptó gustosa, se levantó, salieron juntos del restaurante agarrados de la mano, como cuando eran jóvenes. Caminaron mucho, por todo el boulevard de Sabana Grande, hasta la plaza Venezuela.

Mientras caminaban, observaban todo lo que la gente se divertía en la calle esperando el nuevo año, Nathaly comentó sonriente:

—Roberto, ¿no te conté que vi a Andrés cuando estuve en Madrid en el ochenta? Fue muy emocionante y bueno para los dos, nos dio mucho gusto. Ah, y supe que tu madre falleció, me lo contó mi prima Ana en una carta y lo sentí tanto, de corazón, era una dama tan dulce.

Terminó diciéndolo con expresión triste, Roberto, en el mismo tono, respondió:

—Sí, fue muy triste para mí no estar con ella, pero así es la vida Nathaly. Pero no quisiera recordar eso hoy y, con respecto a Andrés, él me lo contó, también por carta, sé que él te quiere mucho, de hecho, a ti todos te quieren, no sé por qué. Debe ser porque tú siempre has sido muy amorosa con todos los que conoces y tratas. Claro, y por esos grandes y profundos ojos marrones que tienes y que siempre amé —dijo sincero y galante.

Nathaly empezó a reír mirándolo a él y luego al reloj.

—Mira, faltan diez minutos para las doce, ¿tienes uvas? —dijo con asombro.

Él, mostrándole dos bolsitas de papel, contestó riendo:

—Sí, claro, en estas dos bolsitas. No tendremos copas ni champagne, pero nos tenemos a nosotros, a nuestro amor y con él brindaremos, también por nuestro reencuentro.

Se acercó a ella alegre y apasionado, Nathaly no cabía de gozo.

Se encontraban sentados en un banquito de la plaza Venezuela, la fuente aún más iluminada, fluía alegre. Todo el ambiente era muy alegre cuando comenzaron a sonar las doce campanadas que las iglesias cercanas comenzaron a repicar, también se oían en los radios de las personas que estaban allí, igualmente reunidas en torno a la fuente para recibir el año. Ellos reían parados frente a frente comiendo las uvas a cada campanada y, con un apasionado beso en la boca, soltando lo que tenían en las manos, se abrazaron en la última campanada, despidiendo de este modo el año viejo para recibir el año nuevo con el brindis de su amor.

—Feliz año Roberto, mi amor —apenas pudo decir Nathaly.

Recostó su cabeza en el pecho de Roberto y él la besó con ternura cerrando los ojos.

—Feliz año mi Nathaly.

Aún abrazados, ella tenía lágrimas de gozo en sus ojos, él también.

—Qué hermoso modo de comenzar un nuevo año —dijo Roberto—, y ahora iremos a mi casa Nathaly, que ahora será la tuya... la nuestra.

—Sí, vamos —contestó alegre.

Separándose, pero caminando abrazados, tomados por la cintura, lentamente, saboreando al máximo la pasión y la alegría de esos momentos que quedarían grabados en sus mentes.

La alegría en la ciudad era inmensa, la música, los abrazos, expresiones de júbilo, el ruido, los cohetes, estaban en cada rincón, todo era algarabía. El cielo iluminado con los fuegos artificiales y, junto con las estrellas, era un espectáculo precioso. Ambos lo veían gozosos y, aunque había calor humano, hacía frio, pues era invierno. Nathaly se arrebujó en su abrigo y se abrazó a Roberto, que. encantado, la abrazó de nuevo.

—No te lo dije, tengo una pequeña casa en El Rosal, iremos allá pero no caminando, tomaremos un taxi, es más rápido, claro, si es que lo conseguimos hoy y a esta hora, ojalá —acotó riendo y volteando alrededor para ver si veía alguno.

De la mano entraron en la casa de Roberto. Tenía en la entrada verjas color beige, un jardín pequeño muy bien cuidado, con rosales y claveles. Era muy bonita, pequeña y pintada de beige y azul.

—Tengo un perro pastor alemán, se llama Bravo, es quien cuida la casa, es un poco bravo, por eso el nombre, pero también es fiel y juguetón, pero no te hará nada porque estás conmigo.

Roberto abrió el portón de madera de caoba de la entrada de la casa.

—Yo también tengo un perro, es un cocker, lo tenemos desde que tenía un mes de nacido, ya tiene ocho años. Era de Tamara, pero ahora es mío, me quiere mucho y me hace compañía, se llama Shampoo, es muy lindo y está muy mimado.

Ambos sonrieron. Al entrar, Roberto prendió las luces del living, luego las de la sala, prendiéndose también el pequeño arbolito que tenía al lado de la chimenea. Todo esto le recordaba cuando llegó a Caracas, por allá de los años cincuenta, de la mano de Roberto, a su pequeño apartamento. Ahora, de nuevo llegaba con él, de su mano, todo se repetía.

—¿Te gusta el sitio?, pasa por favor, te enseñaré todo. ¿En qué piensas Nathaly? —preguntó sonriente observándola.

—Adivina, ¿no te acuerdas de algo? —dijo sonriente y a la vez nostálgica, evocando el pasado.

—Sí, cuando llegamos a nuestro apartamento hace tanto tiempo, pero ahora estamos aquí, nosotros dos, solos, con nuestro amor —dijo tomándola de la mano—, y ya no hay sombras ni nadie que pueda separarnos.

La abrazó, ella se dejó y se besaron largamente allí, en medio de la sala.

Después la llevó por toda la casa, todo estaba bonito y sencillo, el recibidor, el comedor, la cocina, el baño.

—Nathaly, éste será nuestro hogar, si quieres, puedes cambiar algo a tu gusto, tú mandas ahora.

—Todo está lindo, solamente le faltan algunos toques y plantas, pero eso sí, muchas. Luego pondré macetas con flores, dan mucha vida, una de rosas y otra de claveles para que no se marchiten, flores en la sala, flores de todas clases —dijo sonriente.

Caminaron por el pasillo y entraron al cuarto principal.

—Esta es nuestra habitación, compraremos una cama de matrimonio —dijo Roberto abriendo el ventanal—, será nuestro nido de amor, porque a este matrimonio no le hacen falta papeles, lo único que necesita es tu amor y el mío, nada más Nathaly.

Roberto cargó a Nathaly con sus fuertes brazos y la llevó a su cama, ella lo besó con toda su pasión, despacio, se besaron largamente, sus cuerpos pedían amor y lo hicieron.

Así amanecieron ese primero de enero, abrazados, amándose una y otra vez, disfrutando después de tantos años de sacrificios y soledad. El sol brilló, Roberto, adormilado junto a ella, preguntó:

—Nathaly ¿eres feliz?

—Mucho, mucho Roberto, porque estoy contigo aquí y cuando me miras, me abrazas.

—Y yo feliz, porque cuando ríes estás conmigo.

Ambos sonrieron recordando la poesía y él añadió:

—Dios nos ha dado una segunda oportunidad y no la perderé Nathaly, por nada del mundo. Estuve ciego, pero ahora estás aquí de nuevo conmigo.

Roberto hablaba con felicidad pero también con arrepentimiento. Nathaly lo besó de nuevo y respondió:

—Sí, Dios, pero no recuerdes lo triste mi amor, recuerda que amor es… —lo miró rápido dejando que él terminara la frase.

—No tener que pedir perdón —completó sonriendo.

Capítulo IX
Oriana

Así pasaron los días para ellos, con su amor, juntos, como dos recién casados, porque eso eran. Nathaly se mudó a la casa de Roberto, llevó sus cosas, su ropa y a Shampoo. Alquiló el apartamento, no quiso venderlo, por si acaso... en el futuro.

Cada día, al llegar a casa, él le llevaba alguna sorpresa o regalo, mimándola y ella siempre le tenía alguna torta o algo especial.

Pasaron los meses, ella siguió trabajando en la boutique, pero sólo en las tardes. Un día, cosiendo en la habitación pequeña que tenían como estudio, muy cómoda y acogedora, Shampoo, como siempre, yacía en el alfombrado piso a su lado; Nathaly se sintió mal y quedó preocupada. No pasó por su mente lo que tenía y, para no preocupar a Roberto, no le dijo nada.

Unos días más tarde, se dio cuenta, con sorpresa divina, que estaba embarazada, no enferma. No podía creerlo, no sabía qué pensar, ella, a sus cuarenta y tantos años estaba en estado. Reía, se preocupaba, pensaba en qué diría Roberto, cómo se lo diría. Así, pensando, parada ante la cocina, ni cuenta se dio que él llegaba, tampoco oyó a los perros saludando a Roberto. Cuando él la besó en el cuello fue cuando reaccionó.

—¿Qué tienes Nathaly?, te noto preocupada —preguntó curioso.

—Siéntate mi amor, tengo algo que contarte, quedarás helado.

Le dijo sonriente y preocupada, empujándolo suavemente hacia la mesa, él, sin dejar de mirarla, se sentó.

—¿Por qué?, no me asustes.

—¡Serás papá!, estoy embarazada —exclamó una sola vez.

—Tú y tus bromas Nathaly, por favor, no digas eso —dijo sonriendo.

Nathaly, casi gritando, exclamó:

—Y yo que cría que saltarías de gusto y contento.

Roberto se quedó sin respirar, comprendiendo lo que le había oído decir. Casi llorando de alegría, la tomó en sus brazos y exclamó:

—¿Es verdad Nathaly?, ¿no me engañas mi amor?, ¿sí?

Nathaly, riendo, lo confirmó, él la besó.

—Cómo voy a engañarte con nuestro hijo, éste sí en verdad que es nuestro, es nuestro, amor mío.

Gozosa, tomó su fuerte y maduro rostro entre sus delicadas manos, Roberto la besó y henchido de alegría y gozo, respondió:

—Uh, Nathaly, qué felicidad tan grande, no te imaginas cuánta. No te muevas que quiero mirarte, voy a abrazarte muy fuerte. No sé qué decirte, eres la mejor mujer del mundo, lo mejor de mi vida y yo seré el padre de tu hijo, mejor dicho, ¡de nuestro hijo!

—Sí mi amor y será muy, muy querido —respondió ella.

—Claro que será querido, mimado, consentido, etcétera.

—Roberto, ¿qué me dirán David y Tamara?, ¿qué pensarán cuando lo sepan, conozcan que tendrán un hermanito o hermanita?

—Nadie puede decirte o reprocharte nada porque tú les has dado mucho amor, buenas costumbres y te querrán más, te lo aseguro —contestó él tomando un vaso de agua.

—Les escribiré una carta a cada uno, explicándoles, sé que me comprenderán —dijo sentándose—. Hoy tenemos que celebrar, si quieres comemos afuera, si no, cocino yo, ¿qué prefieres?

—Nada de eso, quiero pasear contigo de la mano por las calles de Caracas, como en los viejos tiempos, como lo hacíamos por las calles de Madrid y nos tomaremos una merengada de fresas —dijo sonriendo, tomándola de la mano y besándola delicadamente para añadir—, déjame mirarte una vez más, estás linda y te brillan aún más tus ojos, mi amor.

—Sí, mi ojos color marrón, ¿así son Roberto?, ¿estás seguro? —dijo bromeando.

—Sí, así son Nathaly —dijo mientras se abrazaban y se besaban,

Los dos primeros meses de embarazo fueron muy difíciles para Nathaly por las comidas y los malestares, pero ella lo llevó con alegría, no quería preocupar a Roberto, quien estaba tan feliz y todavía no cabía en él. Por otra parte, debía cuidarse más que antes debido a su edad, pero al pasar de los días se fue sintiendo cada vez mejor.

—Roberto, mañana en la tarde me toca ir a control con el médico ¿recuerdas?

Roberto llegaba del trabajo, después de besar tiernamente a Nathaly, se sentó a descansar en el nuevo sofá que habían adquirido.

—Yo te llevo Nathaly, cierro la tienda un poco antes y llego rápido, Hoy no te dije que estabas más linda que ayer y un poquito más gordita —dijo en broma riendo y amoroso a la vez.

—Claro, este embarazo me da más hambre, siempre estoy comiendo, mira qué cintura tan gruesa tengo ya —dijo dando una vuelta—. Déjame darte un beso Roberto.

Roberto sonrió y le puso la mejilla tomando sus manos, ella se acercó, se sentó en sus piernas y lo besó.

—Ya sabes que no irás más a la boutique a trabajar, no tienes necesidad, vivimos bien, en la casa no falta nada.

Ella sonrió, se abrazó a su cuello y respondió:

—Está bien, está bien, no te pongas bravo mi amor. Mañana iré a decirles que no trabajaré más, tú mandas.

Se lo dijo comprensiva, rozando sus sienes con el revés de su fina mano.

—Así me gusta —dijo sonriendo—, tú sabes que lo hago porque te amo, te adoro, tengo que cuidarte mucho y a nuestro bebé. Es lo más grande y bello que me pudiera haber sucedido, amor mío —dijo colocando su mano sobre el vientre de ella.

La besó en la boca, ella también lo besó.

—Lo sé mi amor, Me quedaré en casa, estoy consciente de eso.

Cambiando el tema, Nathaly se levantó y dijo dirigiendo sus pasos a la cocina:

—Dime, ¿qué quieres cenar hoy?, tal vez papas con carne, ¿te acuerdas Roberto?

—Claro que me acuerdo y me chupo los dedos cuando tú los haces, nadie te gana.

Sentado a la mesa, en la cocina comentó:

—Un día de estos invitamos a Juan Soares a comer con nosotros, hace algún tiempo que no viene por aquí, él es un buen amigo.

—Está bien, si quieres invitarlo para que venga el domingo, ¿qué te parece? Después podemos ir a pasear por el Parque del Este y luego a tomar algo.

Llevó la cena lista para servirla en la mesa. Roberto había puesto el pan y las bebidas y procedieron a cenar a la luz de las velas.

Pasaron varias semanas, Nathaly ya tenía cinco meses de embarazo. Su estado le sentaba muy bien, estaba más bonita, la felicidad reflejada en su rostro, era completa. Se cuidaba mucho, su médico decía que su peso era ideal, aunque tenía un poquito de más, pero Nathaly se sentía bien y feliz y el bebé estaba muy bien.

Una calurosa tarde, Roberto llegó a la casa muy contento porque había alcanzado un logro importante, por unas negociaciones que había hecho y que le permitiría tomarse unas merecidas vacaciones y así se lo expuso a Nathaly.

—Qué te parece, Nathaly, si dentro de dos meses, que es lo que calculé por lo del negocio, realizamos un viaje. Claro que sería antes de que nazca el bebé, sería nuestro viaje de bodas, ya que no fuimos a ninguna parte en especial por nuestro compromiso y no tuvimos luna de miel.

Ambos permanecieron en la entrada, Nathaly, que lo había recibido con una limonada bien fría, lo vio muy entusiasmado, escuchó callada pero feliz lo que le contaba.

—Sería maravilloso mi amor, pero, ¿a dónde iríamos?

—Es una sorpresa mi amor, ven, vamos a sentarnos y te diré.

Roberto sonrió, se quitó el paltó y llevó a Nathaly de la mano hasta la sala. Se sentaron en su sofá preferido y al fin habló.

—Nathaly, ¿te gustaría ir a Francia?, a París, a visitar a Tamara —preguntó Roberto.

Ella no sabía qué pensar, por un momento abrió los ojos y la boca al máximo, era una noticia muy hermosa, pero a la vez pensó y se asustó.

—Pero Roberto, ese viaje cuesta muchísimo, no tenemos tanto dinero y...

Iba a seguir, pero Roberto, cariñoso y travieso, puso sus dedos delicadamente sobre los labios de ella diciendo:

—Sí, sí lo tenemos, tengo tiempo ahorrando y ya tenemos algo, yo obtendré, además, muchas ganancias con la negociación que acabo de contarte, luego alquilo la tienda a un señor que está interesado, diría que por seis o siete meses, y listo.

—Nathaly no cabía de felicidad, no salían sus palabras, respiró y al fin exclamó entrelazando sus manos a las de él.

—¡Ah! Qué alegría Roberto, conocer París, uno de mis sueños más inalcanzables de toda mi vida. Siempre pensaba en que algún día sería y más aún, contigo a mi lado y con este hijo; esta barriga, fruto de nuestro amor. Ah, qué orgullosa me pondré.

Hablaba y hablaba, Roberto se extasiaba viéndola tan alegre y feliz sentada en sus piernas.

—Ay Roberto, me estás malcriando. Déjame besarte y besarte mucho —lo hacía en todo su rostro—, y hacer el amor contigo, en este momento, aquí.

—Estoy rendido en tus brazos Nathaly, eres única mi amor, hago lo que quieras —exclamó riendo, amoroso y apasionado.

Así fue, la chimenea prendida, única luz que había, pues ya había anochecido, en su sofá preferido, felices se amaron una vez más en un ambiente romántico, con música suave que ella siempre ponía.

Días después de la gran noticia, los dos estaban entusiasmados con el viaje, todo era preparativos, planificarlo todo. Debían decirle a Tamara, quien vivía en una residencia para estudiantes solas, solteras, allá en París.

—Le escribiré primero y luego la llamaré por teléfono, le diré que nos busque un hotel barato, sencillo, en un buen barrio y que no sea tan elegante. Se pondrá muy contenta, seguro que sí.

Muy feliz le comentaba a Roberto, estaban en su estudio y luego agregó:

—¿Cómo me encontrará?, tan gorda, con esta barriga.

—Se sentirá muy feliz —contestó Roberto, que escribía unas cosas en su escritorio.

Shampoo, recostado sobre los pies de Nathaly, que también escribía en una mesita estilo colonial que tenía al lado del escritorio, una carta para Tamara, otra para David.

—Y mi querido David, ¿cómo estará mi muchacho?

—Seguro que está bien Nathaly, estudiando mucho y recordándote.

Le contestó dejando de escribir un momento, Nathaly también lo hizo, luego se miraron en silencio, ella acarició suave y despacio la cabeza de Shampoo y siguió escribiendo a Tamara.

Luego escribiría a su tía, a sus amigas y a su nunca olvidado amigo, el padre Felipe, para contarles las buenas nuevas. Al terminar, fueron a cenar y a reposar junto a la chimenea, junto a su sofá, estaban muy tranquilos cuando de pronto.

—Roberto, Roberto, pon tu mano aquí —dijo colocándosela en su bajo vientre—, ¿sientes cómo se mueve el bebé?

Roberto, asustado al principio por la sorpresa, pero con su mano ya puesta allí, a la expectativa sentía, reía.

—Sí, sí lo siento moverse y mucho. Qué sensación tan linda, algo que nunca imaginé sentir y sólo tú podías haberme dado este regalo, mi amor.

La besó con cariño y la alegría de ambos resplandecía.

—Nathaly, ¿cómo seré como papá?

Nathaly sonrió, lo miró con dulzura y acotó:

—El mejor, el mejor, te lo aseguro amor mío.

—Gracias vida, soy un hombre nuevo, sólo por ti, nuestro amor.

Dos meses más tarde, Nathaly cumplía siete meses de embarazo, ella preparaba las cositas y ropitas del bebé, Roberto le compró varias cosas, entre ellas un moisés muy bonito.

—Hoy compraré los pasajes porque ya llegó la fecha de nuestro anhelado viaje —dijo Roberto al llegar esa mañana de la calle.

Estaba muy contento, hablaba alegre buscando a Nathaly.

—En la agencia de viajes me lo confirmaron hoy, es el sábado mi amor, aunque ya tenemos todo arreglado, hay que ver bien cada detalle.

—Sí mi amor —gritó Nathaly desde la batea—, tengo todo.

—Hay que preparar ya las maletas —gritó él desde la cocina.

Nathaly venía de afuera, daba la comida a Shampoo y a Bravo, el sol era fuerte y hacía calor.

—Sin olvidar los regalos de Tamara —dijo ya en tono normal.

Ella se sentó en la silla de la cocina a descansar.

—Uf, qué calor está haciendo, y sí, no me he olvidado de nada, como tampoco de nuestros consentidos, quedé en llamar a la Sra. Mercedes, entonces le diré que venga ya.

Roberto servía unos refrescos bien fríos para ambos, bebió y dijo:

—Ah, gracias amor, muy bien, ella cuidará a Shampoo y a Bravo mejor que el veterinario de la clínica, y la casa también estará bien cuidada. Extrañaré mucho a Shampoo y a Bravo.

En el aeropuerto de Maiquetía, como siempre, lleno de tanta gente y ruido, el movimiento propio de esos lugares, ambos iban agarrados de la mano formados en la fila para chequear el equipaje; la gente a su alrededor los miraba mucho, debía ser por el estado de Nathaly.

—Nathaly, ¿te fijas cómo te miran todos? —le susurró al oído.

Ambos rieron cómplices, estaban abrazados y tomados por la cintura.

—Las mujeres, por curiosidad seguramente, los hombre por envidia y yo te miro así porque eres mía y me gustas. Cuando ríes estás conmigo... —agregó recitando su poesía.

—... Y cuando me miras, porque me abrazas —completó ella—. Pero Roberto, no me mires tanto, deja un poco para el bebé. Y si me miran es por este conjunto de maternidad tan bonito y fino de pantalón y blusón que me compraste, ¿verdad que me queda *cuchi*? —dijo coquetamente.

—Claro, a ti todo te queda bello, porque no sólo luce por fuera, es que tú, desde adentro, emanas ese amor y lo transmites.

Minutos después ya subían por la escalera del avión y Nathaly estaba tan feliz. Atrás quedaba olvidada la tristeza, el tiempo en el que tuvo que irse y viajar sola, la época de la nostalgia, el miedo, el llanto. Todo esto pensaba mientras subía y ni el ardiente clima le molestaba, le pareció maravilloso.

Guardaron sus equipajes de mano y la sobrecargo les dio la bienvenida de costumbre. Ya en sus asientos sonreían y Roberto, tomando la mano de su amada, cual solícito y amante esposo, preguntó:

—Nathaly ¿estás bien?, ¿nerviosa?, ¿te abrocho el cinturón?

—No mi amor, estoy bien, ni nerviosa ni asustada. Tú sabes que a tu lado nada me da miedo, además, el doctor dijo que sí podía viajar, que el bebé está bien y también yo; más ahora, con tantos avances en la medicina en que hay más confianza, eso me alegra mucho

Se acomodó en su asiento mientras Roberto la escuchaba embelesado.

El avión despegó a los pocos minutos, ella se persignó y oró.

"Dios mío, que tengamos un viaje tranquilo, son tantas las horas de vuelo… amén". Cerró los ojos, suspiró un poco y se dispuso a descansar.

El vuelo era muy apacible, ella dormitó un poco y, como a las dos horas, mientras veía por la ventanilla y Roberto leía las finanzas en el diario, ella exclamó:

—Amor, dame tu mano rápido y ponla aquí en mi vientre. ¿Notaste cómo se movió nuestro bebé?, está dando paraditas fuertes.

Roberto ponía cara de alegría al poner la mano y sentirlo.

—¿Otra vez? ¡Qué emoción! Sí, sí lo siento, es que debe estar contento, quiere decirnos que quiere salir ya —exclamó contento y entre risas.

—Oh, no me asustes, aún tiene que esperar dos meses. Mejor ni lo pienso, estoy muy bien así. Roberto, ¿te imaginas si se le ocurre nacer antes?

Más tarde el avión llegaba al aeropuerto, aterrizó sin problemas, ellos salieron muy felices tomados de la mano. Nathaly agradeció a Dios y se persignó de nuevo.

Al salir hacia la escalinata, la azafata, una joven muy bonita y simpática, les dijo con una sonrisa:

—Gracias por volar en nuestra línea, fue un placer servirles... oh, señora, será una niña, ya lo verá, baje con cuidado.

Nathaly, un poco sorprendida, agradeció y mirando a Roberto, rieron juntos, luego se despidieron y bajaron a tierra... ¡Francia... París!

En el aeropuerto estaba Tamara muy entusiasmada esperándolos, los saludaba desde lejos con ambas manos, estaba con un joven a su lado,

Les sellaron los pasaportes, caminaron con sus equipajes en mano hasta donde ella estaba. Tamara, emocionada, salió a su encuentro.

—Mami, mami linda —manifestaba con alegría.

Madre e hija se abrazaron con amor. La escena fue enternecedora y emotiva. Tamara, que siempre le decía: mami, con gran emoción preguntó:

—¿Cómo está mi mami preciosa? Te extrañé mucho, gordita.

La abrazó, la besó en la frente, juntas reían. Ellos se acercaron.

—Oh, ya sé que eres Roberto, el amor de mami. Hola, nos conocemos en fotos ¿verdad? —Dijo Tamara saludando con cariño a Roberto y estrechando su mano—. Pues sí, me da gusto conocerte por fin, mi papá también fue su amor, más tranquilo, sereno, distinto, diría yo —dijo ente comprensiva y amorosa.

Abrazando a su mamá, quien lloraba de emoción, continuó.

—Es que ella tiene mucho amor allí, adentro, en todo su corazón y es para todos, por eso la queremos tanto y todo el mundo la quiere a ella, ¿verdad mami? Mami, Roberto, él es Michel, un amigo de la universidad —dijo acercándose a él—, es francés, un parisino; sabe poco español, pero entiende.

Se los presentó y él, con una sonrisa y mostrando mucha educación, extendió su mano y, con marcado acento francés, dijo:

—Encantado de *conocerrgle, madame, monsieur,* yo *serrgué* su guía.

—Oh, encantada —dijo Nathaly secando sus lágrimas.

—Encantado de conocerlos a los dos, Tamara y Michel —respondió Roberto, extendiendo su mano hacia ellos—. Pero Nathaly, ¿no dices nada más?

—Es que estoy tan feliz, pero tan feliz de que estemos aquí en París, todos juntos que, casi no lo creo. Un sueño para mí, ahora hecho realidad —dijo casi llorando—. Aunque también recuerdo a mi muchacho... David, ¿cómo estará?, y también, ¿por qué no?, ¡a tu papá Tamara!

Suspirando quedó callada, Tamara la abrazó y enseguida tomó la palabra.

—Mami, iremos primero al hotel, debes estar cansada por el viaje.

—Sí hija, estoy algo cansada, pero feliz.

Aún estaban en el aeropuerto de París, comenzaron a caminar y siguieron hablando, iban despacio, Tamara tomó el bolso de su mamá.

—París, sueño dorado, aquí estoy y aún no lo creo —dijo Nathaly mirando a su alrededor—. Qué bonito está todo ¿verdad? Aquí ya entró el otoño ¿no?, porque siento frío. Tendré que comprarme un abrigo y un pantalón de lana y, para Roberto, un suéter muy bonito.

—No te preocupes mami, bien sabes que aquí hay ropa linda para todos los gustos —respondió Tamara y Michel asintió.

—Ja, ja, ja, es verdad hija. ¡Pero tú están muy bonita, diferente!

—Tú también mami y... te quiero muchísimo.

Todos sonrieron enternecidos. Llegaron al auto de Michel y, paseando, llegaron al hotel ya de noche. Era un hotel muy bonito, muy bien decorado, sencillo, en una calle tranquila y con poco ruido. El paseo hasta allá fue muy agradable, los muchachos iban describiendo las cosas y monumentos que veían al pasar con el carro.

París de noche, tantas luces, todo tan iluminado, precioso, brillante, fastuoso. La gente despreocupada, se mezclaban todas las razas, mucha elegancia, glamour, desafío, cada quien con su forma de vivir. Para algunos, una ciudad magnífica e inmensa, pero cada quien en su mundo, sin importarle el otro, el vecino.

En cuanto a la juventud, las chicas con sus mini y muy minifaldas, cabellos revueltos y pintados, Los chicos con su pelo larguísimo, con cola de caballo y zarcillos, eso sin nombrar los tatuajes tan modernos. Para otros es la cuna de la moda y de la cultura, con tantos teatros y museos. Además, no sólo visitarían París, sino sus alrededores, sus lindos pueblos y aldeas de la campiña francesa.

Había muchos turistas de todas partes del mundo, pintores por doquier, música y cafés de todas clases.

Nathaly estaba encantada paseando en auto por París junto al amor de su vida, nunca, en sus años más maduros, lo hubiera pensado así. Su corazón latía fuerte y muy rápido.

Ya, en la habitación del hotel, luego de dejar las maletas en orden, Nathaly, sonriente, pero con tono maternal, dijo a su hija:

—Tamara, estás muy bonita con esos blue jeans y esa franela celeste ceñida a tu cuerpo, te quedan preciosos. Además, tienes el cabello largo y te queda muy bien. Ya me fijé cómo te mira ese muchacho francés, Michel, es muy guapo.

Ambas estaban sentadas en la cama, Nathaly se cambiaba de zapatos para descansar los pies, Tamara la ayudaba.

—Ah, mami, nada de eso, sólo somos compañeros de clase en la universidad, nos conocimos unos meses atrás, pero sí... ¡me gusta! Es muy chévere, como decimos en Venezuela, y muy simpático.

Amabas, tomadas de la mano, salieron hablando sonrientes.

—Y tú mami, estás tan bonita con esa barriguita y ese conjunto materno tan moderno, pero es que no sólo es eso, sino tu expresión, tu rostro lleno de felicidad —dijo sincera y con ternura.

Nathaly volvió a sonreír, puso su mano sobre su vientre y le dijo:

—Gracias por tus palabras hija, tú siempre has sido muy sincera y madura para tu edad. Me alegra tanto que pienses así y que aceptaras mi unión con Roberto y, ahora, un hermanito o hermanita —dijo acariciando el rostro de Tamara suavemente.

—Claro mami, ¿por qué iba a ser de otra manera? Y más, he ahí el fruto de esa felicidad —le decía mientras tocaba la barriga de su mamá—. A pesar de que con papá fuimos muy felices, él ya no está y, lo más lógico era que rehicieras tu vida mami. Así lo entendimos David y yo.

Besó a su querida mamá en la frente, Nathaly sólo miraba con más amor a su hija, Tamara, después de una breve pausa, sonriente continuó:

—Bueno, dejemos la seriedad para otra ocasión y cuéntame, ¿cómo está mi querido y consentido perro Shampoo?

—Ja, gordo y consentido, te extraña mucho, hay veces que te busca por toda la casa, pobre. Nosotros lo cuidamos mucho, yo le enseñé algunas suertes. Ah, pero no te he contado que tenemos otro perro, se llama Bravo, creo que te lo conté alguna vez por carta, es de Roberto, un pastor alemán. Es muy fiel, juguetón y es muy bueno cuidando la casa, compañero de Shampoo en todo.

—Sí, creo que me lo contaste, quisiera conocerlo, pero extraño a mi querido Shampoo —dijo con aires de añoranza.

Ellas estaban en la sala, Roberto y Michel estaban en el balcón y salieron a encontrarlas. Se hacía tarde, todos debían descansar, mañana sería un día muy especial y tendrían mucho de qué hablar.

—Bueno, debemos irnos Michel y yo, tenemos clases temprano. Un beso mami, los llamaré. Hasta luego Roberto, gusto conocerte, mañana nos veremos.

—*Bonsoir madame, monsieur* —dijo Michel extendiendo su mano.

Ellos se fueron, Nathaly y Roberto se quedaron allí observando parados y abrazados. Caminaron lentamente hasta el pequeño balcón y, ante ellos, estaba el magnífico panorama de la "Ciudad Luz", romántica, fabulosa y a la vez moderna. Se miraron y besaron largamente, después entraron, pues ya hacía frio. Abrieron el champaña que regalaba el hotel, bebieron lentamente y, regocijados, fueron a dormir.

Al día siguiente, Tamara llegó alrededor de las nueve, venía de la universidad, había tenido clase y más tarde tendría otra. Los llevó a desayunar con el auto de Michel a un café *americain*, que ella conocía y, feliz, servía de guía. Después los llevó a algunos lugares bellísimos. Roberto y Nathaly, como dos turistas más, tenían su cámara lista para disparar y, con sus mapas en mano, paseaban por toda la ciudad conociendo y preguntando sin perder un sólo minuto para ver lo que se pudiese. Como al medio día, Tamara tuvo que dejarlos, ya que tenía su próxima clase un poco más tarde. Después de dejarles las indicaciones muy claras del lugar sobre las calles y sitios que querían conocer y cómo regresar al hotel, regresó a sus actividades.

Quedando solos en esa gran urbe, caminaron lentamente, el día era esplendido y el clima fresco y agradable.

—Ten cuidado Roberto, no vayas a dejar tu cámara, que ahora vamos a la Torre Eiffel, tiene tanto que ver, que se nos pasará todo el día allá.

—Es verdad Nathaly, tiene tantas cosas y es tan alta, pero no te preocupes, mañana iremos a los Campos Elíseos, después iremos al Jardín de las Tertulias. ¿Sabes?, a ti que te gustan tanto las fuentes, aquí dice que hay gran variedad de ellas y muy bonitas y nos dicen que el parque más famoso de hoy en día de la ciudad es Castaños de Indias.

—Qué lindas Roberto, me gustaría mucho ir, además quisiera ver a los pintores que pululan en las calles de París y a todos esos cafés al aire libre, tan famosos —comentó ella admirando unas artesanías en una linda tiendita antes de añadir—. Me contó Tamara sobre los paseos en la barcazas a orillas del Rio Sena, son maravillosos, románticos, diría yo, mi amor.

—También haremos ese paseo, mi vida —dijo Roberto.

Él pagó, luego salieron, él la besó y, de nuevo, tomó su mano. Nathaly, sonriente y modosa, siguió hablando, colocando su cabeza en los hombros de Roberto. Ambos caminaban tranquilos.

—Además de la Plaza de la Concordia y El Obelisco, ¿sabes?, yo creo que por mi estado no podré ir a ese lugar —relataba enumerando todos los sitios que querían conocer—, además los museos Roberto. ¿Tú crees que nos dará tiempo de ver o visitar todos esos lugares que queremos conocer? Fíjate que, en verdad y curiosamente, en Caracas tenemos algunos de esos nombres en unas plazas, calles y avenidas.

Roberto a todo respondía sonriente y afirmando a lo que ella decía.

—Claro que nos dará tiempo Nathaly.

Después de mucho caminar por las tiendas, Nathaly ya estaba cansada y pidió a Roberto regresar al hotel. Él, con su escaso francés, logró captar un taxi y se subieron. Tuvieron suerte, pues el chofer, un señor ya mayor, pero muy simpático, hablaba español, era un dominicano nacionalizado francés. Los llevó rápido y, al llegar, él les dio su número de teléfono por si necesitaban de sus servicios y se hicieron amigos. Días más tarde así lo hicieron y fue muy práctico.

Ya tenían casi un mes en París, Nathaly ya tenía ocho meses de embarazo. No dejaban de ver, visitar y recorrer las calles y monumentos de París. Sus catedrales, la más bella e imponente: La Catedral de Notre Dame de París y el magnífico Palacio de Versalles, así como las urbanizaciones. Nathaly y todos quedaron maravillados.

—Mami, hoy iremos al Museo del Louvre, el primer museo —acotó Tamara.

Esa tarde era un sábado y no tenía clases. Alegres, subieron al auto que Roberto había alquilado. Tamara conducía y, refiriéndose de nuevo al museo, contaba algo de su historia, de la que ella sabía.

—Sí, fue el primer museo que se conoció. Al principio fue un palacio, El Palacio de Louvre, después lo reformaron e hicieron el museo que hoy conocemos. Es enorme y nos pasaremos todo un día allá sin que terminemos. Están representadas todas las escuelas pictóricas ahí, sus estilo y épocas, es súper interesante.

—Qué emoción hija, tiene tanto que admirar que no se puede ver todo en un sólo día, por lo que he sabido —agregó Nathaly.

—Además, también iremos al Museo George Pompidou, el museo de arte contemporáneo más moderno del mundo y tan importante como el de Louvre, sé que también les gustará, pero claro, no será hoy, sino el sábado.

Todos rieron, luego, Nathaly exclamó con aire pesimista y suspirando:

—Lo digo, no nos dará tiempo para visitar todo, aún nos falta El Arco del Triunfo, que tan sólo lo hemos visto desde lejos y un montón de cosas más que quisiera ver.

—No te preocupes Nathaly, todavía nos quedan varios días para eso, además hemos visitado ya tantos sitios y tenemos tantas fotos. Quien quita que podamos volver para una segunda luna de miel, mi amor —respondió Roberto conciliador y enamorado.

—Oh, mi amor —dijo Nathaly sonriente para después quedar en silencio.

—Y aún más, tendremos tiempo para comprar en esas tiendas y boutiques para la beba, porque será niña y para mi mujercita, lo que quiera —añadió ocurrente.

Todo era armonía, todos rieron. Pronto llegaron al museo y estacionaron el carro un poco lejos, pero no importaba. Se dispusieron a pasar todo el día allá y, desde que entraron hasta que salieron, no dejaban de maravillarse de tantas obras bellas que vieron.

—¡Ay!, estoy tan cansada, pero tan feliz y llena de todo, que no le sé explicar. Vimos tantas cosas —presumía Nathaly agradecida en voz alta.

Se sentó en el sofá, se quitó los zapatos al llegar, por fin, al hotel. Tamara y Roberto hicieron lo mismo.

—Me ha gustado tanto todo lo que he visto de París, aunque ya nos quedan pocos días para regresar y, dime Roberto ¿qué es lo que más te ha gustado de París?

—Igual que tú, todo, no sabría qué escoger. Los museos, las catedrales, la comida, ah, eso sí, tantos restaurantes y tan buenos todos, la comida francesa es de las mejores del mundo, Pero lo que nos hace falta son francos y nosotros somos turistas, sí, pero turistas pobres —dijo bromeando y riendo—, lo seremos, pero hemos tomado muchas fotos que serán nuestros recuerdos de que lo pasamos bien ¿verdad Nathaly?

—Sí, ha sido un viaje, una luna de miel maravillosa, mi amor.

Ya tenían reservados sus pasajes de regreso, para dentro de ocho días y sus papeles en orden.

Una mañana salió con Tamara de compras y adquirieron varias cosas, luego visitaron La Borbona, en donde ella estudiaba, su residencia y la biblioteca, dentro del mismo casco de la universidad. Nathaly estaba fascinada con la belleza de tan afamada y antigua institución, además de lo bonito y decente del ambiente en el que su hija pasaba sus días.

Habían ido sólo ellas dos, pues Roberto se había quedado descansando y leyendo en el hotel. Michel lo había invitado a un juego de bolos un poco más tarde. Ellas llegaron cansadas del paseo, hablaban de sus estudios y de lo bonito que les pareció todo.

—Mami, me queda sólo un año para terminar mi carrera de idiomas y después no sé qué haré, el tiempo lo dirá.

—Bueno, trabajarás en lo que estudiaste, es lo más lógico aquí en París, no sé si tendrás mucha opción en el mercado de trabajo, pero quién sabe si en Estados Unidos, por ejemplo, o allá mismo, en Venezuela. Lo importante es que tú estudies y te gradúes, por el dinero, no te preocupes, algo te mandaré y no te faltará. Ahora, pensando en tu hermano, no me preocupo, David tiene su beca.

Reflexionaba con su hija muy seria y a la vez con añoranza. Tras una breve pausa, muy sonriente exclamó:

—Ah, qué orgullosa me voy a sentir con mis dos hijos graduados, con sus togas y sus birretes.

Ambas rieron y suspiraron por la cercanía de esos acontecimientos en sus vidas.

Por la noche se sentía un poco más cansada que otras veces y se sintió un poco mal, pero no quiso asustar a Roberto, nada dijo y se durmió.

Sin embargo, muy temprano por la mañana notó, alarmada, que sentía dolores otra vez y rápidamente llamó a Roberto asustada.

—Ay Roberto, mi amor, estoy asustada, creo que el bebé va a nacer pronto, tengo dolores, el parto se me adelantó unos días. Rápido, llama a Tamara y dile para que me lleve pronto al hospital o a una maternidad.

Roberto, que aún dormía cuando su esposa lo despertó, saltó de la cama asustado y preocupado.

—Sí amor, no, no te muevas, tranquila, no te preocupes, ahora la llamo.

Nervioso, brincando para ponerse los pantalones, buscó el teléfono para llamar a Tamara antes de que saliera a estudiar.

Al fin la localizó, sudaba, Nathaly estaba más tranquila. Por suerte, Tamara no tendría clases temprano, sino hasta la tarde. Roberto le contó lo que estaba pasando, ella le comunicó que llamaría a Michel, que tratara de calmarse y a su mamá también. En menos de media hora ya estaban allí y con mucho cuidado ayudaron a Nathaly a preparar todo y a bajar para ir a la maternidad.

En el carro, Nathaly trataba de serenarlos.

—No se preocupen tanto, yo me siento bien muchachos, en Caracas, antes de venir, me hice todos los exámenes que me ordenaron, decían que todo estaba perfecto. Por cierto, todos esos papeles los tengo en mi bolso.

Llegaron a la maternidad, los recibió todo un equipo e inmediatamente la examinaron y confirmaron que al niño le faltaba poco por nacer, que debía quedarse allí, que no tendría tiempo de llegar a Venezuela, sería ese mismo día.

La atendieron rápido y con mucho cariño, todo estaba ordenado, limpio y muy bonito, Los doctores y enfermeras, muy considerados, no la dejaron sola ni un momento, por lo mismo del idioma, que para todos era difícil.

Ya estaba en la habitación, había muchas mujeres parturientas, Roberto estaba ahí con ella, Nathaly le rogó:

—Mi amor, no me dejes sola, dame tu mano fuerte, así yo estaré más tranquila.

Roberto la besó y tomó su mano con amor. Ambos sonrieron, aunque Nathaly tenía dolores más seguidos. Una enfermera, junto con otro equipo, la colocaron en la camilla y se la llevaron.

El doctor, muy simpático, hablaba un poco español y les comunicó que ya era hora. Roberto y Tamara esperaban impacientes en el pasillo; a los pocos minutos salió el doctor del quirófano y dijo a Roberto:

—*Monsieur*, ¿quisiera usted presenciar el parto?, venga, su esposa se sentirá mejor y más tranquila, es muy fuerte y valiente, será algo rápido. Póngase una bata, gorro y guantes, allá los encontrará. Aquí, en París, esto lo acostumbramos siempre por el bienestar de todos, vamos, anímese y pase.

Roberto se sorprendió un poco, pero lo hizo. Las enfermeras le colocaron la indumentaria y entró. Estaba fascinado presenciando el nacimiento de su hijo, no lo podía creer, casi lloraba, su Nathaly le estaba dando ese regalo, esa alegría de ser papá por primera vez y, tal vez, la última. Agradeció eternamente al cielo por tan bello momento, amó aún más a su esposa y a ese bebé.

Roberto estaba allí, tomó las manos de su esposa y comentó con el poco francés que sabía:

—Doctor, todo padre debería presenciar el parto, el nacimiento de sus hijos para quererlos más, yo estoy aquí feliz. Todos sonrieron, fue parto natural, Nathaly, a pesar de su edad, fue muy fuerte, muy valiente y, a los pocos minutos, tras un pequeño grito de Nathaly, el bebé nació.

—Es una linda niña —gritó en francés la enfermera.

—Está muy bien, muy sana. Ahora la limpiaremos y le pondrán sus gotas y su etiqueta —dijo el doctor muy contento después de que se quitó los guantes.

—Felicitaciones a los padres —añadió—, es una niña preciosa, pesó cuatro kilos exactos y mide 59 centímetros, será alta.

—Muchas gracias doctor, dijeron a dúo los padres.

Nathaly, muy sudada, descansaba y sonreía, aún tenía mucho dolor, pero estaba feliz. La inyectaron con un analgésico y la pasaron a la camilla para trasladarla a su cuarto.

Ya en la habitación, colocaron con cuidado a la bebé en sus brazos y al momento, ésta se calmó. Roberto, siempre a su lado, tomó su mano, la de la bebita y las besó a ambas con mucho amor.

—Dime mi amor, ¿cómo estás, cómo te sientes? —decía preocupado—. Gracias amor, es una niña preciosa, y ¿sabes?, tiene los ojitos verdecitos y el pelito es muy claro, su piel es muy blanca, como la tuya, y sus deditos tiernos y gorditos, es una muñequita.

Exclamaba casi llorando, ella también. Ahora estaba tranquilita, estaba despierta, con los ojitos muy abiertos, ambos reían al verla.

—Ya me siento mejor —dijo Nathaly—, un poco dolorida, pero ya se me está pasando. Roberto, tú ganaste, fue niña, como querías. Todos los bebés son preciosos, como una flor, siempre lo digo, su piel tan tersa, sus ojitos y carita tan lisa, son tan lindos. Se parece a ti Roberto.

En ese momento entró Tamara muy alegre, más atrás Michel con unas flores y un regalo en sus manos. Ella, extendiendo sus brazos, dijo:

—Mami, mami, déjame abrazarte y besarte, a la bebita también. Qué linda es y ¿cómo se llamará esta linda francesita? Tengo que traerte sus cosas y su ropita, nos fuimos tan rápido que se nos olvidó, no le trajimos nada, pobre.

—Se llamará Oriana, porque así le gustó a Nathaly entre los nombres que teníamos —contestó Roberto orgullosamente—, ¿verdad que suena muy bonito?

—No lo puedo creer —intervino Nathaly—, no me lo explico, ¿cómo se le ocurre a esta bebé llegar al mundo en París?, es como el cuento antiguo de que los bebés vienen de París y los trae la cigüeña. Ja, ja, ja, a ella le contaremos que salió de la barriga de su amada mamá y en París —dijo ocurrente y todos reían.

—Madame, felicidades —dijo Michel con timidez entregando las flores y su regalo.

—Gracias Michel —dijo ella agradecida—, no debiste molestarte tanto. *Merci*, una vez más y por traernos a esta clínica.

Tamara, silenciosamente, salió del cuarto y realizó una llamada, luego regresó, su mamá conocía esa expresión en ella.

—¿A dónde fuiste Tamara? —le preguntó curiosa.

—Mami, es una sorpresa, ya lo verás.

Quince minutos después sonó el teléfono de la habitación, Tamara lo tomó rápidamente, habló algo y, sonriente, se lo pasó a Nathaly. Todos estaban extrañados.

—¡David, hijo, qué alegría amor! —gritaba alborozada.

—Felicidades mamá —gritaba David que la llamaba desde Londres.

—Gracias hijo mío, qué linda sorpresa me han dado ustedes hoy —decía llorando de felicidad.

—No llores mami —exclamó Tamara cargando a su hermanita, que se había dormido.

—Pero es que no lo puedo evitar, hijos, es muy bello todo lo que me está pasando, David me está diciendo lo mismo. Sí hijo, la bebita también y muy linda, Roberto te manda un cariñoso y fuerte abrazo. Gracias de nuevo por esta sorpresa que me has dado David, hasta Navidad, hijo, te quiero mucho, cuídate, te escribiré en cuanto salga de aquí. Tamara te manda un beso.

Colgó y madre e hija se abrazaron, fue una escena muy conmovedora. Ya, calmados los ánimos, Tamara tuvo que irse a clases con Michel prometiendo volver en la noche. Roberto salió con ellos a buscar la ropita de la beba y a comer algo, pues todos estaban en ayunas y Nathaly debía descansar y amamantar a su bebita.

Pasaron tres días, Nathaly fue dada de alta. Salió de la mano de Roberto con su pequeña Oriana en brazos, ambos felices camino al hotel. El doctor y su equipo, después de darle las recomendaciones de rigor, la despidieron con cariño y alegría.

Llegaron al hotel, el *maitre* del hotel los recibió personalmente, trayendo en sus manos un bellísimo ramo de rosas blancas y rosadas como bienvenida al bebé. Muy amables todos y alegres, además de una botella de vino de parte de todo el personal, pues ellos habían sido muy simpáticos y buena gente con ellos. Esto también fue otra gran sorpresa para Nathaly.

La ciudad, con su ruido, alboroto, tráfico, todo lo veían con alegría y gozo en el alma. Como siempre, había mucha gente, muchos turistas tomando fotos, comprando en las plazas, cafés y tiendas.

Las hojas de los árboles caían y tenían ese típico color ocre y cobrizo de esa estación, el otoño, también el frio llegaba.

Al día siguiente fueron al consulado con Tamara y Michel para arreglar los papeles de la nueva socia aliada a la familia: Oriana, y la presentaron en París. No tuvieron problema alguno y ahí mismo les dieron los papeles en regla. Después fueron a celebrarlo a un restaurant.

—Le compré a Oriana esta cesta, aparte del moisés, claro, para llevarla en el avión, está muy bien forrada, y su saquito cerrado para el frio ¿te gusta? —decía Roberto muy contento.

Se encontraban en el dormitorio arreglando el equipaje, pues las vacaciones se terminaban y se irían al día siguiente.

Nathaly, traviesa, contestó a lo que Roberto le había dicho.

—Me pondré celosa porque ella me está robando tu cariño, ja, ja, ja… mentira mi amor, estoy tan feliz de que la quieras tanto… papá.

Ambos rieron felices, luego, Roberto, que tenía algo escondido, le dijo:

—Mi amor, tú sabes que eres mi consentida, además, yo, te compré esto, ábrelo.

La sorprendió mientras sacaba detrás de su espalda un pequeño paquete, forrado en dorado, que tenía en su mano y muy pícaramente se lo entregó.

Nathaly, muy sorprendida, con sus ojos muy abiertos y riendo, tomó el regalo.

—Sí, lo abriré. Uh, qué bello, es una cadena con dos corazones, qué bonito, están unidos, como nosotros, además es de oro muy fino y delicado. Es que tú eres mi amor, antes, ahora y por siempre. Te amo, te amo Roberto… hagamos el amor.

—Amor mío, te amo mucho, me hacías mucha falta, sólo tú me llenas y me has dado esta hija.

La besaba mucho por todas partes, Nathaly reía y allí, una vez más se amaron. Caía la tarde, Oriana dormía, ellos en la cama tomaban del vino que les habían regalado. Nathaly sólo unos sorbos, pues estaba amamantando, pero seguían con su amor esa última noche en París, en su luna de miel.

Al día siguiente, con todo su equipaje preparado y Oriana vestida con un *monito* de lana en rojo, esperaban a Tamara.

—Nos despedimos aquí Tamara, es mejor, nada de aeropuerto.

Nathaly lo dijo triste, nunca le gustaron las despedidas, Tamara le entregó un *paquetico* para ella, otro para Oriana y otro se lo dio a Roberto, con lágrimas en sus ojos negros.

—Es un pequeño recuerdo de mí para ustedes, los abren en el avión. Bueno mami, un abrazo y un beso, cuídate mucho y a esta francesita rompecorazones —decía besando a su hermanita—, adiós preciosa, cuida a mi mami. Fue muy lindo tenerte aquí conmigo por tanto tiempo, mami querida.

Dijo cariñosa, luego se incorporó y se dirigió a Roberto.

—Hasta pronto Roberto, cuídate tú también y cuida mucho a mi amado perrito Shampoo —le dijo dándole un beso en la mejilla.

—Y tú, estudia mucho para que pronto vengas a Caracas con nosotros, que conozcas la casa y a Bravo. Muchas gracias por el regalo —exclamó Roberto sonriente y con algo de timidez.

—Debo escribir a David una carta muy larga, le contaré todo —agregó Nathaly.

Se abrazaron nuevamente, pero no lloraron, pues estaban muy felices por todo lo sucedido. Arreglaron un poco y bajaron con el equipaje, esperando el taxi de su amigo dominicano. Se despidieron con mucho cariño del equipo del hotel, agradeciendo de nuevo su amabilidad y el detalle del ramo y el vino.

Oriana iba en la cesta, en la que su papá la llevaba y le había comprado. Nathaly se había puesto un conjunto en gabardina color marrón claro, muy elegante. Roberto con una chaqueta de cuero.

En el aeropuerto, los dos, con Oriana en su cesta, esperaban la salida del vuelo tomados de la mano. Los pasajeros la admiraban y sonreían con ternura, al igual que los orgullosos padres. Nathaly, a sus cuarenta y nueve años, muy bien escondidos, pues siempre representaba treinta o menos, tenía ahora una hermosa hija, la naturaleza y el destino le habían recompensado con abundancia.

Subieron al avión, la sobrecargo les daba la bienvenida a los pasajeros, ella, al reconocer a Nathaly y a Roberto, alegre dijo:

—Qué niña tan hermosa, ¿se acuerdan que se los dije?, que iba a ser niña y acerté, los felicito de corazón.

—Ay, muchas gracias señorita, muy amable, ¿verdad que es linda? —agregó Nathaly oronda.

—Uy, sí que lo es, está preciosa, ¿cómo se llama?

—Oriana —dijeron ambos.

—No es común y suena a princesa, a leyenda —completó.

Ya en sus asientos, Nathaly miraba a Roberto y acariciaba a la bebé.

—Mi amor, abrocha tu cinturón y el mío, por favor, ya vamos a despegar,

Roberto lo hizo. Ella se persignó, tal como lo hizo en el vuelo anterior. "Dios, que el viaje sea tranquilo y sin problemas, amén". Oró con los ojos cerrados mientras el avión ya rodaba lentamente por la pista y tomaba vuelo.

El viaje fue bueno, tranquilo, un poco cansado. La sobrecargo venía a cada momento para ver cómo estaban ella y la bebita, quien dormía, como decimos en Venezuela: a pierna suelta. Sin molestar y sólo pedía comida cuando le tocaba.

Llegaron al aeropuerto Maiquetía, hacía mucho calor, pero el movimiento y como caía la tarde, les hizo bien.

Llegaron a la casa, fueron recibidos alegremente por Shampoo y por Bravo, la señora Mercedes les abrió la puerta y, dándoles la bienvenida, ayudó con las maletas. Después sirvió café recién colado, que agradecieron enormemente y le rogaron que regresara al día siguiente para pagarle por sus servicios.

—Por fin en casa amor, fue un viaje maravilloso porque trajimos con nosotros el mejor tesoro, nuestra pequeña Oriana.

—Es cierto mi amor, el tesoro de nuestro amor.

Completó ella, que se sentó a descansar en el sofá con Oriana al lado, en su cesta de viaje y que lloraba porque le tocaba su comida. Roberto llegó con una bandeja con comida caliente y leche para ambos. Nathaly abrió su blusa sacando su pecho para amamantar a su hija, mientras se acomodaba mejor, para comer ella también. Roberto, al entrar, se quedó admirando tan tierna escena. Ella, mientras comía también arrullaba a su bebé con una dulce melodía. Roberto no pudo más y exclamó:

—Nathaly, qué bella y tierna te ves así, digna de una foto.

Se acercó y besó a las dos, Nathaly sonrió plácida a la vez que extendía su mano, que él besó. Se quedó él sentado en el piso mientras todos comían. Terminaron, la bebé se durmió, la colocaron en su cuna en el cuarto que con tanto amor habían preparado y podrían oírla mejor desde afuera.

Nuevamente en la sala, Roberto dijo suavemente:

—Tengo una sorpresa para ti, mi amor.

—¿Cuál será esa sorpresa? —respondió curiosa.

—Cierra tus ojos y escucha la música en silencio.

Puso una bella melodía en el equipo de música y se sentó también a oír la melodía, comenzando a sonar la canción de Nathaly: "La Plaza Roja Desierta", en la que ella era su guía.

—Eso eres para mí, mi guía, pero juntos y para siempre.

—Qué bella canción, esta melodía es tuya, es mía, es nuestra.

—Abrázame Roberto, te amo, te amo mucho —dijo apasionada.

—Te estoy abrazando mi amor, mi Nathaly, muy fuerte. Tengo que amarte tanto de noche y de día por todos los años perdidos, por tu sacrificio, por nuestra pequeña Oriana, por tus profundos ojos marrón y porque callas cuando me amas.

La noche era hermosa, clara y fresca, la música sonaba muy suave y Roberto encendió su pasión una vez más. Quedamente, después de besarla mucho, ella se entregaba con el corazón en la mano y dijo ardientemente:

—Doy gracias al cielo por haberte conocido, porque nunca me mentiste, por haberte amado tanto y por estar aquí conmigo.

—Roberto, siempre te amé sin medida, te lo dije una vez y lo repito, nunca me dejes, amo todo de ti, tanto en las buenas como en las malas, hasta que la muerte nos separe.

Sonrió dulcemente acariciando sus sienes, él jugaba con un mechón de su cabello,

—Sí, y más allá, más allá mi amor —respondió él.

Roberto llevó a Nathaly en brazos a la cama y allí, abrazados, cansados por el viaje, durmieron esa noche plácidamente bajo el azul y estrellado cielo de Caracas.

Capítulo X
El Desfile

Así fue la vida para ellos, queriéndose al máximo y cuidando a su pequeño tesoro: Oriana, quien crecía rápidamente con amor y belleza. Cuando cumplió tres meses se compraron un auto muy bonito, pequeño, nada de lujos, lo justo que les hacía falta y era ajustado a sus necesidades. Lo celebraron paseando por Caracas, aquellas calles por las que siempre caminaron y que ahora iban en auto con su bebita.

Pasaron dos años, la pequeña Oriana ya caminaba sola, era alta para su edad y muy hermosa, con su cabello claro y largo, era la alegría de la casa. Al cumplir su primer año lo celebraron con mucha alegría, pues vinieron sus hermanos mayores. Sí, David y Tamara habían llegado por vacaciones, todos estaban felices aquel día, su orondo papá no dejaba de fotografiar a todos, en especial a Oriana. Nathaly no cabía en sí porque estaban todos juntos.

Y sí, estaba feliz ese día y, no digamos nada de Roberto cuando la pequeña dijo: Papá, por primera vez, él se sentía el más dichoso de los hombres.

Una tarde en que se encontraban comiendo en la cocina, Roberto, siempre ocurrente, le dijo a Nathaly:

—Nathy, tengo unas ganas enormes que Oriana, mi princesa, tenga ya cinco años —decía sonriente y soñador.

—Ja, ja, pero para qué quieres ya tal cosa Roberto.

—Pues para llevarla al colegio, primero sería kindergarten o un preparatorio ¿no? Luego la inscribiría... ¿sabes dónde?, en una escuela de flamenco y ¡olé maja!

Lo dijo levantándose y tomando pose de *bailaora*. Nathaly reía gozosa escuchando los planes que tenía para Oriana. Él continuó hablando con ojos soñadores.

—Pues sí, le enseñarán porte, distinción y salero. Estudiando, será una modelo famosa, claro, sólo si a ella le gusta ese mundo estudiará idiomas también, como Tamara.

—Tienes cada cosa Roberto, que me haces reír.

Terminando de comer, ella se levantó, preparó café, lo sirvió y sentándose de nuevo comentó:

—Yo, lo que digo, es que cada día se parece más a ti, tus mismos rasgos, tus mismos ojos, tu sonrisa, tu pelo, aunque ella lo tiene más claro y me pregunto: ¿qué tiene de mí?

—¿No te das cuenta? —dijo él asombrado—, tiene tu simpatía, tu finura, el amor, la manera de querer, esto sin nombrar tu color. Es que es y será una gran mujer, como tú —enunció ocurrente enumerando con los dedos cada una de las cualidades.

—Roberto, no tenemos remedio, estamos, como dicen, *chochos* con nuestra hija.

Ambos terminaron su café y regocijados rieron.

Pasaron los días tranquilos y en armonía, pero una vez más, el destino, éste que les jugaría otra travesura una vez más en sus vidas. Tal vez para bien, quizás para mal.

Uno de esos días, Roberto llegó preocupado y taciturno, no quería decirle nada a Nathaly, pero ella, conociéndolo tanto y, sin querer pensar en el pasado, rogó a Dios que no fuera algo irremediable. Con mucho cariño le preguntó a su amor:

—¿Qué tienes amor?, ¿te pasa algo?, ¿te sientes mal?

Le cuestionó mientras llevaba una bandeja con galletas y café a la sala donde estaba simulando leer el periódico.

—No, no es eso Nathaly, no quería decírtelo aún, pero ya no quiero ocultarte nada, ni puedo.

Nathaly puso la bandeja ahí y le aconsejó:

—Primero tómate el café y las galletas que hice, luego, con calma, me cuentas qué pasa ¿sí?

—Gracias mi amor —dijo mientras tomaba el café y comía—. Te diré que mi socio de la tienda principal, la que más dividendos ha dado siempre, no la sucursal. Sandro, ¿recuerdas que siempre te hablo de él?, pues te parecerá mentira, pero se fue, me traicionó, me estafó, me robó. Para decirlo bien claro, tomó gran parte del dinero, ¡como un noventa por ciento de todo! Ése era el dinero para pagarle al banco y los pagos a los empleados que tenemos, pero lo peor, es que no puedo acusarlo a la policía, porque ya se fue a Italia y solamente lo extraditarían si fuera venezolano y con alguna entrada en la policía.

Todo esto lo dijo calmado pero con dolor profundo que le apretaba el corazón recordando el pasado.

—Me lo cuentas y no lo puedo creer —dijo Nathaly—, me deja boquiabierta y pasmada. Quién lo diría, si parecía tan buena persona. Sin querer, retrocedí al pasado Roberto, ¿recuerdas la primera vez que te pasó eso?, lo pasaste muy mal, pero así es la vida y ahora pasa lo mismo.

Hizo una pausa, ambos pensaban, cavilaban en cuál sería la mejor manera de resolver ese enorme problema. Entonces, Nathaly, iluminada por un intenso deseo que tenía desde siempre, explicó con esperanza y ansiedad su proyecto, que a su vez ayudaría a resolver sus enormes problemas.

—Roberto, mi amor, no te preocupes, pensaremos en algo rápido y saldremos adelante en los pagos, con la deuda, no es culpa tuya y ya hiciste lo que pudiste con ese asunto. Por lo pronto, yo puedo trabajar haciendo patrones. ¿Sabes?, tengo muchísimos diseños y puedo hacer más, me gusta mucho y por qué no, hasta tener nuestras propias modelos desfilando nuestros diseños, ése ha sido uno de los más caros sueños en mi vida.

—Te amo, mi amor, qué haría yo sin ti, dime, qué sería de esta alma sin tu amor. Me parece una excelente idea, mejor dicho, ese sueño tuyo, con esfuerzo compartido, podremos realizarlo. Sé que los próximos meses serán duros, pero saldremos adelante, ¡sí! —decía con decisión y alegría.

En ese momento despertó Oriana, que dormía en su cuarto, se levantó y fue hasta la sala a buscar a papá y mamá, que se besaban cuando ella llegó. Con una gran sonrisa y un pequeño grito dijo:

—¡Paaaapaaaá!

Ellos, sorprendidos, se echaron a reír y la cargaron.

Así fue, los meses siguientes fueron muy duros para ambos, pero no todo estaba perdido, vendieron la pequeña sucursal que tenían en Sabana Grande, con ese dinero pagaron la hipoteca de la principal y la del banco, quedando todavía para el pago a los empleados.

Con *trabajo de hormiguita* por parte de ambos, comprando los materiales y accesorios necesarios para realizar el trabajo, buscando y trabajando para las fábricas, casas de moda y comercios con algún nombre, se dieron a conocer, entonces les llovían los pedidos.

—¿Te das cuenta, Roberto, cómo ya no tenemos deudas y la tienda no se perdió? Ahora somos conocidos —decía terminando un diseño y dándoselo a él, listo para llevarlo junto a los demás.

—Es cierto Nathaly, gracias a ti que eres una gran diseñadora.

—No es así Roberto, gracias a los dos y gracias a Dios.

—Está bien, ahora debemos pensar y planificar muy bien todo lo que vamos a hacer. Nathaly, tú deberás diseñar ropa de primavera-verano y todo, absolutamente todo deberá tener la mejor calidad, en cuanto a tela se refiere. Lo confeccionaremos en telas muy suaves de algodón, lino, seda pura, gaza, en colores pastel, como azul mar, rosa, naranja, verde aguamarina y flores, todo un jardín en ellas, en telas muy frescas y transparentes.

Hablaba con vehemencia y entusiasmo, Nathaly lo escuchaba con amor, cariño e interés. En su mente resultaba muy fácil grabar cada detalle que Roberto, con afanoso deseo, le enumeraba para luego diseñarlo. Entonces, puso manos a la obra.

—Mi amor, debemos comprar unas buenas revistas de moda, libros antiguos de historia, también sobre decoración, tengo que estudiar y saber más acerca de las formas, el medio ambiente. Tengo algunos libros de dibujo que también servirán.

Lo dijo ocurrente y muy motivada por la responsabilidad que se les avecinaba y que ellos mismos se habían propuesto. Además, se sentían más livianos al saber que prácticamente ya no tenían deudas.

Precisamente y por ello, Roberto hizo una reservación en un famoso restaurante y sin decirle nada a Nathaly. Se acercó con mucho cariño a la mesa de dibujo que tenían en el estudio, la besó en la nuca y, con gozo, exclamó:

—Amor mío, prepárate, que hoy vamos a comer afuera para celebrar todo lo que nos está sucediendo, además, ya muy pronto se acerca el cumpleaños de nuestra Oriana y mi muñequita cumplirá cuatro años —decía con una gran sonrisa en su rostro.

Nathaly dejó la pluma y los marcadores en la mesa e iba a decir algo, pero él siguió.

—Así que ponle su mejor vestido y tú ponte ese pantalón color crema con la camisola que tan elegante te queda, tan *cuchi*, como dices tú —dijo abrazándola feliz.

—Pero, figúrate Robe, hoy me gustaría mejor ir a comer unas buenas arepas, allá en Chacaito y en blue jeans. Oralia iría con su braguita o shorts, nada de elegancia, hace tiempo que no vamos —respondió.

Roberto sonrió con aire misterioso y amoroso al mismo tiempo.

—Ah, eso será otro día mi amor, te lo prometo. Hoy es una sorpresa que te tenía, reservé una mesa en el restaurante que tanto te gusta, además, te quiero presentar a una persona que, presiento, será muy bueno para ambos, tú dirás.

Nathaly, animada y sonriente, sólo dijo:

—Me pondré el vestido que tú dices y el collar de corales rojos y… mi cabello ¿cómo está?, ¿te gusta cómo me lo peiné?

—Me gusta cómo lo tienes ahora y siempre, mi amor.

Llegaron al restaurante, había mucha gente, pero pronto les dieron su mesa reservada. Entonces, llegó la persona que Roberto, educadamente, presentó a Nathaly. Era un hombre muy joven y simpático, impecablemente vestido y experto en modas, con mucho entusiasmo y conocimiento. Él quería entrar en sociedad con ellos con algún capital, para así, montar una casa de modas, el anhelado sueño de Nathaly.

Estuvieron hablando en armonioso ambiente por largo tiempo, después, al terminar el postre, que fue torta de san tomé, helado de fresas y crema para Oriana, brindaron, con un vino de selección, por la futura sociedad y se despidieron del entusiasta joven: Alberto Sánchez.

Ya en el carro y con Oriana dormida, Roberto preguntó a Nathaly

—¿Qué piensas de Alberto?, ¿qué te pareció, Nathaly?

—Me parece interesantísima su propuesta, se ve que tiene muchos conocimientos sobre este mundo de la moda y, además, tiene ideas modernas, ágiles y con su justa medida.

Lo decía ilusionada, entusiasmada, después vio a Roberto sonriente, pero con mirada amorosa.

—Y, ¿te digo algo?, tuviste una gran visión con este joven Alberto.

Él la besó complacido y sonriente.

—Juntos podremos lograr nuestro sueño de tantos años —prosiguió ella afincando cada sílaba y suspirando—, una casa de modas y con una colección muy hermosa para nuestro desfile de modelos, será grandiosa.

—Entonces empecemos a preparar todo, pero todo. Serán meses de muchísimo trabajo y debemos movernos rápido, hasta me atrevería a decir, mucho más que estos últimos meses en que tuvimos la deuda.

Llegaron a casa con la ilusión al máximo, acostaron a la pequeña Oriana en su cuarto, ambos la miraban, dormía como un ángel con su osito Winnie Pooh abrazado.

—Amor, ¿verdad que es un angelito? —dijo él muy bajito.

—En verdad que sí —contestó ella acomodando su cobija—. Amor, con tanto trabajo que debemos hacer, no te olvidarás de Oriana ni de mí, no te perderemos ¿verdad?

Lo dijo con igual tono de voz, pero con una especie de tristeza o angustia guardada. Roberto abrió y cerró los ojos y, casi gritando asombrado, exclamó:

—Pero, ¿cómo se te ocurre decir una cosa así?, si ustedes son lo único por lo que tengo vida.

Nathaly le tapó la boca rápidamente y le indicó, con señas, que salieran. Así lo hicieron, casi despertaba a Oriana. En el pasillo, Roberto prosiguió, pero más calmado.

—Son lo que más amo en este mundo, no quiero que lo menciones de nuevo, ni siquiera que lo pienses —dijo suspirando.

Nathaly sonrió, lo besó y dijo:

—Lo siento, mi vida, no fue mi intención, olvídalo. Tan sólo tuve algo de miedo, no sé por qué, pero no es nada. Tú sabes que te amo demasiado,

Sólo entonces volvió la sonrisa a su rostro, la abrazó y, lentamente, caminado abrazados, se fueron a la cama y como el primer día, se amaron y reían.

Al día siguiente, en el almuerzo, Roberto comentó:

—Nathaly, hoy iré a buscar a Oriana al colegio, a su kínder, quiero darle una sorpresa y comprarle un gran helado de chocolate, como a ella le gusta.

Nathaly le sirvió su café, se sentó a su lado y respondió.

—Como tú digas mi amor, pero primero abrázame muy fuerte.

—Claro mi vida, eres una niña grande, mimada y celosa y a la que adoro —dijo abrazando a Nathaly muy fuerte y la besó.

Ella estaba feliz, tenía carta de Tamara y con nuevas noticias.

—¿Sabes? Tamara me escribió, adivina... ¡se va a casar! Dijo que vendrá a contarme todo personalmente, viene el próximo mes. Comprará algunas cosas y yo le contaré todo lo bueno que nos ha pasado, además quiere que le diseñe su traje de novia —dijo alegre.

—Me parece grandioso, esa hija tuya es, además de buena hija, tan bonita como su madre, claro.

Ella sonrió feliz, Roberto terminó su café y salió corriendo hasta el auto para buscar a su princesita al kínder.

Un año después, que a Nathaly le pareció larguísimo, el trabajo y las horas pasadas diseñando fueron agotadoras. El único triste acontecimiento fue que, su amado perro Shampoo, había muerto; era ya muy anciano, pero fue algo rápido y tranquilo. Por lo demás, todo andaba viento en popa, como dicen por ahí. Sus sueños se realizaron con mucho trabajo para ambos, tenían su casa de modas junto con su socio Alberto y querían preparar un desfile, ya podían hacerlo. También, reacondicionaron y ampliaron la tienda principal que poseían, se convirtió en su centro de operaciones y venta de telas, lo que les daba muy buenos dividendos.

Todo eso se realizó gracias al capital que Alberto había aportado y, además, Tamara estaba felizmente casada y David ya tenía también planes para casarse.

En cuanto al desfile, ya tenían una nueva modelo, su pequeña Oriana, quien pronto cumpliría cinco años, había crecido rápido, muy linda y despierta, todo lo aprendía rápidamente, tenía la chispa genial de esta nueva generación. Roberto se sentía el padre más feliz y orgulloso del mundo con su francesita, como cariñosamente la llamaba, la inscribió en una escuela de flamenco y de modelaje para niñas, él deseaba mucho que su hija modelara algún vestido que Nathaly hiciera para ella, en el gran desfile que realizarían. Para él era su sueño, Oriana modelando, se movía con mucha gracia y salero que espontáneamente le salía y con Nathaly triunfando.

Llegó el quinto cumpleaños, le prepararon una fiesta para celebrarlo en grande con todos los amiguitos del colegio, ella ya estaba en primer grado. Hicieron muchos dulces, su mamá hizo una torta muy grande de chocolate y fresas, contrataron payasitas, mucha música y sin faltar la piñata y todo lo que tiene una gran fiesta de cumpleaños.

Ese día, Oriana estrenaba otro traje diseñado por su mami, que hacía juego con sus grandes y profundos ojos verdes. David llamó desde Londres y Tamara envió una carta, que llegó ese mismo día.

—Robert —dijo Nathaly terminando de vestirse—, me cuenta Tamara en su carta que viene para nuestro desfile en la primavera, desde que se casó no había vuelto, pero David no puede venir debido a su trabajo, tiene que ir a Nueva York, me lo dijo cuando llamó hoy.

—Qué bueno mi vida —respondió arreglando su corbata—, ya noto en tus ojos la alegría que ellos reflejan.

Llegó la hora y se realizó la fiesta, estuvo muy alegre, fueron todos sus amiguitos, tomaron muchas fotos. Oriana, coqueta, modelando su traje nuevo, era toda una señorita.

Se encontraban descansando en su sofá después de terminada la fiesta, ya eran las nueve de la noche.

—Mami, tengo mucho sueño —dijo Oriana soñolienta.

—Oh, mi reina, vamos a acostarte —dijo mamá con ternura.

—*Bonne nuit*, papi —dijo, lo besó y abrazó con mucho amor.

—Hasta mañana Oriana querida —contestó dulcemente.

—Mami, te quiero mucho y a papi también —decía modosa mientras iba a su cuarto.

Al rato Nathaly regresó a la sala, cansada, se sentó en el sofá, se quitó los zapatos y dijo sonriendo.

—Pobre, estaba tan cansada que enseguida se durmió.

—La fiesta quedó muy linda y mi francesita estaba preciosa, le tomé muchas fotos y todos disfrutamos mucho —dijo Roberto con regocijo.

—Nuestra francesita —repitió Nathaly bromeando—, sí todo estuvo lindo, todos elogiaron cada detalle de la fiesta y Oriana se comportó como toda una buena anfitriona, está creciendo tan rápido.

Llegó el invierno y con él la Navidad, una de las más felices y dichosas para ellos. Nathaly compró su clavel y Roberto su rosa.

Luego, llegó la primavera, el mes de las flores. Ellos, junto a su socio, ya tenían un nombre hecho y reconocido en el ambiente y, por fin, el anhelado desfile, su sueño de tantos años se realizaría. Estaban ocupados con tantos preparativos, con la contratación del hotel, las chicas y sus maquilladores, la prensa y un millón de detalles más.

—Nathaly, dime, ¿ya las chicas terminaron los vestidos verde y violeta en gasa drapeados? —preguntaba Alberto preocupado.

—Sí, ya están todos esos y los demás también —respondió Nathaly diligente.

Se encontraban en el centro de operaciones viendo también otras telas que servirían en el desfile.

—Qué genial eres Nathaly, esos serán los primeros en salir, luego trajes de una pieza, los vestidos moldeados y ceñidos al cuerpo.

Decía enumerando el estilo de los trajes según irían apareciendo en la pasarela, sentado al lado de Nathaly y frente a la gran mesa de dibujo que tenían ahí.

—Esos tienen su diminuto bolero —prosiguió—, los vestidos en jersey de lana elástico y alguno de plástico, que ondea las formas, después, todos con buen gusto y que, a la larga, viene a ser más importante que la moda, todos ellos irán en la primera parte del desfile.

—Es verdad, es más importante la comodidad y la elegancia que la moda —contestó ella.

—Te dejo un momento, las modelos me están esperando.

Él se fue al piso de arriba, donde se encontraba un grupo de modelos, un rato después llegó Roberto muy afanado.

—Uf, listo, ya pasé las últimas invitaciones, mi amor —dijo besando ambas mejillas de su amor.

—Qué bueno, todo está saliendo bien y en orden, todo está listo y preparado en el Hotel Eurobuilding. La pasarela ya la vi y quedó muy bien, la decoración que mandé hace juego con todo lo que presentaremos y, lo que son las mesas, la música de fondo y todos los detalles, están listos. Alberto dijo que se encargó de todo, mi amor. ¿Qué te parece? Ay Dios, por mi parte, todo me parece genial, parece mentira que ya sea el día final —terminó exclamando y suspirando risueña y radiante.

—Bueno mi amor, lo único que digo es que has trabajado mucho, yo sé que todo saldrá bien, estoy más que seguro.

—Es verdad, pero hemos trabajado los tres Roberto, los tres —dijo enfática y alegre mientras él la observaba sonriente.

—¿Qué traje te pondrás para la presentación? —preguntaba Alberto llegando con algunas muestras de telas y papeles en las manos.

—Ya lo tengo listo, es de crepé-georgette en negro y gris, muy elegante, sobrio y sencillo, ustedes irán con smoking gris. Ay, estoy nerviosa Roberto —dijo extendiendo sus manos.

—Tranquila, todo saldrá bien —dijeron ellos al mismo tiempo. Todos rieron, Roberto la abrazó y Alberto prosiguió.

—Todo está listo, no te preocupes, la colección es preciosa y será todo un éxito, mañana será el gran día.

Ese día todo fue agitación, la fecha quedaría grabada en sus mentes, Nathaly se quedó un rato reflexionando cuando se disponía a entrar en la ducha. Pensaba, recordaba, reía, pensó en Daniela, su amiga que tanto la quiso y que tanto le enseñó, su maestra en España. También a ella le mandó una invitación, sabía que se alegraría y no le fallaría. Se metió en la bañera y siguió recapitulando su vida, sus últimos cinco años... todo... y oró.

Con calma se vistió con un traje recto en gris y negro, le quedaba espectacular. Su cabello liso, con melena no muy larga y un toque de su Chanel No. 5, un sencillo collar de perlas que le hacían juego con sus zarcillos, zapatos altos de patente en negro con cartera, también haciendo juego. ¡Estaba lista!

También Roberto estaba muy elegante con su smoking gris oscuro, se había vestido antes que ella y cuidaba a Oriana. Tamara, que había llegado con Michel, ahora su esposo, se encontraba ya en el hotel.

A las siete de la noche llegaron al hotel y, desde el primer momento, todo fue grandioso y todo quedó muy bien. Las modelos, con los finos vestidos de muy buen gusto, creados por Nathaly. Cada uno fue aplaudido para redondear la colección en un éxito total. La nota más tierna de la noche fue Oriana, desfilando con dos vestidos preciosos, uno de florecillas mínimas y otro con florecitas más grandes, ambos con sus toreritas. Fue muy aplaudida, Roberto y Nathaly casi lloraban.

Después, la presentación de Nathaly como diseñadora al final del desfile, ahí le obsequiaron un gran ramo de rosas y claveles rojos. Ella, desde el escenario, con mucha sencillez, llamó a Alberto S. y a Roberto. Estaba demasiado llena de felicidad compartiendo esa ovación y disfrutando del éxito y la fiesta.

—¿Te diste cuenta, Nathaly, cómo gustó mi princesita? —decía orondo el papá—, cómo sabe moverse con gracia y el salero natural que tiene, su caminar en la pasarela, tan elegante y graciosa. Se quitaba su torerita y daba la vuelta como siempre lo hubiese hecho, cómo le aplaudieron.

Tan o más conmovida que él, Nathaly respondió.

—Sí Roberto, será una modelo famosa, como tú dices, yo estoy tan feliz y orgullosa porque tenemos una hijita tan maravillosa como bonita. Y es nuestra, nuestro tesoro, Dios nos la dio para llenar nuestras vidas de felicidad y, encima de eso, amor, nuestro sueño dorado ya se hizo realidad, me parece mentira —dijo abrazando a Roberto y él también la abrazó.

Se encontraban ya en casa, sentados en el sofá, descansaban con los pies montados en la mesa. Eran las once de la noche y Roberto, entusiasmado le dijo:

—Esto tenemos que celebrarlo y en grande, ¿a dónde quieres ir?

—Prefiero quedarme aquí, en casa para descansar y dormir... dormir... dormir mucho mi amor, a tu lado, no te importa ¿verdad?

Él la miró ladeando la cabeza, besó la coronilla de su cabeza, que tenía cerca de sí, diciendo"

—Claro que me importa, yo también estoy cansado, lo celebraremos otro día, antes de que se marche Tamara. A propósito, no le he visto, ¿dónde está ella?

—Con Oriana, en su cuarto, contándole mil cosas de Europa y París, tú sabes cómo es Oriana para preguntar. Además, como trajo su cámara, dijo que le tomaría fotos con los trajes del desfile para la colección, como ella dice, para llevarlas a París y mandarlas a David y Andrés —dijo sonriente y con el reflejo en sus ojos llenos de feliz tranquilidad.

—Qué bueno, ella la quiere mucho, ambas se quieren ¿verdad?

—Sí, qué bueno, luego la ayudará a cambiarse y acostarla.

—Ya se durmió mami —intervino Tamara al llegar del cuarto de Oriana y vestida con la bata de su mamá—, pobrecita, estaba tan cansada que no pude tomarle las fotos, mañana lo haré.

Nathaly y Roberto se levantaron del sofá e indicaron a Tamara que los siguiera a la cocina.

—Gracias al cielo, claro que estaba cansada, si ya son las once y media de la noche —respondió Nathaly riendo asombrada.

—Tamara, querrás tomar algo antes de acostarte, nosotros vamos a tomar chocolate —dijo Roberto en tono paternal.

—Bueno, sí, gracias —respondió con agrado—. Oh, mami, todo estuvo tan bonito, tan precioso, con tanta elegancia y finura. Tú derrochaste tanto *savoir faire*, como los grandes de la moda, De la Croix, Lagerfeld y no sé cuántos más, qué orgullosa me sentí. Ya ni digamos de Oriana, realmente se la comió —exclamaba alegre y feliz.

Ambos rieron regocijados, Nathaly sirvió chocolate, que bebieron despacio.

—Bien, veremos cómo o qué dicen los periódicos mañana —comentó Roberto.

—Es verdad —respondieron ambas.

Se fueron todos a dormir, Al día siguiente, muy despacio, llegó caminando Roberto con los periódicos en la mano leyendo uno de ellos, se acercó a Nathaly, que preparaba el desayuno, la besó y leyó en voz alta:

"Anoche, en el prestigioso Hotel Eurobuilding, la diseñadora Nathaly W., presentó su extraordinaria colección primavera-verano de trajes para la mujer moderna y elegante. Fue una noche llena de esplendor, buen gusto y con mucho colorido.

Todas sus modelos desfilaron con gracia, elegancia y gusto, cada uno de los trajes de su propuesta, marcaron pauta.

La nota tierna de la noche fue la graciosa Oriana W., hija de la diseñadora y de Roberto W., con sólo cinco años, ella modeló dos vestidos en flores diminutas con torerita y con su sombrero, siendo muy aplaudida por todos por su graciosa desenvoltura en la pasarela, con su caminar y por desafío, tremenda futura modelo.

Esta columna felicita sinceramente a esta elegante diseñadora, augurándole muchos éxitos en el futuro. ¡FELICIDADES!

Nathaly terminó de leer la reseña con la voz ahogada por la emoción, Roberto y Tamara oían también emocionados, con otros periódicos en la mano, que decían más o menos lo mismo.

—Ay mi amor, no lo puedo creer, estoy feliz por ti, por mí, por todos; tanto éxito me abruma. Te quiero tanto que tengo miedo de nuestra felicidad, que tengo que cuidar con mucho amor y mucho celo —exclamó ella cerrando los ojos.

Roberto, rápidamente, la abrazó con ternura, diciendo con suavidad:

—Vamos mi amor, no hables así, no debes tener miedo, nosotros estaremos unidos por siempre, en todo. Vamos, tranquila, sabes que ya no hay sombras ni nada que temer.

Roberto le secó las lágrimas con su pañuelo.

Tamara, también emocionada, comentó:

—Mami, sinceramente te felicito, todos los diarios dicen algo parecido, es que todo quedó precioso, simple y sencillamente eres maravillosa.

Se levantó, la besó y la abrazó efusivamente.

—Esta noche es nuestra, vamos a celebrar los dos solos, ponte muy linda mi amor —dijo Roberto.

—Gracias a los dos, gracias —decía besando a sus dos amores.

—Mamita, papito —exclamó Oriana desde el pasillo corriendo hasta la cocina, se había despertado y abrazaba a cada uno.

Nathaly se arregló con esmero, tenía el cuerpo bonito para su edad, su cabello liso, más claro, pero brillante, pues lo había pintado para el gran evento. Ella cautivaba con su presencia y personalidad. En eso sonó el teléfono, era Alberto Sánchez. Ambos se saludaron con gran emoción y se felicitaron mutuamente, quedaron en verse después de tomar unas cortas vacaciones, por cierto que muy merecidas.

Pasó el auricular a Roberto para terminar de arreglarse, ellos quedaron hablando un rato más. Al terminar, Roberto colgó riéndose por lo último que Alberto había dicho y Nathaly se presentó ante él.

—Roberto, ¿te gusta este vestido largo, negro, de crepé con su largo chal en violeta?

—¡*Wuao*!, me gusta mucho, es elegante y te queda espectacular. Estás preciosa, pero lo que más me gusta son tus ojos marrón y profundos, tu pelo y. ¿por qué no?, tu cuerpo sensual.

La tomó en sus brazos iniciando un baile con la música instrumental de fondo que había puesto. Ella reía feliz, él la besó y luego, Nathaly dijo sin dejar de bailar:

—Oh, mi amor, gracias por los cumplidos. Y bien Romeo, ¿a dónde iremos?, dime, ¿a dónde me llevas?

—Es una sorpresa, mi Julieta.

Salieron de la casa hacia el carro tomados de la mano, sin preocuparse por nada. A Oriana la habían llevado a pasear Tamara y Michel. Ellos la cuidarían esa noche especial para Roberto y Nathaly.

Llegaron al restaurante, era todo muy elegante, el mesonero les indicó su mesa inmediatamente, la que Roberto ya había reservado.

Una vez sentados, ordenó la cena, el vino tinto de selección, la ensalada rusa, que tanto gustaba a Nathaly y el plato fuerte: langosta al termidor, acompañada con un sinfín de salsas rosadas, con un nombre que a ella le hizo mucha gracia. Como postre, manzanas dulces asadas y quesillo, que tanto gustaba a ambos.

—Roberto, mi amor, estoy nerviosa, no sé por qué. El lugar, las velas, la elegancia, parezco una colegiala en su primera cita —decía alborozada, feliz, tomando la mano de su esposo.

—Pero todo me hace feliz porque estoy contigo.

Roberto llamó al mesero y pidió casi en secreto.

—Ahora sí brindaremos con champaña de la mejor —exclamó.

Habían llevado una mesita con el champaña y las copas. Nathaly estaba gratamente sorprendida, él habló para hacer su brindis.

—Brindo por nuestro amor, por nuestro trabajo, nuestro merecido gran triunfo y por nuestro tesoro: Oriana.

Alzó su copa, Nathaly hizo lo mismo y ella también hizo un brindis.

—Y yo brindo por nuestras vidas y por el amor que nunca tiene que pedir perdón —dijo sonriente y soñadora.

Cruzaron sus copas y bebieron lentamente, luego, al acabarlas, se besaron. Nathaly, un poco preocupada dijo:

—Nos vamos a casa ahora, ya es tarde y, aunque sé que Tamara cuida bien a Oriana, no quiero dejarla sola, la cena estuvo rica.

Roberto no la dejó continuar e, interrumpiéndola con cariño, dijo:

—Pues tendrán que esperar un poquito más, porque ahora —explicó lentamente y misterioso—, vamos al Teatro Teresa Carreño.

—¡Mentira!, no lo puedo creer mi amor, ahora están presentando a Plácido Domingo y a Paloma San Basilio juntos. Acabo de leerlo esta mañana.

Exclamaba, casi gritaba, abriendo sus grandes ojos al máximo, estaba tan emocionada que no sabía qué hacer, pero era realidad, Roberto, haciéndose el misterioso, lentamente buscaba en su paltó las entradas.

—Mmm, sí, por aquí pienso que tengo las entradas, son para esta noche a las diez.

Las sacó y se las puso delante.

—Y bien, ¿qué esperamos?, vámonos, no quiero llegar tarde.

Ella, muy animada, ya que era uno de sus más anhelados sueños que nunca había podido tener, ir al teatro y ahora era una realidad. Roberto lo sabía y reía feliz. Enseguida llamó al mesonero, pagó la cena y, elogiando la esmerada atención y la comida, salieron de allí satisfechos y felices, como siempre, agarrados de las manos.

Llegaron al Teatro Teresa Carreño, había mucha gente, estaba realmente lleno, son sus luces encendidas, todo muy bien organizado. Los muchachos guías del mismo teatro, indicaban a los visitantes toda clase de información, cosa que les agradó mucho y los guiaban donde era la gala. La Sala Ríos Reina era su destino, la más grande, habiendo otras más presentando otros conciertos y exposiciones. También explicaban cómo había sido construido y planificado este maravilloso y moderno teatro por los arquitectos Tomás Lugo y Jesús Sandoval y lo muy orgullosa que Caracas se sentía de poseer esa maravillosa joya arquitectónica, admirada en el mundo entero y donde se presentan los más grandes artistas de fama mundial. Óperas, ballets, famosos cantantes, etcétera.

Una vez acomodados en sus butacas, observaban el escenario, que era movible, la especial y total iluminación, todo un bellísimo colorido. La música de fondo y, puntualmente, el telón comenzó a subir y aparecieron las grandes estrellas.

Nathaly estaba muy emocionada y conmovida, agarraba muy fuerte la mano de su querido amor, observaba los impecables y elegantes trajes de ambos. Comenzó a tocar la gran orquesta las melodías a presentarse y los artistas a cantar.

Empezó el concierto, todo era silencio y, con sus potentes y nítidas voces y la gran acústica de la sala, sus canciones entraban por todos los poros del cuerpo. Unas canciones conocidas, otras nuevas, primero como solistas y luego a dúo, las canciones pautadas en el programa y otras que el público pedía a gritos, de pie y que ellos, gustosos, complacían.

Al final del programa, recibiendo la gran ovación de todos hacia ellos, con aplausos interminables.

—¿Te gustó el concierto, amor mío? —preguntó Roberto cuando salían hacia el auto.

Nathaly, que cubría su cuello con el chal, emocionada respondió:

—Muchísimo, demasiado.

Una vez dentro del carro, mientras él lo encendía, prosiguió.

—Fue un concierto inolvidable Roberto, no faltó ninguna canción de las enumeradas y hasta Alma Llanera, que tan bella y nacional es. Luego Granada y tantas otras tan bonitas. Te digo que nunca, nunca lo olvidaré —decía feliz, henchida de gozo y recostada en el hombro de Roberto—. Mi amor, gracias por tan bella noche.

—Te prometo que se repetirá más a menudo, mi Nathaly.

—Pero, mi amor, y yo no te he dado nada.

—¿Nada, nada?, tú me diste y me das todo lo que necesito y más, amor.

Llegaron de la mano en silencio, era muy tarde. Nathaly se quitó los zapatos en la entrada, Roberto hizo lo mismo, con ellos en mano, llegaron a la habitación para no despertar a Oriana.

—Déjame quitarte el vestido, bajaré el cierre y todo lo demás. Mi vida, ¡abrázame muy fuerte!

Abrió su vestido, tocaba su espalda suavemente, besaba su cuello, enamorado, apasionado.

—Hagamos el amor —murmuró—, como la primera vez, porque esta noche y todas, serán nuestras. Ámame como la primera vez que te entregaste a mí, porque el amor, el amor no tiene edad.

—Cuando dos corazones están unidos para siempre —completaba ella suspirando, abrazándolo y besándolo con ternura y pasión.

Ahí, en su habitación, amanecieron abrazados, un pequeño rayo de sol se entre coló por las tupidas cortinas anunciando un nuevo día. Cuando entonces, una pequeña mano los despertó tocándolos suavemente, era su pequeña Oriana.

—Papi, papi, ¿por qué estás abrazando a mami así?, ¿es que tiene miedo? —decía inocentemente, con su tierna vocecita.

Ambos despertaron e inmediatamente se incorporaron y se sentaron en la cama cargando a Oriana. Roberto la puso en medio de ellos.

—No mi amor, cosita de papi —contestó él—, es porque la quiero y mucho, como también te quiero a ti, tesoro.

—Yo también —replicó ella con su carita risueña.

Nathaly, feliz, sonrió, besó la cabecita de Oriana y dijo:

—La felicidad son los niños y sus preguntas, el amor, la vida.

Dirigiéndose a Oriana, arreglando sus ricitos de oro, le dijo:

—Eso eres tú, mi Oriana, mi corazón y un regalo que Dios nos concedió.

La besó, la acarició y ella rio abriendo sus grandes ojos verdes. Después, Roberto abrazó a Nathaly.

—Por eso —prosiguió ella—, Roberto, mi amor, lo besó y le dijo:

"Por los años que me quedan por vivir, te entregaré mi vida y te amaré por siempre. Somos dos seres en uno que amándose mueren"

Se quedaron mirando uno a otro, se asomaron unas traviesas lágrimas de gozo y felicidad y aún agregó:

—El amor siempre nos acompañará, por siempre, porque el amor está con nosotros, ¡gracias por existir!

Ahí, en la cama, esa mañana de domingo, todo era armonía, paz y amor.

¡Esa era su verdadera historia de amor!

* FIN *

www.ingramcontent.com/pod-product-compliance
Lightning Source LLC
LaVergne TN
LVHW091535060526
838200LV00036B/615